Ulrich Land
Der Letzte macht das Licht aus
Norwegen-Krimi mit Rezepten

Ulrich Land

Der Letzte macht das Licht aus

Norwegen-Krimi mit Rezepten

OKTOBER VERLAG
Münster in Westfalen

Haftungsausschluss: Die Rezepte dieses Buchs wurden von Verlag und Herausgeber sorgfältig erwogen und geprüft. Dennoch kann eine Garantie nicht übernommen werden. Die Haftung des Verlags bzw. des Herausgebers für Personen-, Sach- und Vermögensschäden ist ausgeschlossen.

© 2008 Oktober Verlag, Roland Tauber
Am Hawerkamp 31, 48155 Münster

www.oktoberverlag.de
Alle Rechte vorbehalten

Satz: Anh Nguyen
Umschlag: Thorsten Hartmann und Tom van Endert
unter Verwendung eines Fotos von www.photocase.de/hui-buh
Rezepte: Ulrich Land
Druck: Books on Demand GmbH
In de Tarpen 42, 22848 Norderstedt

ISBN: 978-3-938568-42-2

_______1.

»Wieso«, lachte Marit, »was bleibt denn von so 'm ollen Kahn, um des Himmels Willen, wenn er hier an der Brustwarze von unsrer Insel ...«

»Brustwarze? Krähenkacke noch mal.« Finn spuckte in hohem Bogen aus und traf die vorwitzig hervorquellende Quarzader, die sich diagonal über den Fels zog. Eine Quarzader, wie sie schöner und glatter kaum hätte sein können, völlig blank poliert von Marits gravitätisch ausladendem Hinterteil. Denn, sofern Wind und Wetter es zuließen, saß sie jede freie Minute hier oben auf ihrem Lieblingsfels und schickte ihre Gedanken hinaus aufs Meer. »Keine Warze, Marit, das ist ein Leuchtturm! Mein Leuchtturm.«

Aber die Alte ließ nicht locker. »Was bleibt von so 'm ollen Kahn, wenn er hier an deiner Brustwarze von unsrer Insel vorbeiöttert? Na? Was bleibt? Will ich dir sagen: 'ne Minute oder zwei das Tuckern in der Luft. Musste schon verflucht schnell hinhörn, dann is' er weg. Schon weg. Verpufft, vertrieben, spurlos, noch schneller als wie die Qualmfetzen von seinem ollen Diesel.«

»Immerhin.« Finn platzierte eine ausgedehnte Kunstpause und warf einen Blick in den späten Augusthimmel, der sich von seiner besten Seite zeigte und ein strahlendes Azurblau an den Tag legte. »Immerhin: eine Erinnerung ist der Äppelkahn. Jedenfalls wär's, wenn wirklich ein Pott vorbei gekommen und nicht bloß dir einer durchs Gehirn gestottert wär.«

»Spurlos vertrieben, sag ich, spurlos, der Rauch, das Kockern, die Erinnerung. Schon weg. Im leichten Wind. Du hast den Kopp voll Spinnkrams, Finn; als wenn dir so 'n oller Kahn, der hier vorbeifährt, als wenn der dir 'ne Erinnerung wert wär. Erzähl mir doch nix! Die Furche von dem Kahn, die er durch die gelangweilte See zieht, die weißen Gischtschnüre hinten dran. Siehstet, schon verschlungen vom Wasser, wieder verschlungen.«

»Nein, seh ich nicht. Nichts seh ich, rabenschwarze Kacke noch mal. Nichts. Hier ist die letzten sieben Stunden nicht eine einzige Schaluppe rübergezogen. Das spielt sich alles bloß in deiner alten Birne ab. Was ja wohl heißt, dass du's eben doch aus deiner Erinnerung hervorkramst, irgend 'ne Nussschale, dass da eben doch was drin ist, in der Erinnerung, ein Kutter zum Beispiel. Dein Schädel ist nicht leer, nicht so leer, wie du immer tust.«

»Du versuchst bloß, meine Laune zu retten, Finn, willst mich festhalten, dass ich nicht in hohem Bogen runterspring und mich krachen lass auf die Felsklötzer da unten, wie sie bis zum Hals im Wasser stecken, dass ich mich nicht einfach absaufen lass Hals über Kopp. Weil ich nicht mehr rauskomm unter meinem Schädeldach.« Die Alte trat Finn auf den rechten Fuß, mit dem er die ganze Zeit unwirsch auf dem Fels herum kramte und ein ums andre Moospolster von den Steinen schabte. »Lass das Grünzeugs in Ruh, Finn, und gib dir mit mir keine Mühe. Hat kein' Zweck, verstehste. Kannst mich nicht vorm Absaufen retten. Mag sein, dass es noch bisschen was dauert, bis ich keine Luft mehr krieg, aber am Wasserschlucken bin ich schon.« Marit erhob sich ächzend von dem Granithöcker, tat ein, zwei Schritte und blieb dann, den Blick aufs Meer gerichtet, abrupt stehen. »Ihr jungen Leut habt gut Reden, Finn, diese Insel, ich werd wahnsinnig, diese winzige Warzeninsel ...«

»Mann oh Mann, krieg dich ein«, murrte Finn, »schließlich hockst du dein ganzes langes Leben hier auf diesem Felsklumpatsch. Also. Was musste auf deine alten Tage so 'n Aufstand machen?«

»Recht haste. Finn, ich bin fertig.« Die Alte setzte sich wieder in Bewegung. Ihre Schritte hatten jede Zögerlichkeit verloren, sie drückte den Rücken durch und marschierte schnurstracks weiter auf dem grau-schuppigen Fels, der vorne einige zehner Meter senkrecht zum Meer abfiel und sich unten im Wasser auflöste in zahllose Granitklötze, die kreuz und quer in der Brandung lagen. Wer hier den Halt verlor, ins Straucheln kam, einen Schritt zu viel machte ... eindeutig die gefährlichste Stelle der ganzen Insel.

Seit langem hatte Finn damit gerechnet, dass es irgendwann nicht mehr damit getan sein würde, auf Marit einzureden wie auf einen kranken Gaul. Trotzdem stockte ihm jetzt, als es endgültig so weit zu sein schien, der Atem. Er hatte die Situation schon zigmal durchgespielt, aber jetzt, im entscheidenden Augenblick hatte er nicht die leiseste Ahnung, was er tun sollte. Die Alte einfach festhalten, anbrüllen? Petter zu Hilfe holen? Aber der war ja selbst ziemlich baufällig, der konnte hier nichts ausrichten. Die Gedanken schossen hinter Finns Stirn hin und her, und das Schlimmste war: er hatte keine Zeit, kein bisschen

Zeit zu verlieren. Wenn's irgendwo kurz vor knapp stand, dann hier.

»Doch, Marit, genau!«, brüllte er plötzlich los, ohne dass er wirklich gewusst hätte, wie der Satz weiter, geschweige denn zu Ende gehen sollte. »Du musst auf deine alten Tage noch so 'n Aufstand machen. Schnell noch, jetzt. Bevor's zu spät ist. Walhalla muss sich noch bisschen was gedulden, bis du kommst. Hast noch schnell was zu erledigen. Kann noch 'n Weilchen dauern. Ich brauch dich noch, Marit. Du musst mir helfen. Du bist die Einzige, die mir helfen kann. Wir müssen den Leuchtturm hier retten. Hörst du. Allein krieg ich das nicht hin.«

Die Alte war stehen geblieben und drehte sich langsam um.

»Es wird Herbst, Marit.«

Finn wusste, dass er jetzt so selbstverständlich wie möglich tun musste, sich also um Himmels Willen nicht weiter um sie scheren durfte. Er stand auf und ging den kurzen, aber steilen Weg zum Leuchtturm hinauf, den Blick starr auf seine Füße gerichtet. Obwohl nicht die geringste Gefahr bestand, ins Stolpern zu geraten. Er kannte den Weg mit jedem Knorz und jedem Buckel; tausendmal gegangen in den letzten Jahren. Warum, verdammt noch mal, hatten sie ihn hierhin verfrachtet? An dieses letzte oder vielleicht vorletzte Ende der Welt. Und das direkt nach der Ausbildung. Wenn er als Kandidat aus dem letzten, dem allerletzten Jahrgang der Leuchtturmwärterausbildung überhaupt noch eine Chance haben wolle, in diesem Beruf Fuß zu fassen, bevor man auch noch die letzten Leuchttürme automatisiert haben würde, hatte man ihm bedeutet, dann müsse er die Gelegenheit beim Schopf fassen und die vakant werdende Stelle auf den Vesterålen annehmen. Sein Beruf sei ja bekanntlich ein Auslaufmodell, und da müsse man eben nehmen, was man kriegen könne. Außerdem: so er sich dort oben in dieser zerfaserten Schärenwelt, auf einer der abgelegensten Inseln des Archipels bewähren würde, stünde seiner weiteren Karriere mit Sicherheit nichts mehr im Wege. Jetzt, 1980, waren zwar bereits vier lange Jahre – oder waren's schon fünf? – ins Land gegangen, ohne dass sich karrieremäßig irgendein Sprung nach vorne abgezeichnet hätte, aber gut, ihm selbst machte das ja weiter nichts aus, er hatte sich schließlich diesen Beruf ausgesucht, war im Grunde seines Herzens überglücklich, sich den Traum seiner Kindertage erfüllt zu haben. Und was raue Verhältnisse anlangte, da war er hart im Nehmen.

Das Nordland hier oben war ihm aus frühester Jugend vertraut. Sobald er lesen konnte, war er mindestens einmal im Jahr mit der Hurtigrute zum Großvater nach Alta geschickt worden. Vom Hafen aus ging's dann noch mal drei Stunden mit dem Bus übers Fjell. Eine endlose Fahrt, die er schon als kleiner Kerl allein absolvieren musste. Und wenn man dann endgültig glaubte, hier wäre die Welt zu Ende, dann schleppte sich der Bus knatternd und dieselstinkend über eine letzte Kuppe, und vor einem lag mitten in den ausuferndn, lindgrünen Wellen Samilands der winzige Weiler mit seinen drei Gehöften und dieser zusammengestauchten Mischung aus Schule und Kirchlein. Da er seinen Großvater immer im Juni, Juli zu besuchen hatte – damit seine Mutter, die sich mit fortgeschrittenen 30 noch bis auf die Knochen von den 68ern infizieren ließ, ungestört ihren vorwiegend sommerlichen Protestgeschäften nachgehen konnte –, kannte er das samische Dorf nur in weitgehend verwaistem Zustand. Die Rentierzüchterfamilien zogen mit ihren Herden irgendwo auf den Weiden des Hochlands umher. Nur sein Großvater und zwei, drei andere gebrechliche Leute, die er allerdings so gut wie nie zu Gesicht bekam, bevölkerten die kleine Siedlung, die sich da auf ein paar felsigen Hügeln aus den Sümpfen erhob.

Er wusste also, was Einsamkeit war. Aber Brik! – Brik kam immerhin aus Trondheim. Sicher, Trondheim war alles andre als eine Weltmetropole. Aber da währte auch im tiefsten Winter der Tag noch fast fünfeinhalb Stunden. Stunden, in denen das Leben, eingehüllt in aufgeplusterte Daunenjacken, aus den Häusern kam, aus den Autos, die Türen hinter sich zuknallte und durch die Straßen schlenderte, sich das Licht anzusehen. In denen die Leute beim Zeitunglesen über die paar wenigen Stadtplätze flanierten, um keinen noch so dünnen Schimmer Sonnenlicht zu verpassen. Kurze, extrem dichte fünfeinhalb Stunden. Aber hier? Könnten die Wintertage noch so lang sein, würde kein Leben aus dem Haus kommen. Hier musste man das Leben in den Flechten suchen, die sich ängstlich an die harten Felsen krallen. Hier schaffte die Sonne schon im November nur noch eine Handbreit über die Berge am Ufer des Fjords und tauchte die Inselwelt in eine Art Licht. Ein schrill-oranges, kümmerlich kurzes Licht, das dann, paar Tage später völlig abtauchte. Immer wieder, erzählte Brik, habe sie sich die endlose Winternacht oben überm Polarkreis vorgestellt, und immer war mitten in diesem Horror ein Fünkchen Hoffnung aufgeblitzt: dass da Schnee und Eis aus dem bisschen Licht rausholen, was rauszuholen ist. Aber dann baute sich hinter ihrer Stirn sofort die bange Frage auf, ob am Ende der Schnee dort auch schwarz sei! Nein, der Schnee war nicht schwarz hier, aber Brik hatte vom ersten Tag an eine unerfindliche Unruhe in den Knochen. Schon bei der Überfahrt: Je stiller die Inselwelt wurde, desto unruhiger wurde sie. Irgendwie, sie konnte einem fast leidtun. Aber das musste man ihr ja nicht unbedingt zeigen.

2.

»Das Radar also auch niente! Also Strøm, dann los! Wir müssen, und zwar schnell!«

Das ließ sich Strøm, Steuermann, Funker und Navigationsoffizier in einem, nicht zweimal sagen. Schon gar nicht, wo er genau wusste, wie der Käptn austicken konnte, wenn nicht alles nach Plan lief. Und das hier, das lief kein bisschen nach Plan.

»Radargerät blind wie 'n Maulwurf, okay, das kann vorkommen, bei der Waschküche da draußen kein Wunder, wo sich die ganze Zeit Nieselregen und Schneegriesel abwechseln! Da soll noch ein Radar durchblicken! Okay«, sortierte Strøm in Gedanken die Situation, »aber dass dieses Leuchtfeuer, das wir die ganze Zeit im Blick hatten, dass das auf einmal schlapp macht! Da wird's schon reichlich brenzlig. Und zu allem Überfluss mitten in so 'ner Höllengegend, wo alles voll ist mit Buckeln, ein Inselchen neben dem andern!«

Aber für irgendwelche Zwischenresümees war jetzt keine Zeit. Jetzt war Abspulen angesagt. Jetzt musste alles wie am Schnürchen laufen. Der Käptn ließ die Maschinen stoppen, während Strøm einen ersten Notruf absetzte. Kaum lief der Motor leise vibrierend im Leerlauf, war auf dem Radarmonitor wieder ein Bild. Flimmernd und flackernd, unscharf und immer wieder verschwimmend, aber erkennbar zeichneten sich Konturen ab. Die Fjordufer, landeinwärts allmählich aufeinander zu laufend, und der Küstenverlauf gleich mehrerer Schären und … und …

»Scheiße«, schrie der Käptn, »volle Fahrt zurück!«

»Volle Fahrt zurück«, brüllte Strøm nach unten Richtung Maschinendeck.

»Scheiße Scheiße, das reicht nie, wir machen viel zu viel Fahrt voraus, zu spät gestoppt! Aber man sieht ja auch die Hand nicht vor Augen. Meine Fresse, das geht ins Auge!«

Mitten ins beschwörende Flüstern des Käptns hörte man unten die Ventile rappelnd wieder anziehen. Wenn Vollgas gefahren wurde, dröhnte die Maschine bis oben auf die Brücke; bei einem Fischtrawler mit knapp 740 Bruttoregistertonnen kein Wunder. Gott sei Dank waren offenbar alle Mann auf dem Posten. Dass es trotz der leichten See um Leben und Tod ging, das schien noch bis zum letzten Bootsjungen durchgesickert zu sein.

»Das Steuer rum«, zischte Strøm den Käptn an, obwohl er sich selbstverständlich darüber im Klaren war, dass ihm dieser Kommandoton nicht im Entferntesten zustand, »was machen Sie denn da, Chef?! Sie müssen dem ausweichen.«

»Da ist nichts mehr mit Ausweichen, dafür machen wir noch viel zu viel Fahrt. Es dürfte dir ja nun wahrhaftig allmählich klar sein, dass man auch so 'n kleines Badewannenbötchen wie unsers nicht mal eben gebremst kriegt.«

»Aber rumgerissen!«

»Auch nicht rumgerissen. Das ist wie bei der Titanic. Nur dass wir's hier mit einem knallharten knochentrocknen Fels zu tun haben und nicht mit einem dämlich rumdümpelnden Eisberg.«

»Aber, genau, der von der Titanic, der Rudergänger ist doch auch ausgewichen.«

»Hat's versucht, Strøm, versucht. Und du weißt, wie's ausgegangen ist.«

»Verflucht noch mal, Sie halten ja frontal drauf zu! Sie sind des Wahnsinns!«

Strøm wusste nicht mehr, was er tat. Die Wucht seines rechten Hakens traf den Käptn völlig unvorbereitet irgendwo in der Magengegend und schleuderte ihn zur Seite. Er ging in die Knie und kotzte wie ein Reiher. Ohne ihn auch nur eines Seitenblickes zu würdigen, griff Strøm ins Steuer und riss es rum. Das Schiff stöhnte und ächzte in allen Fugen, legte sich mit halsbrecherischer Neigung auf die Seite und drehte seinen Bug einen Hauch mehr nach Steuerbord, um mit zwar langsamer werdendem, aber immer noch gespenstischem Tempo seitwärts auf die Felsinsel zuzufahren.

Plötzlich fuhr ein unglaublicher Schlag durch alle Planken und durchdrang Strøms Knochen wie ein Blitz von unten nach oben. Er hatte das Gefühl, die Halswirbel müssten sich ins Hirn bohren, der Schädel bersten. Ihm wurde schwarz vor Augen, und die Beine versagten ihren

Dienst. Dumpf schlug er im Fallen mit dem Brustkorb auf den Kartentisch und warf die Arme reflexartig um die Tischplatte, die inzwischen zwar schon eine bedrohliche Neigung aufwies, dadurch aber, dass der Tisch fest verschraubt war, hielt. Irgendwo in weiter Ferne hörte Strøm den Käptn mit gebrochener Stimme dozieren.

»Wissen Sie, was inzwischen, Jahrzehnte später, die Titanic-Reederei rausgefunden hat, mit Modellversuch und Computersimulation? Der Pott hätte nur eine einzige Chance gehabt, nicht abzusaufen. Eine einzige! Frontal vor den Eisberg zu knallen. Wissenschaftlich erwiesen. Dann hätte's ordentlich gerumst und der Bug wäre komplett demoliert gewesen, aber, rapp zapp, die Schotten runter, und alle bis auf die erste Rumpfkammer wären dicht gewesen. Der Kahn wäre schwimmfähig geblieben, und man hätte in aller Ruhe retten können, was noch zu retten ...«

Allmählich, ganz allmählich wurde es ruhig in der Ecke, aus der die Stimme des Käptns herüber gekrochen war. Verdammt ruhig. Aber Strøm hatte sich jetzt erst mal um sich selbst zu kümmern. Sein Kopf also hatte offensichtlich gehalten. Sonst hätte er den Exequien-Sermon des Käptns schließlich nicht mitgekriegt. Und als die Bilder, die seine Augen dem Gehirn ablieferten, langsam wieder Farbe annahmen und versuchten, sich mit den Gleichgewichtsorganen in Deckung zu bringen, da begriff er, wie schräg der Trawler schon lag. Das ging den Bach runter, keine Frage.

Strøm hatte das Gefühl, in seinem Kopf wär's taghell, alles völlig klar, alle Seitengedanken, Nebenträume, Unterfantasien wie weggeblasen. Sämtliche Hirnwindungen

nur auf ein Ziel fokussiert: Wie mit heiler Haut hier raus-
kommen?! In den wenigen Minuten, vielleicht nur noch
Sekunden, die ihm blieben, bis das finstre Wasser der
Nacht über ihm zusammenschlagen würde.

Da fiel ihm der Plastikkanister ein. Irgendwie musste
man hier, vom Inneren der Brücke aus an diesen Kanister
mit dem Spirituswasser zum Auftauen der Sichtscheibe
kommen. Irgendwo in der Nähe des Scheibenwischers.
Irgendwo. Strøm riss sämtliche Schranktüren, Dach- und
Bodenklappen im größeren Umkreis auf. Es blieb nur
noch eine Möglichkeit. Und da war sein Kopf plötzlich
überhaupt nicht mehr taghell. Es blieb nur der Schrank,
an den sich der Käptn für seinen letzten Schlaf gelehnt
hatte. Besser gesagt: auf den er gedrückt wurde, weil das
Schiff dabei war, kopfüber wegzukippen. Strøm schluckte.
Er sah, dass der Käptn mit offenen Augen und abgeknick-
tem Kopf schlaff dasaß. Das sah nicht gesund aus.

»Der ist, das darf nicht wahr sein, der ist – nein! – tot?
Käptn, aufwachen! Chef, wir brauchen Sie. Unser Pott geht
baden. Chef!« In irgendeinem Film hatte er mal gesehen,
dass man Ohnmächtigen Ohrfeigen verpassen musste,
aber er traute sich nicht. Schließlich hatte er dem Käptn
grad eben erst eine gepfeffert. Er versuchte es dann doch,
setzte eine ganz sanfte Ohrfeige an, und sofort schlug
Arndahlens Kopf zur Seite wie eine Kokosnuss auf einem
Grashalm, riss in der Seitwärtsbewegung den Körper halb
mit in die Schräglage.

Strøm schossen wider Willen die Tränen in die Augen. Seit
er denken konnte, vom ersten Tag seiner praktischen Ausbildung an, war er unter Arndahlen zur See gefahren. Und

selbst jetzt, nachdem Strøm sich noch vor ein paar Minuten derart daneben benommen und den Käptn zu Boden geschlagen hatte, selbst auf diesem Schlafgesicht mit den weit aufgerissnen Augen lag so etwas wie ein Lächeln. Er schien es ihm jedenfalls nicht krumm genommen zu haben.

»Wieso«, ging es Strøm durch den Kopf, »wieso ist der tot? Ich leb doch auch noch. Wer weiß, vielleicht ist der im Sturz auf einen spitzen Gegenstand gefallen. Auf eine Kante geknallt. Wer weiß.« Strøm nahm all seinen Mut zusammen und schob die Leiche ächzend zur Seite. »Dass so kleine, leichte Männlein wie Arndahlen derart schwer werden, wenn sie tot sind!«

Nachdem der Trawler inzwischen fast senkrecht stand und mit seinen letzten Lichtern wie ein spärlich flackernder Leuchtturm aus dem Wasser ragen mochte, war nichts anderes möglich, als den Käptn unsanft zur Seite zu schieben und rüber auf eine der andern Schranktüren zu hieven. Nein, eine blutende Wunde war nicht zu entdecken.

»Wahrscheinlich sein Magengeschwür. Und ich Wahnsinniger zimmer ihm genau da so 'n Hammerschlag drauf! Ich hab den, den hab ich auf dem Gewissen. Ganz allein: ich! Das ist, das war Mord.«

Strøm hatte mal was gehört von Magengeschwürdurchbruch, aber er hatte keine Ahnung, ob man daran so schnell sterben konnte. Und ob man so was überhaupt von außen, durch einen Schlag in die Magengrube etwa, bewirken konnte. Kam ihm eher unwahrscheinlich vor. Also vielleicht lag es doch an was anderem und er trug nicht die Verantwortung für Arndahlens Tod. Vielleicht.

Egal jetzt, der Käptn musste weg da. Und zwar schnell. Strøm zerrte ihn vollends zur Seite und fand tatsächlich den Kanister. Natürlich viel kleiner, als er gedacht hatte, vielleicht drei, vier Liter Fassungsvermögen, wenn's hoch kam. Aber auch ein seidener Faden war ein Faden! Er zog den Schlauch ab, der aus dem Kanister Richtung Scheibenwischer führte, schüttete das Wasser achtlos in den sperrangelweit offen stehenden Unterschrank und klebte mit Lassoband den Ausfüllstutzen des Kanisters zu, um ihn dann mit dem Deckel zusätzlich zu verschrauben. Würde wohl, musste einfach dicht sein. Strøm sah, dass jetzt das Fjordwasser in dicken Bächen und Fontänen durch die Wandverkleidungen eindrang, und als er aus dem Hauptkabelbaum der Brücke die längste Strippe, die er kriegen konnte, riss, dröhnte hinter ihm ein ohrenbetäubender Knall in den halbgewässerten Raum: die Wand mit Funkgerät, Radarmonitor und was der Navigationsgerätschaften mehr waren, war halb aus der Verankerung gerissen und öffnete einem gewaltigen Sturzbach Tür und Tor. Aber da hatte Strøm das Kabel bereits dem angesichts des Wasserschwalls noch jämmerlicher wirkenden Kanister durch den Griff gesteckt, zu einer Schlaufe gebunden und sich diese unter einem Arm durch um die Brust gelegt. Einzige Überlebenschance, nachdem die Schwimmwesten absolut unerreichbar irgendwo da unten in den Kajüten im Wasser trudeln mochten.

Er suchte mit der linken Hand irgendwo Halt, bückte sich, fuhrwerkte – bis zum Hals im Wasser – mit der Rechten auf der Schranktür unter seinen Füßen herum und förderte tatsächlich den Absperrriegel des Armaturenschranks zutage. Eine schnelle Drehung und der Eisenriegel zertrümmerte mit lautem Getöse die Heckscheibe der

Brücke, die – waagerecht jetzt – den Blick in den Himmel freigab. Übersät von Glassplittern und Schnittwunden, zog Strøm sich mit seiner Kanisterschwimmweste am messerscharf glasgespickten Fensterrahmen nach oben. Und, obwohl Klimmzüge noch nie seine Stärke waren, kam er schreiend vor Schmerz und Anstrengung nach oben, bekam einen Stahlbügel zu fassen und konnte ein Bein ums Fensterkreuz schlingen, so dass er sich schließlich auf die Rückwand der Kommandobrücke ziehen und aufrichten konnte.

Wie ein Desperado der sieben Weltmeere stand er breitbeinig auf seiner langsam sinkenden Eiseninsel und blickte in den Nachthimmel. Die Nebel hatten sich verzogen, aber der Himmel war immer noch pechschwarz zugezogen und ließ nicht einen einzigen Stern blinken. Strøm fror. Und von unten stieg ihm allmählich das Wasser entgegen.

3

Sack und Asche! Diese Frau, was starrt die mich so an? Ganze Zeit schon. Mein Gott, was die für 'en Blick hat. Augen wie Vulkanseen – komische Idee –, na jedenfalls abgrundtief. Und wie Feuer. Glühend. Brandheiß. Oder? Oder, Mann, stimmt gar nicht, sieht mich nicht an, überhaupt nicht, sieht gradewegs an mir vorbei! Wohin denn? Kann man gar nicht ausmachen, die Richtung, in die die da guckt. Seltsam. Guckt wirklich an allem vorbei. Und ich muss ständig hingucken. Werd ich ja schließlich für bezahlt, hier auf die Bilder von diesem Beckmann, wie der heißt, aufzupassen. Dass keiner von diesen kunstbeflissenen Trotteln dem Pinselstrich zu nah kommt. Wär ja noch schöner, wenn hier was passieren tät. Wenn so Bilder – sind ja 'n Vermögen wert, was man so hört – wenn die sich also im Jahre des Herrn 1975 schon mal einmal in dreitausend Jahren nach Trondheim verlaufen. Da ist es weiß Gott besser, wenn man die unter meine Fittiche gibt, unter die von Gunnar, dem Bootsmann, den diese beschissene losschnarrende Ankerkette vor drei Jahren den Fuß gekostet hat. Wenn man diese sündhaft teuren Schinken von meinen Adleraugen bewachen lässt.

Teuer vielleicht, aber schön? Also alles was recht ist! Du zum Beispiel, Tänzerin oder was du bist, schön? So richtig schön? Eher dunkel. Finster das Gesicht, trotz all der weißen Haut. Sieht aus, als hättste Puder drauf. Und die Lippen viel zu fett rot angemalt, knallrot, am Mundwinkel bisschen verschmiert. Kein Wunder, wenn du so viel

drauf machst, zentimeterdick! Und die Augenlider auch
geschminkt, schwarz. Da wirken die Augen noch größer.
Fast größer als das Gesicht, die Augen. Irgendwie enorm
die Augen, wie die gucken und wohin. Schwarzglühend.
Aber die Nase bisschen breit, wirft Schatten aufs Gesicht,
aufs puderweiße. Und das lange braune Haar fällt dick
und schwer und schön und wirft auch düstere Schatten
ins Gesicht. Schlagschatten, wie man das nennt, glaub
ich.

Dieser Blick, Anblick, diese Frau, es ist der Wahnsinn!

Mist, hält sie diesen Fächer, oder was es ist, vor die Brust.
Genau davor, kann man gar nicht sehn, wie viel Holz die
hat vor der Tür. Scheinen aber nicht besonders schwer zu
sein, die Brüste. Die rechte, da, die gibt der Fächer ja 'n
Stück frei, also schwer nicht, nicht sonderlich, kein Kra-
cher, kein Wonnevulkan. Aber passt irgendwie gut, zwischen die Arme, irgendwie genau.

Jetzt stellt sich dieser Kerl, Sack und Asche, genau davor
vor die Frau, und ich kann nichts mehr sehn. Stellt sich
davor und glotzt se an. Was hat der die anzulinsen?!
Spannmichel der! Glubsch woanders hin, Pupillenver-
renker, gefälligst! Sonst kriegst du's mit Gunnar zu tun,
der hat zwar nur ein' Fuß, aber zur See gefahren ist der,
Kraftpaket, sag ich dir, mit dem ist nicht zu spaßen! Also
sieh zu, dass du deinen Knick in der Optik auf 'ner andern
Alm weiden gehst!

Aber nix da, der glotzt die immer noch an, staksiger Spieritz der, glotzt unmöglich lang, rührt sich nicht vom Fleck,
stiert ihr mitten ins Gesicht, untern Fächer auf die Dutten

gradzu. Die werden abgenutzt, noch kleiner, unter dem seinen quadratgeilen Schmirgelblicken. Für die eitrigen Tränensäcke untern läufigen Augäpfeln zu dränieren oder was? Steht unverfrorn und stundenlang genau vor dieser Frau. Museumsbesucher sind einfach dreist, sag ich doch. Aber ich will ja nichts sagen, hab ich wenigstens einen Job hier. Aber wenn ich noch den zweiten Fuß noch hätt und anständig auf See – obwohl, dann hätt ich dich ja auch nicht vorm Visier hier.

Du jedenfalls hast dich nicht gerührt. Kein Stück. Lässt dir nichts anmerken. Guckst einfach vorbei an dem Kiebitz, dem dämlichen.

______4.

Finn nestelte nervös am Funkgerät. Aber es war nichts rauszuholen außer diesem undurchdringbaren Rauschen und Knistern. Brik stand in gebührendem Abstand, warf ihr langes flachsgelbes Haar zurück und murmelte irgendwas von wegen neuer Computertechnik, die könne ihm doch verdammt gute Dienste leisten hier auf seinem Leuchtturm. Wenn er bloß nicht so eselsstur wär. Eine Handbewegung Finns brachte sie zum Schweigen.

»Also was ist jetzt, ist er drumrum gekommen?«, knurrte die Alte am andern Ende des Dienstraums über ihren Pfeifenkopf hinweg.

»Wer?«, gab Finn nicht weniger knurrig zurück.

»Der Trawler, wo die Rede von war. Ist er nun auf deine Klippen gekracht oder nicht?«

»Wieso?«, fragte Finn scheinheilig und antwortete: »Natürlich nicht. Kein bisschen.«

»Ein Elend! Wieso ist uns der denn durch die Lappen gegangen? Waren doch beste Bedingungen: ausgewachsenes Sauwetter, 'ne Nacht so schwarz wie die Seele des Satans und das Leuchtfeuer von deiner Boje da draußen wie zufällig ausgefallen, so was von zufällig so was von ausgefallen. Und diese ollen Torfdeppen, die schippern trotzdem drumrum um all unsre kleinfeinen Felsbrocken!«

Finn öffnete bedächtig die schwere Tür zur Galerie, die auf gleicher Höhe wie das Dienstraumdeck außen um den Leuchtturm herumführte. Nicht sonderlich hoch, bloß eine Hand voll Meter, aber auf den Felsen von Stjernholman ragte der Leuchtturm trotzdem allemal fünfzig Meter über den Nordatlantik. Finn trat nach draußen. Schwere gelbgraue Wellen jagten sich gegenseitig, versuchten das winzige Eiland wund zu schlagen und zankten sich mit dem verschüchterten Morgen. Ganz allmählich gewann das milchige Licht die Lufthoheit und ließ am Horizont immer mehr Schären auftauchen, die sich tiefgrau gegen den Himmel absetzten. Finn musste grinsen, stellte sich auf den eiskalten, gischtgeladenen Brechern, die da unten am Ufer die Granitbuckel verprügelten, diese neumodischen Wellenreiter vor, die er gestern Abend in einer Fernsehreportage aus Miami hatte bewundern dürfen, wahnwitzige Wasserläufer, komplett von Sinnen, als wollten sie auf Jesus' Wasserspuren wandeln. Übten sich auf ihren rundgeraspelten Brettern in aufrechter Gangart, knapp unter den überschlagenden Wogen, die ihnen, wie's aussah, gar nicht grimmig genug schnauben konnten. Brik hatte den Mund vor lauter Staunen nicht mehr zubekommen.

»Hier oben, auf 68½° Nord«, murmelte er laut vor sich hin, »die möcht ich sehn, diese Lackaffen, was die für 'ne jämmerliche Figur hier oben vor der Küste der alten Dame Norwegen machen würden, satte 250 km überm Polarkreis!«

In diesem Moment hörte er von drinnen das schrille Geräusch, auf das er schon die ganze Zeit gewartet hatte. Und im gleichen Atemzug krähte auch schon Marit: »Finn, rühr dich! Telefon!«

Als wisse er nicht, was dieses nadelspitze Klingeln zu bedeuten hatte! Marit drückte ihm den Hörer in die Hand, worauf Finn sie eines energischen Seitwärtsnickens bedachte. Zutiefst beleidigt schluffte sie die Treppe runter, brummte: »der hat Geheimnisse vor mir, 'n faules Ei, der Kerl, 'n ziemlich faules«, und warf, unten angekommen, die Tür des Leuchtturms krachend ins Schloss.

Erst jetzt nahm Finn die Hand von der Sprechmuschel und raunzte ein »Ja, Werenskiold« in den Hörer.

- »SOS? Krähenkacke. Nein, ist hier nicht durchgekommen. Mein Gott, wenn ich das hier in der Funkkiste gehabt hätte! Aber kann man sich bei euch ja den Mund fusselig quasseln, wenn man 'n modernes Funkgerät braucht.«

- »Ja ja, die Leier kenn ich, von wegen würde sich nicht mehr lohnen, sowieso nur noch 'ne Frage der Zeit, bis ihr hier bei mir den Laden dicht macht. Ich weiß. Aber ich sag euch, 'n vernünftiges Funkgerät und dann wär ich sofort, wär ich im Handumdrehn da draußen an Ort und Stelle. Bis *ihr* bei so was draußen seid, da kommt jede Hilfe zu spät. Ist ja auch klar, das dauert eben, bis ihr eure Leute aus den Betten getrommelt habt. Also, könnt ihr euch jedenfalls schon mal 'n Schlachtplan ausdenken, wie ihr das geregelt bekommen wollt, wenn hier statt mir bloß noch 'n Rechner hockt.«

- »Wieso? Doch. Wie viel waren's denn?«

- »Ouh, das ist übel. Also jedenfalls fahr ich sofort raus, mal sehn, wen ich da noch rausgeangelt kriege.«

- »Na ja, wieso denn, ich bin doch immer sofort zur Stelle, wenn's 'ne Havarie gibt? Bin ja nun nicht von der lahmen Truppe. Alles, was recht ist. Sitze schon im Boot, kaum dass ich Wind davon krieg über meine vorsintflutliche Krächzkiste hier – um das noch mal gesagt zu haben.«

- »Fischtrawler aus Stavanger? Kacke.«
- »Sicher, als Allererstes heut Morgen. Das da 'ne Laterne durchgebrannt war oder was, das konnte ich doch an den Kontrollleuchten hier sehn.«
- »Nein, besten Dank. Ist ja nicht die erste Boje, die mir diese Chaoten demolieren, und nicht die erste, die ich repariert hab. Also das krieg ich schon selbst hin. Da geh ich jedenfalls von aus; und wenn's nicht nur an der Leuchte liegt, dann ruf ich noch mal an, dass ihr 'n Techniker rüberschickt. Aber glaub ich nicht, dass das nötig sein wird.«
- »Na ja, was heißt: ›dass ich mir da so sicher bin‹? Also die Devise, nach der ich hier arbeite, ist einfach: erst mal vom kleinsten Übel ausgehn und dann weitersehn. Das dicke Ende kommt sowieso.«
- »Mein Gott, sollte 'n Scherz sein.«
- »Ja sicher, danke. Und nichts für ungut.«
- »Bis die Tage denn.«

Er wartete das Klacken der Hörergabel am andern Ende der Leitung ab, sagte: »Krähenkacke, hätte verdammt nicht gedacht, dass die so auf der Hut sind«, und legte ebenfalls auf.

»Was, wa-was wollen die«, stotterte Brik, der das kalkweiße Gesicht ihres Mannes alles andre als geheuer war, »Marit hat recht, du spielst 'n unsaubres Spielchen, heh, hast mir doch selber noch mitten in der Nacht in den Ohren gelegen von wegen diesem Notruf, der nicht still werden wollte.«

_____5.

Schon wieder 'ne Dings, 'ne Führung. Kann man denn hier nicht mal einmal in Ruhe bloß aufpassen, einfach nur sitzen und wachen?! Bei meinem einen mir verbliebnen Fuß! Wenn ich eins hasse, dann sind das Museumsführungen. Irgendso 'ne akademische Trulla – aus Oslo am Ende noch! – brabbelt was von wegen, an dieser Stelle wolle sie Beckmann selbst mal zu Wort kommen lassen: »Möchte gern etwas von dem Zucken, dem magnetischen Zusammenreißen der Geschlechter hineinbringen. Diese immense Pracht der Natur.«

Also dein Pinselschwinger, ehrlich! »Diese immense Pracht der Natur«? Bei all der Hässlichkeit, die der gemalt hat! Bisschen hochgegriffen, Meister Beckmann. Mal ehrlich mal. Aber – »Zucken der Geschlechter«, das schon, muss man zugeben. Sag mal, du, ich meine, kannst du mit diesen Bildern was anfangen, schöne Frau? Also wenn de mich fragst, ich find se zu allererst und fast alle dreckig irgendwie. Also als er noch jung war, dein Beckmänne, so ganz am Anfang, konnt er ja ganz or'ntlich noch malen, dass man auch was erkennen konnt, richtige Gesichter und so und nicht so schlampig, verbeult und verbogen, nicht so falsch. Also, ich weiß ja nicht, ob ich's besser, aber, ich mein, der konnt's doch mal besser! Hat dich doch auch zustandegebracht. Schließlich. Also Brüste malen, das konnt er, satt! Der hat fantastische Dirnenbirnen gemalt, ha, rund und fest und gradaus. Mann, und du? Unterm lila Kleid, hinterm Fächer? Den Fächer, mal ehrlich, könntste mal für 'en Augenblick zur Seite fallen lassen, mal für 'en menschlichen Augenblick nur. Ich mein ja nur.

Und die Schlaubergerin kramt weiter in ihren Beckmann-Karteikärtchen: »Salz leckst du, armer größenwahnsinniger Sklave, und tanzt lieblich und unendlich komisch in der Arena der Unendlichkeit unter dem tosenden Beifall des göttlichen Publikums. Je besser du's machst, um so komischer bist du.«

Also ich kapier gar nichts mehr. »Größenwahnsinniger Sklave«, wen meint dieser Beckmax? Und macht sich lustig und lacht unterm tosenden Beifall des göttlichen Publikums, und ich bin der Dings, der Gelackmeierte oder wer. Göttlich jedenfalls kann ich das Publikum wahrhaftig nicht finden, bei aller Liebe. Die Kunsttante zum Beispiel, wie die ständig ihre Brille auf der Nase zurechtrückt und Beckmannverse predigt: »Am traurigsten der absolute Wollüstling, weil er Pech säuft statt Wasser. – Halten wir uns an die Verachtung.«

Unmöglich, dein Schöpfer, war doch 'n gebildeter Mensch, 'nen Kunstprofessor sogar, denk ich, und dann: Verachtung! Nur weil einer so viel Pech hat.

Kaum ist die Uni-Truppe abgezogen, ist dieser Kiebitzkerl wieder da. Und schielt unter dein lila Kleid. Schamlos. Mann, dass das aber auch so hochgerutscht sein muss, kann der ja bis sonst wohin und geil glotzen. Nur gut, dass du die Beine übernandergeschlagen hast. Der würd dir glatt reinpeilen, direktemang. Der Sphinx spinxen durch 'en Spalt bis zum Blinddarm. Kennt der nix. Gut

gut, wahrscheinlich käm er nur bis zum Stoff. Und so
'n Tüllunterrock oder was, wie Balletteusen so anhaben,
scheinste ja nicht drunter zu haben. Aber 'ne jungfrau-
weiße Balletthose.

Würd der garantiert völlig ungeniert hinschielen, ob kein
Blutsfleck, kein Ausfluss nicht zu sehn ist. Würd mit seinen verquasten Kiekerlingen nachfahrn den Umriss, wie
sich die Balletthose einkerbt, – 'ne Unterhose haste da
bestimmt nicht drunter, ist jedenfalls nichts von zu sehn,
kein Saumabdruck oder was – würd den feinen Schatten-
strich nachfahrn, das Schwein, Ferkel das! Würd der fertig bringen, glatt und ohne rot zu werden. – Gut wirklich,
dass du die Beine überkreuzt, bisschen auf Eleganz hältst.
Bitter notwendig der Fächer, bitter.

Gunnar, altes Haus, merkst du eigentlich überhaupt nicht,
wie diese Frau da grad dabei ist, dich komplett um den
Finger zu wickeln. Pass auf, pass bloß auf!

______6.

Nein, das sei absolut hundertprozentig auszuschließen. Man habe die Havariestelle weiträumig abgesucht, habe Taucher eingesetzt und auf der Schäreninsel speziell ausgebildete Suchhunde. Und: nichts! Nein, man müsse jetzt, nachdem ja nun doch auch schon einige Tage ins Land gegangen seien, davon ausgehen, dass er der Einzige gewesen sei, der noch so weit habe schwimmen und sich über die Insel und den Fjordarm bis zum Festland durchschlagen können, dass also außer ihm die gesamte Crew ertrunken sei. Nach den vier Leichen seiner Kollegen habe man nichts Menschliches mehr gefunden und gestern Abend die Suche eingestellt. Vom Käptn und zwei andern Seeleuten keine Spur. Insgesamt sieben Tote, ein Überlebender und ein zerschellter Trawler, das sei die traurige Bilanz dieser Schreckensnacht vorige Woche.

Nun, man könne seine Wut ja bestens verstehen und sein alles andre überlagerndes Bedürfnis, als einziger Überlebender der Katastrophe um alles in der Welt rauszukriegen, wer den Ausfall der Leuchtfeuer zu verantworten habe. Aber, seine unmittelbare Betroffenheit in Ehren, zu ermitteln – das sei seine Aufgabe nicht! Dafür habe er weder die fachliche noch die exekutiv-juristische Kompetenz! Nein nein, da wäre er bestens beraten, wenn er das der amtlichen Küstenwache überlasse. Hier habe man ausgewiesene Spezialisten für so was. Und was die Loyalität des Leuchtturmwärters angehe, da gebe es nach den Erfahrungen der letzten Jahre keinen Anlass zum

Zweifel. Aber wenn ihn das beruhige, so sei ihm hiermit versichert, dass man den Leuchtturm von Stjernholman ohnedies ganz besonders im Blick habe, schon zuständigkeitshalber. Man empfehle ihm also, die Staatsorgane machen zu lassen, sich zurück nach Stavanger zu begeben und erst mal richtig Urlaub an der Adria oder wo zu machen. Nachdem er sich selbstredend vorher mit der Versicherung in Verbindung gesetzt und tunlichst einen Rechtsanwalt konsultiert habe, denn da käme doch einiges an Papierkrieg auf ihn zu. Wenn man sich beispielsweise so seine Hände ansehe, da würde ihm doch mit ziemlicher Sicherheit ein anständiges Schmerzensgeld zustehen. Und da könne ein Rechtsbeistand sicherlich ausgesprochen nützlich sein. Wenn er sich also in den nächsten Wochen statt in Arcona partout auf einem Schlachtfeld tummeln wolle, dann bittschön auf diesem. Und zwar in seinem eigenen, seinem ureigensten Interesse. Statt sich hier in dieser unwirtlichen Gegend mit irgendwelchem Ermittlungsgestümper rumzuschlagen. Da könne er sich nur blamieren, unsterblich blamieren. Und seinem Käptn und den Kollegen nützen werde das auch nicht mehr.

Nach dieser Lektion schlug der Chef der Küstenwache die Akte zu und sah seinem Gegenüber fest in die Augen.

_______7.

»Mir läuft das Wasser im Mund zusammen! – Finn, was
is nu?«

Aber der hatte nur Augen und Ohren fürs Funkgerät.
Während er versuchte, im weißen Rauschen irgendwelche verlorenen Silben, Wörter, Meldungen auszumachen,
starrte er Löcher in den muffigbraunen Stoff, womit sein
Vorgänger die ursprüngliche, vermutlich seit Jahrzehnten
verschlissene Bespannung der kleinen Lautsprecherbox
ersetzt hatte. Das gesamte technische Equipment hier
wirkte wie ein Überbleibsel aus vorchristlichen Jahr-
hunderten, war vermutlich seit 1912, dem Jahr der Inbe-
triebnahme des Leuchtturms, nicht ausgetauscht worden.
Wenn's hoch kam, mochte das ein oder andere Gerät
oberflächlich überholt worden sein, wie die wenigen noch
nicht ganz erblindeten Sichtscheiben der Messinginstru-
mente verrieten.

Schließlich stand Finn langsam auf, ging rüber zum Fenster und richtete den Blick ins Leere, als wolle er seine
Gedanken draußen an der Reling des Galerieumlaufs zum
Trocknen aufhängen. Während Marit den Dienstraum mit
den langen Schritten eines Admirals durchmaß und dabei
unverwandt aufs Funkgerät starrte, den stieren Blick nicht
mal lockerte, als sie mit dem Fuß den baufälligen Stuhl
anrempelte, den Petter gepachtet hatte. »Was meinste, hat
er's?«

»Was?«

»Geschafft. Ob der Pott nu mal endlich vor unsre Felsen gerumst ist und schön unten auf'm Meeresgrund rumdümpelt! Stell dich doch nicht dämlicher, als du bist.«

»Keine Ahnung. Wirste schon früh genug merken. Du hast doch die Funkkiste bestens im Blick«, antwortete Finn. Er stand unbeweglich, den andern seinen merkwürdig kurzen Rücken zugewandt, und blickte gebannt aus dem Fenster, als könne er irgendwas erkennen in dieser dumpfen Schwärze da draußen, die regelmäßig vom kreisenden Lichtschweif der Leuchtturmlaterne für kurze Zeit in ein nicht weniger undurchdringbares nebliges Weiß verwandelt wurde. Marit klopfte fahrig an ihrer Pfeife herum, stopfte sie mit ihrem schwarzgelben Zeigefinger und schob sie dann, ohne die Lippen zu öffnen, zwischen die Zähne, um sich augenblicklich wieder daran festzubeißen.

»Will's aber jetzt wissen!« Sie tat zwei kräftige Züge, bis die Glut wieder durchgezogen war und stopfte noch einmal mit dem Finger nach, ohne dass ihr Gesicht auch nur den leisesten Anflug von Schmerz verraten hätte.

»Dann sei still und stell deine Lauscher auf Empfang. Sag ich doch«, kam es vom Fenster.

»Dieser Beowulf damals«, sagte sie gedankenverloren, das sei doch alles hirnverbrannter Unsinn: von wegen Held! Der sei bloß ein unglaublicher Draufgänger gewesen. Und, verdammt noch mal, ein hinterhältiger Dunkelmann, wie's in keinem Buche stehe. »Von wegen Held, von wegen! Nichts da«, raunte sie. Er habe eben nicht, wie die olle Legende erzähle, er habe den Gauten eben nicht ein halbes Jahrhundert Segen, Frieden, Reichtum beschert! Gut, möge ja sein, Reichtum womöglich schon, müsse sie zugeben vielleicht, aber auf wessen Kosten denn?! »Nein nein«, dröhnte sie und biss so fest auf das Mundstück ihrer Pfeife, dass es unter der heißblütigen Attacke vernehmlich ächzte. Die Kiefernmuskeln trieben unter ihrer alten Haut ein ungestümes Spiel, strafften die Wangen und legten sie im selben Moment wieder in tiefgründige Falten. Nein, ganze Generationen von tapferen Gauten habe dieser Raufrüpel über beide Ohren gehauen, habe seine treuesten Gefährten in den Tod gehetzt. »Ein Berserker, das Schwein.«

Niemand nahm Notiz von Marits fuchtiger Philippika.

Man solle sich doch bloß diese Geschichte aus Beowulfs Jugend vorknöpfen! Ihre Zähne knirschten auf der Pfeife, zwei Rauchfahnen stießen wie die eines feurigen Lindwurms durch die Eckzahnlücken. Wie da der Kerl im zarten Knabenalter gemeint habe, sich mit einem gleichaltrigen Burschen aus vornehmem norwegischen Geschlecht messen zu müssen. Wie die beiden sich bei Herbstwind und -wetter in die Fluten gestürzt und schwimmend tagelang mit dem Schwert auf die hochhergehenden Wellen eingedroschen und geharnischte Schläge wider die Gischt, gegen neun gräuliche Meeresungeheuer und andere Windmühlen ausgeteilt hätten! Wie Beowulf schließlich seinen Freund, den irgendeine Strömung erwischte, aus den Augen aus dem Sinn verloren habe und nach sieben Tagen irrwitzigen Gefechts gegen die Ostseestürme aus den Fluten gestapft sei. »Und aus diesem verdammten jugendlichen Leichtsinn machen die 'ne Heldensage!!«, brüllte sie. Müsse man sich vorstellen, die ollen Kelten, Dänen oder wer! Nicht zu fassen. Und übers Schicksal von dem andern armen Kerl, ob er womöglich bei Beowulf seinem Schwertgewirbel gegen irgendwas für Wellen nach unten gezogen worden sei von 'nem Strudel, sich verschluckt habe, mausetot verfangen in tausend Algententakeln oder ob er am Ende einem von Beowulfs fahrigen Schwerthieben selbst zum Opfer gefallen sei, weiß der Deibel, darüber schweige des Sängers verdammte Höflichkeit. Und sie ließ, um ihre Sicht der Dinge zu unterstreichen, ein kurzes, echoloses Husten hören.

»Finn«, zischte sie, »okay, du hast mir wieder 'n Sinn, wieder 'n Ziel gegeben. Und das, das ist das beste, was du in den Jahren, wo du jetzt hier bist, hingekriegt hast. Dass ich wieder weiß, wodrauf ich zusteuer. Zusteuern will. Aber umso mehr will ich jetzt nicht außen vorgelassen werden. Verstehste?! Wenn ich eins hasse, dann sind das Alleingänge, Durchmärsche, ohne nach links und rechts zu sehn, bloß weil einer sich für den Größten, den Allergrößten hält.«

Klatsch. Die zusammengesunkene grauhaarige Gestalt auf dem Stuhl in der finstren Ofenecke hatte sich plötzlich aufgerichtet und sich mit beiden Händen auf die Knie geschlagen. »Halt's Maul! Mal endlich mal. Hat er doch gesagt, sollst das Maul halten. Und wenn hier einer was zu sagen hat, in drei Teufels Namen, dann er. Ist Leuchtturmwärter schließlich. Außerdem macht doch überhaupt keiner 'n Alleingang. Und uns geht's auch nicht besser als dir. Schließlich weiß doch keiner, was Sache ist.«

Petter fiel auf seinem Schemel wieder in sich zusammen, den Kopf zwischen die riesigen rissigen Hände geschoben. Die Alte blieb endlich stehen, maulte zwischen Mundstück und verbissenen Lippen hindurch, dass sie diese elende Warterei satt sei, diese elend endlose Warterei immer, paffte noch zweimal und hüllte sich in Schwaden aus Rauch und Schweigen. Kein Sterbenslaut war zu hören, nur aus dem Ofen dann und wann ein Seufzen, wenn ein Scheit in der Glut riss.

Finn hatte die Hände aus der Tasche gezogen und die Finger auf der Fensterbank gespreizt, die Augen, so dicht es ging, an die schwarze Glasscheibe gepresst.

Bloß die Kerze auf dem Tisch, die Marit immer meinte, anzünden zu müssen, »dass kein Deibel und kein Aas Einzug halten kann«, wie sie sich ausdrückte, die Kerzenflamme ließ sich von einem leisen Lufthauch zu einer winzigen Bewegung hinreißen. Plötzlich ein ohrenbetäubender Krach! Ein Holzklotz im Ofen musste krepiert und in tausend Stücke zersprungen sein, die jetzt wild prasselnd in der Glut tanzten.

»Da. Die olle Kiste. Hat sich gemuckst.«

»Unsinn! Der Ofen.«

»Oder doch?« Finn hatte sich mit einer blitzschnellen Bewegung dem Funkgerät neben der Alten zugewandt. Unter seinen linealgrade gezogenen Brauen glühte es. Gebannt starrte er den braunbespannten Lautsprecher an. »Hast recht, Alte.« Zwei große Schritte und er ging vor dem Gerät in die Knie. Während er schon mit spitzen

Fingern an den Schaltern und Drehknöpfen friemelte, zog seine Linke den Hocker an Land, den er eben beim Sturm vom Fenster zum Armaturenpult achtlos beiseite getreten hatte. Ohne die kniende Haltung aufzugeben, stützte er sich mit den Hinterbacken nur grade eben auf die Kante der Sitzfläche. Und als der Hocker wieder nach hinten zu entgleiten drohte, spreizte er die Unterschenkel und keilte die Stuhlbeine ein, während er mit ungebrochenem Eifer an den Reglern des Empfängers fingerte.

Die greise Gestalt am Ofen hatte nichts mehr von einem närrischen Kauz: Die wirren grauen Haare standen steil in die ofenheiße Luft, Petters rotglühendes Gesicht mit der breiten Nase sah plötzlich verblüffend jung aus. Seine Seeadleraugen waren mit derselben Spannkraft, mit der sie ansonsten das Fjordwasser zu durchlöchern pflegten, gradeaus auf Finns Finger gerichtet. »Mensch, kannste aus dem ollen Kasten nicht mal was Hörbares mal rauslocken! Mal ein Sterbenswörtchen mal.«

»Genau.« Die Alte konnte sich ein Kichern nicht verkneifen, gickelte mitten in die brennende Luft hinein. »Genau: Ein Sterbenswörtchen!«

»Schnauze«, raunte ihr Mann und schraubte wie Finn seinen Blick in den schwarzen Apparat, die darin verborgenen Wortrümpfe ausfindig zu machen. Das Gerät aber brachte einstweilen nur Krächzer und Knackser hervor. Die Finger des Leuchtturmwärters tasteten es behutsam ab, legten Schalter hin und her, bewegten den Sendersuchknopf mit unendlicher Geduld einen knappen Millimeter vor und einen zurück. Das Knarzen wurde lauter. Finns dünner Schnäuzer schien zu zittern, die Augenbrauen warfen die Stirn in Falten.

»Betty Blue is calling you. Betty Blue, Newcastle. Lighthouse Stjernholman, Vesterålen, do you hear me? Betty Blue. One of the lights on Røversvaer-Islands must be out of order. And it's a God damned fog all around here. According to our charts we just have passed a big submarine rock within rather a scanty distance! Fucking fog! Thank God, we managed it. Stjernholman Fyr – do you hear me? Betty Blue, Newcastle. There is one of the lights out of order.«

»Kacke. Kohlrabenschwarze Kacke.«

»Sie haben's! Geschafft. Mit heiler Haut davongekommen. Olle Scheiße noch mal.«

»Schnauze.«

Marit stampfte die knarrende Wendeltreppe runter zum Wohndeck und schepperte den Riesentopf auf den Herd. »Fi-inn«, brüllte sie nach oben, »hast doch nix dagegen, wenn ich mich bisschen was nützlich mach. Ach so, ist übrigens dein vorletztes Paket Reisig, aber macht ja nichts. Vielleicht, wenn de Glück hast, kriegste in Svolvik noch welches. Wenn de Glück hast und nicht der Letzte bist, der sich um Reisig kümmert, im September. Hähähä.«

»Marit«, kam es von oben, »ich hab mich hier grad verdorri noch mal um andre Sachen zu kümmern.«

»Ich mein ja nur.« Die Alte war eingeschnappt. Kurzerhand packte sie auch noch das letzte Reisigbündel und stopfte es energisch mit dem anderen in den Herd, obwohl schon eins mehr als genug war. Das würde Zunder geben!

Sollte Finn doch sehen, wie er morgen das Kaffeewasser
heiß kriegte.

Mit einem Ruck zog sie die zwei Stockfischpaare aus dem
Wasserkübel, in dem sie sich 24 Stunden lang sattgesoffen
hatten. Sie stanken höchst appetitlich. Und weich waren
sie, geschmeidig; schließlich hatte Marit sie gestern ein-
gehend mit dem Hammer bearbeitet. Jetzt brauchte bloß
noch das Wasser kochen, und dann rein damit. Anderthalb Stunden. Aber Zeit hatte sie ja. Da oben würde sich
jetzt einstweilen sowieso nichts mehr tun. Also konnte
sie auch hier unten dem Stockfisch zusehen, wie er noch
mal, ein letztes Mal schwimmen lernte. Und schon mal
am Aquavit nippen. Konnte schließlich nicht schaden bei
dem vernebelten Sauwetter da draußen.

_______8.

Schöne Tänzerin – nicht schön eigentlich, wie gesagt, schön nicht, nicht so richtig. Diese Klotznase, die hat er dir auch zu groß, zu klumpig ins Gesicht gemalt. Könntest schon noch schöner sein. Aber, ich weiß auch nicht – ungeheuer! Irgendwie ungeheuer. Mit deinem schwarzen, pechschwarzen Blick, und den rechten Arm schnurgrad schräg nach unten und angelehnt an die Armlehne von deinem dunkelroten, völlig verbauten Sessel – hat sich dein Beckmann wieder was zusammengepinselt! Die linke Hand wie im Dings, im Ballett fingerzeigend, ja noch mal, zwingt einen sozusagen in die Knie irgendwie, – da steht man und macht nichts mehr. Rein gar nichts.

Hätt nicht gedacht, Gunnar, alter Junge, dass dich eine so aus der Fassung, hartgesotten wie du bist, noch aus der Fassung bringen könnt. Dachte, so was wär mir abhanden gekommen, so diese Aufregung.

Heh Tänzerin, wie alt ist dein Klecksmax geworden? Sechsundsechzig? Hat er grad rechtzeitig den Arsch zugekniffen. Noch nichts mit Rente. Trotzdem, vielleicht hat er sie trotzdem gekannt schon, diese Angst vor diesen Rentnertagen, vor jedem neuen neu diese Angst: Auch der Tag ist wieder ein Idiot. Ich hab sie schon vor Augen gehabt, diese Angst, völlig ungeschminkt. War doch absolut nicht sicher – mit fast 50 ist man schließlich auch nicht mehr der Jüngste, und wo jetzt der Fuß ab war – war absolut nicht sicher, dass ich noch 'ne Arbeit find. Auf

See jedenfalls nicht. Dabei guck ich für mein Leben gern, guck raus ins Offene, in die Weite bis zum Horizont, aber Essig! Also gut, da kam mir das mit den Bildern hier grad zupass. Einigermaßen. Konnte ja nicht ahnen, dass mir so eine hier übern Weg laufen würd.

Mann, bei mir, schöne Tänzerin, hättste's verdammt nicht schlecht, würdst nicht dauernd angepeilt von diesen schwachsinnig schwindsüchtigen Linsern mit ihren verranzten Bratäpfeln unter der Stirn. Die müssen dir doch auf den Zwirn gehn, jeden Tag und jeden Tag! Ich weiß überhaupt nicht, ob das wirklich ein Fächer ist, den de dir vor deinen Balköner hältst. Ich meine, wenn ich mir diesen ganzen Bohei hier im Museum – oder Halle ja, Halle von der alten Fischmehlfabrik, die der Kunstforeningen extra für die Ausstellung angemietet hat, jau, weiß ich, also: Halle, – wenn ich mir den Bohei hier in der Fischmehlfabrikhalle angucke, dies ganze Gebrabbel um dich rum, könnt man meinen, dein Max hat gar nicht 'en Fächer, hat vielleicht doch 'ne Narrenklatsche gemeint.

Jedenfalls, sieht man sofort, wie's dich anstrengt, seit zig Jahren so daneben gucken, neben's Gesülze von diesen spitzen Köpfen und Blicken, ins Nichts nach rechts gucken dauernd. Dass du nicht mal einem von diesen Glotzern und Gelehrten mitten ins Gesicht deinen ganzen Spottblick klatschen kannst. Darfst ja schließlich deinem Dings, deinem Schöpfer das Geschäft nicht vermasseln, musst still halten, die Kundschaft nicht verprellen. Bei mir könntste dich mal gehn lassen auch mal.

Warte mal! '25! Jahrgang 1925. Tatsächlich. Bist zwei Jahre älter als ich. Aber zwei Jährchen, was sind schon zwei Jährchen! Außerdem hast du mit den Jahren ja eh nichts am Hut. Gleich mit 28, Tschuldigung, vielleicht auch mit 23 geboren worden, und dann kein eines Jahr mehr verstreichen lassen. Seit 'nem halben Jahrhundert ein und dasselbe Jahr. Obwohl, hast viel verpasst, könntste bei mir nachholen. Könntst mit mir alt werden und jung bleiben. Und würdest endlich aus deiner unsterblichen Langeweile entlassen.

9

Petter hatte ihr wieder mal einen Haufen zerfaserter Netze auf den Felsbuckel vorm Haus geworfen. Wieso der alte Esel immer warten musste, bis so 'n riesiger Berg aufgelaufen war?! Musste man's doch mit der Angst zu tun kriegen, wenn man das ganze Zeug vor der Brust hatte. Würde ja nie aufhören! Aber dann zog sie doch das erste Netz vom Stapel und setzte die Nadel an. Sie konnte sich beim besten Willen nicht dran erinnern, wie viel hundert Netze sie in ihrem Leben schon repariert hatte. Sie machte das fast blind, musste immer nur ganz kurz hinsehen und konnte ansonsten den Blick schweifen lassen über die kaltgrauen Inseln im Septemberdämmer. Sah drüben die Lichtpunkte der Siedlungen auf den Inseln, wo die Landstraße – wie eine Allee gesäumt von einer endlosen Staffel gebeugter Straßenlaternen – sich gen Süden davon schlängelte.

»Es ist nicht zu fassen, das ganze Gelichter da drüben! Mittags um halb drei! Oder doch, ist doch zu fassen, ist klar, jetzt, wo's finstrer wird, Tag für Tag die Nächte länger, langsam aber stetig, da ergreifen sie die Flucht nach vorn, krempeln die Ärmel hoch, stapeln Lampen, Lämpchen, Leuchten, Lichtlein in die Einkaufswagen. Zu Tausenden. Was sag ich? Zu Hunderttausenden. Dabei wären die Einzigen, die in Sachen Licht 'n Wörtchen mitzureden hätten, ja wohl Baldur und der olle Loki, wenn Ihr Euch erinnern möchtet, Ihr brustgeschwellten Leuchtegockel Ihr! Muss man sich vorstellen: Für dies flirrend-grelle Geflimmer, Gefunkel, für das Lichtgeprasse von all den armseligen

Armleuchtern Land auf Land ab, dafür war der Loki die endlosen Jahre an diesen kargen, an diesen höllischen Felsen festgekettet. Dafür! Hätt er sich verdammt auch nicht träumen lassen.«

Plötzlich, Marit wusste überhaupt nicht, wie ihr geschah, plötzlich standen neben ihr zwei schwarze Hosenbeine. Und als sie langsam, ganz langsam den Blick hob, musste sie feststellen, dass darin ein hochaufgeschossener Kerl steckte. Ein Schrank von einem Kerl. Daran bestand kein Zweifel, auch wenn ihre Perspektive von da unten zu Füßen des Netzgebirges ein Übriges dazu tun mochte, dem von Kopf bis Fuß schwarz gekleideten Mann gradezu Riesendimensionen zu verleihen. Sie war weiß Gott alles andre als ängstlich, aber als sie dem geheimnisvollen Fremden ins Gesicht sah, da ließ sie denn doch einen Schrei fahren, der die verblichenen Urahnen Odins zur neuerlichen Götterdämmerung hätte aufwecken können. Dieses Gesicht, in das sie da eben hatte blicken müssen, war schwarz, pechschwarz! Und wer hatte je auf den Vesterålen ein schwarzes Gesicht gesehen, ein so was von schwarzes Gesicht! Und natürlich hatte sie sofort gesehen, dass ihm aus der Stirn, rechts und links direkt am Haaransatz zwei spitzige Hörner wuchsen, krumm gebogen wie die eines stinkenden Ziegenbocks. Weder wollte sie auch nur eine Sekunde länger in dieses Grauen von einem Gesicht blicken, noch wagte sie es, den Blick zu senken, denn aus dem Augenwinkel hatte sie gesehen, dass der linke Fuß des Mannes von klumpigen Auswüchsen gezeichnet war. Um des hohen Himmels Willen, Marit stierte krampfhaft an dem Kerl vorbei aufs rauchgraue Meer, bekreuzigte sich und stammelte etwas von wegen, dass sie nie wieder an die Götter und Halbgötter, die hier in den hohen Breiten ihr Unwesen trieben, auch nur einen Gedanken verschwenden, sondern ausschließlichst an den einen einzigen Christengott glauben werde. Und heute Nacht noch, gelobte sie stumm, werde sie zwölf, oder ja, zwanzig Ave-Maria vom Stapel lassen. Wenn nur, ja, wenn der Gehörnte so plötzlich und leise, wie er erschienen war, auch wieder verschwinden werde.

»Kennen Sie den Leuchtturmwärter hier, Frau Tideband?«

Im Namen aller heiligen Geschöpfe aus Bestlas, oder nein besser: aus Evas erhabnem Schoß: Der Kerl hatte eine gradezu menschliche Stimme! Perfides Täuschungsmanöver! Und als sie jetzt gezwungen war, doch noch einmal aufzublicken, entdeckte sie, dass sein Gesicht längst nicht mehr so schwarz war, womöglich war nur ein etwas tiefer Schatten drauf gefallen. Und die Hörner – was für Hörner? »Den Leuchtturmwärter? Hier kennt jeder jeden. Aber ...«

»Aber?«

»Aber der Mann hat zu tun.«

»So?«

»Ist draußen irgendwo bei den Leuchtfeuern oder Bojen oder was, gehören ja, ich weiß nicht, etliche zu seinem Bezirk. Muss er irgendwas richten. Was fragen Sie mich denn das? Wer sind Sie überhaupt? Wenn wer Neues auf unser Eiland kommt, der stellt sich erst mal vor, vernünftig. Dass man weiß, wo man dran ist.«

»Dann bestellen Sie dem Leuchtturmwärter mal, er soll sich bei seiner Arbeit nicht stören lassen.«

»Ja, aber ...«

Aber da war der Kerl in Schwarz schon wieder verschwunden, so plötzlich und leise, wie er erschienen war. Huschte mit leichten, mit federleichten Schritten über die Felshöcker, schwebte um die Krüppelbirke drüben und war weg. Einfach weg.

»Deibel noch mal«, entfuhr es Marit, »woher, zum Teufel, weiß der meinen Namen?«

_______10.

Der Oktobermorgen war noch jung. Bitterkalt. Das sah Finn beim ersten Blick aus dem schmalen Fenster, das vom winzigen Badezimmer des Leuchtturms Richtung Osten zeigte, rüber zu den Bergen der Insel Grovöya. Ohne dass er es merkte, bremste er seine Zahnbürste und verlor sich dem Anblick der paar wenigen Dächer zu Füßen des Leuchtturms, alle raureifweiß. Auch wie sich langsam die Tür öffnete, bekam er nicht mit. Erst als ihm plötzlich eine weiche Hand in den Schritt fuhr, schreckte er auf.

»Brik, ich putz mir die Zähne – dir ist aber auch nichts heilig.« Der Form halber nahm er das Zähneputzen wieder auf, aber Briks Hand wollte ihre einmal eroberte komfortable Position offensichtlich nicht wieder aufgeben. Was allerdings auch ihren Mann nicht unbeeindruckt ließ. Zwischen Zahnpastaschaum und emsig fuhrwerkender Zahnbürste hindurch säuselte er: »Ja, wenn das so ist. Über so 'ne Störung ließe sich vielleicht verhandeln.«

»Wo du dir grad die Zähne putzt, Mann, ist es nicht so viel Arbeit, an die entscheidenden Gerätschaften dranzukommen«, kicherte Brik.

Finn gurgelte, ob er vielleicht vorher noch ausspucken dürfe.

»Nein«, hauchte sie, »heh, siehste nicht? Der kriegt's auch so hin.«

Jetzt war Finn endgültig nicht mehr Herr der Lage, er wand sich wie eine Kobra, spuckte Schaum und Wasser in hohem Bogen ins winzige Becken, und sein Prusten ging nahtlos in eine Art sonores Schnurren über. Aber plötzlich, als sei er aus heiterem Himmel wieder zur Besinnung gekommen, stoppte er. »Brik, ich muss endlich mal was loswerden: Ich hab keine Ahnung, wie lang das noch gut geht.«

»Was? Wieso?« Brik hatte die Liebesverrichtungen ebenfalls abrupt unterbrochen.

»Mein Job. Die Arbeit, mein Leuchtturm.«

»Wissen wir doch längst.« Sie nahm den Rhythmus langsam wieder auf, aber es gelang ihr nicht, Finn mit auf die Schwingen zu heben.

»Das ist nur noch 'ne Frage der Zeit. Dann ist das zu Ende hier. Die neuen Zeiten, wo du immer so von schwärmst, – die wollen das alles hier automatisieren, verstehst du.«

»Aber das wissen wir, Mann, das haben sie euch doch schon während der Ausbildung unschonend beigebracht. Du wirst schon was Neues finden, heh, wenn das hier zu Ende geht.«

»Ich will aber nicht. Ich will nichts Neues finden. Und vor allen Dingen will ich kein Kind. Nicht so. Nicht wenn ich nicht weiß, was wird.«

»Können wir jetzt mal langsam hier weitermachen?« Brik wollte sich partout nicht aus dem Konzept bringen lassen.

»Krähenkacke noch mal, kann man mit dir vielleicht mal ernsthaft reden?«

»Och nee«, japste sie, »nicht schlapp machen, Finn!«

11

Schon am frühen Nachmittag verteilten die Sterne weiße Punkte über die hohe Kuppel. Immerhin war der November schon angebrochen. Es war kälter geworden. Jetzt, wo die Tage kürzer wurden, wo man den schwarzen Wolken beim Nachlaufenspiel um die weißen Häupter der Skanden zusehen konnte und den Möwen beim Flugballett über den schneegescheckten Schären, jetzt war die Zeit weit aufgerissen. Gedanken nachzudenken, zu vergessen, zu erinnern, im Kopf die krudesten Ideen aufstehen, taumeln, aufstehen zu lassen. Dachte er. Und sah weit raus, wo rotgold-kitschig die Sonne noch einen Augenblick auf der kaltglatten See längs kullerte und offensichtlich versuchte, die Gnadenfrist so lange wie möglich rauszuzögern. Bevor sie dann doch versank. Aber schnell noch einen üppigen Lichtvorrat aussandte, der den Horizont in ein sattes Orange tauchte, bonbonfarbene Schlieren an den Himmel zauberte, ein paar violette Federwolken mit einem barocken Goldrahmen einfasste, um dann schließlich in ein erbarmungsloses Blauschwarz auszuwachsen.

Finn spürte, wie die Kälte durch den Pullover kroch. Er steckte die Hände in die Hosentasch und wollte grade von der Galerie wieder in den Dienstraum gehen, um sich seiner Funk- und Schaltzentrale zu widmen, – als er plötzlich stockte. Er drehte bei, ging die paar Schritte zurück und baute sich wieder da auf, wo er eben das Schauspiel der Dämmerung begutachtet hatte. Da war, da fuhr doch – dabei kannte er doch nun wirklich jede Schaluppe, je-

den Kahn, jeden alten Schuh, der vor seiner Küste vorbei
schaukelte. Aber das, dieses Boot – da würde er seine Hand
für ins Feuer legen – das hatte er hier noch nie gesehen.
Finn stützte sich auf die Galeriereling, sein Oberkörper
war plötzlich dermaßen schwer geworden, bleischwer. Der
Kerl da unten hatte den Außenbordmotor ausgestellt und
war sichtlich bemüht, lautlos die Ruder ins Abendwasser
zu tauchen. Finn ließ das Boot seinem stechenden Blick
nicht mehr entkommen, diesem Fernglasblick, den seine
Profession mit sich brachte. Mochte der offenbar komplett schwarz gekleidete Kerl noch so sehr versuchen, in
der wachsenden Dunkelheit unterzutauchen. Verdammt
weit draußen, als er, wie's aussah, glaubte, außerhalb der
Sicht- und erst recht außerhalb der Hörweite zu sein,
warf der Typ den Motor an und zog mit Vollgas durch
den engen Sund zwischen den Felshöckern im äußeren
Schärengürtel davon, bis Finn ihn irgendwann endgültig
aus dem Blick verlor.

»Kerl«, krähte Marit aus dem Inneren des Leuchtturms,
»wo hängste denn wieder rum? Hier ist ja alles aber so
was von total verwaist! Dienst ist Dienst, und Gedankenverlieren ist Gedankenverlieren.«

_______12.

»Eins ist uns wenigstens noch frei. Hass – Zorn und innerlichen Gehorsam aufkündigen den widerwärtigen, ewig unbekannten Gesetzen, die über uns verhängt sind seit Endlosigkeit in namenloser schauerlicher Unfreiheit des Willens.« Hat er selber noch gesagt. Dein Meister Max Klecksmann. Also los. Mit Zorn und Lust und langen Fingern. Klauen aus diesen Klauen hier. Und soll sich keiner beschweren: Hat er selber gesagt, wie gesagt, nämlich, der Maler selbst. Bei dem einen mir verbliebnen Fuß.

Also runter zum Kollegen vom Objektschutz, in 'n Gespräch verwickeln, vielleicht 'nen Kurzen oder zwei mit ihm heben – jau, in der Tabakdose der Zahnabdruckgummi oder -kunststoff oder was das ist, ist noch weich. Und jetzt, Gunst der Stunde, rüberlangen. Zwei Abdrücke in die Zahnknete, von rechts, von links, und schon hängt der Schlüssel wieder. Und der Kollege ist den Schnaps am wegkramen.

Und dann noch paar Vorsichtstage noch rumkriegen hier. Und nicht auffallen, alter Gunnar, mit diesem ganzen Dings, diesem ganzen Schweiß und dem einen Fuß, dem eiskalten. Was der auf einmal auch so kalt sein muss, ist er doch sonst nicht.

_______13.

»Ganz schön anstrengend morgens immer, was? So allein mit mir. Das ganze Frühstück! Eine geschlagne Viertelstunde – mindestens – dich eifrig mit mir unterhalten müssen.«

Brik hatte Frokost gemacht. Ihre große Leidenschaft, wenn sie ausnahmsweise mal rechtzeitig aus dem Bett gekommen waren. Sie trug nach Herzenslust alles zusammen fürs Frühstück, was die Küche hergab. Bis die Tischbeine sich durchbogen. Sämtliche nur erdenklichen Brotsorten, Flatbrød und Knäcke sowieso, Waffelbrot und Finnbrød. Und natürlich Lefse – niemand konnte die Saure-Sahne-Fladen wie sie zubereiten! Dann Blaubeerpfannkuchen und direkt daneben kalten Fisch, heißes Kartoffelpüree und ein ordentlicher Brocken Jarlsberg vom Feinsten, mild und nussig. Finn hatte keine Ahnung, wie sie an einen derart guten Käse kam, beim Supermarkt in Svolvik jedenfalls gab's den nicht, so viel war sicher. Weiß der liebe Himmel, wahrscheinlich ließ sie ihn direkt einfliegen aus dem Süden, irgendwo aus dem Gudbrandsdal oder woher auch immer. Und der Brunost-Käse, den sie immer anschleppte, war auch nicht zu verachten, Zwischending aus Ziege und Karamell, süß, braun und bitter, klebte am Gaumen wie tagelang durchgewalkter Kaugummi. Aber lecker, einfach lecker, würzig süß.

Früher hatte er Brik für diese Frühstücksköstlichkeiten geliebt, und sie ihn, weil er eine Antenne dafür hatte. Aber in den letzten Wochen war ihm der Sinn nicht danach. Und heute schon gar nicht. Er stand unter Strom. Griff eilig, aber so, dass es möglichst nicht danach aussah, in den Topf mit eingelegten Salzheringen und schob sich zwei davon samt Zwiebelscheiben, Dillstrünken und Pfefferkörnern in den Rachen. Dann noch schnell zwei Knackwürstchen und einen Schlag Kartoffelbrei mit brauner Butter. Das musste heute reichen als Frühstück.

»Aber wenn ich dann zur Praxis bin, dann haste ja erst mal so richtig deine Ruhe. Bis Petter seine Fischernacht weggeschlafen hat und Marit in die Gänge gekommen ist. So lange total allein – kommst du da nicht manchmal auf krumme Gedanken?«

»Ich weiß auch nicht, ich bin mir irgendwie selbst genug. Manchmal. Meistens. Aber nicht immer.«

»Kannste ja bloß froh sein, heh, dass du für das Nicht-Immer anständig verheiratet bist. Andernfalls, das würde dich hier oben wahrscheinlich teuer, verdammt teuer zu stehn kommen.« Brik lachte, gab ihm einen kurzen Kuss auf die Nasenspitze, und schon hörte er sie die Treppe runterpoltern. Er wusste, dass sie noch auf der Treppe ihre Arme in die Jacke stopfen, den Mantel anziehen und schließlich Finns alten, ausgebeulten Overall darüber würgen würde. Diese letzte Pelle würde sie dann drüben in Brunøa auf dem Anlegesteg wieder ablegen, ebenfalls im Laufschritt. Jetzt war sie vermutlich unten auf den letzten Treppenstufen angekommen und schlüpfte in die Stiefel. War ihm ein Rätsel und würde ihm, obwohl er's schon so oft beobachtet hatte, immer ein Rätsel bleiben, wie sie es schaffte, die ganzen Klamotten verteilt auf ihre Hände,

Arme, Schultern treppab zu befördern und sie dabei – im Hochgalopp – Stück für Stück anzuziehen.

Dann hörte er ihren Außenborder losknattern und davon heulen. Musst du schon verflucht schnell hinhörn, dann is' er weg. Schon weg. Verpufft, vertrieben, spurlos, noch schneller als wie die Qualmfetzen von seinem ollen Sprit. Finn musste grinsen, dass ihm immer morgens, wenn Brik zur Praxis fuhr, Marits zerzauste Worte in den Sinn kamen, die sie losgelassen hatte, als sie zusammen unten auf den Felsen gehockt und in den verblassenden Augusthimmel gegrübelt hatten. Schon weg, im leichten Wind, die Furche, die ihr Boot durchs Wasser zieht, die weißen Gischtschnüre hinten dran. Schon verschlungen vom Wasser, wieder verschlungen.

Finn ging zum Telefon und ließ die Wählscheibe die paar Nummern durchzwirbeln.

- »Tach auch. Werenskiold hier, Stjernholman Fyr. Ich hab bloß noch eine Ersatzleuchte für die B63er Bojen, ihr müsst mir noch mal 'nen Satz Leuchten zurücklegen. Und drei, vier Parabolspiegel auch. Okay?«
- »Ja sicher, weiß ich.«
- »Stimmt, waren auch B63er. Aber kann ich ja nu nichts zu.«
- »Ich geh mal davon aus, dass das auch auf die Kappe von diesen Chaoten aus Svolvik oder wo geht. Hab ich euch ja schon gesteckt, dass ich da 'ne Handvoll militante Vegetarier in Verdacht hab, die was weiß ich was für Fischbestände vorm Untergang retten wollen. Brauchen ja bloß irgendein abgewracktes Boot zu kapern und können von draußen von See aus lustig drauf los schmeißen. Diese leuchtenden Küstenaugen

geben doch, Krähenkacke noch mal, 'ne wunderbare Zielscheibe ab. Die Burschen wollen offenbar hier die Runde machen bei mir.«

- »Nee, das nicht. Bloß so 'n Verdacht.«
- »Wieso, ja, seid doch froh, dass ich das rechtzeitig immer mitkriege. Dass sich einer persönlich drum kümmert und an Ort und Stelle ist, wenn's drauf ankommt. Ihr könnt ja mal einen von euern Computerautomatendingern rausschicken, mal gucken, ob so einer was ausrichtet gegen die Steineschmeißer!«
- »Jedenfalls ich schick euch Brik dieser Tage mal vorbei, dass ihr der die Laternen mitgebt. Okay? Und ich geb ihr die zerdepperten mit, dass ihr mal 'n Blick drauf werfen könnt. Und nicht extra einer rauskommen muss.«
- »Ja ja, nichts für ungut.«

Minuten später saß Finn im Boot und fuhr rüber zu seinen Schützlingen direkt vor der Einfahrt zum Håkfjord. Irgendwie wirkte die Strecke heute doppelt lang. Endlich brachte er sein Boot zwanzig, dreißig Meter vor einer der B63er in Stellung und fischte sich ein paar von den Steinen, die er in Marits löchrigem Eimer mitgebracht hatte. Plötzlich aber kam er ins Stocken. Mitten auf der kleinen Schäreninsel, die seine Leuchtbake beherbergte, wirbelte eine Windhose über den Fels und riss den fein zerstäubten Neuschnee, der in den vergangenen Tagen den Winter eingeläutet hatte, fünf Meter hoch ins Licht. Die winzigen Kristalle, tausend Prismen, machten aus den paar wenigen Sonnenstrahlen, die sie erwischten, ein fantastisch wirbelndes Farbenspiel. Ein riesiger, glitzernder Diabolo aus Lichtfunken. Schnell noch ein Lichtspiel, bevor's die Sonne im Dezember dann nicht mehr über den Horizont schaffen und diese Wochen kommen würden, wo die Zeit unglaublich breit wurde. Gefiel ihm, aber irgendwie war es jedes Jahr aufs Neue eine Überraschung, wenn die Sonne sich mit einem letzten Augenzwinkern für vier lange Wochen definitiv verabschiedete.

Finn musste kurz überlegen, was er hier eigentlich zu suchen hatte. Dann spürte er die Steine in seiner Hand und legte los, griff immer wieder in den Eimer und schmiss, was das Zeug hielt. War seit jeher sein Schwachpunkt gewesen. Schon in der Schule. Schlagballwerfen: sein persönlicher Erfolgstöter. Daran hatte sich bis heute wenig geändert. Er musste das Boot ein ordentliches Stück näher heran steuern, dann erst landete er einen Treffer. Das Glas der Bake allerdings hielt der Attacke stand und schleuderte den Stein in hohem Bogen wieder zurück. Hoch elastisch, das Schutzglas, ja, wusste er, aber damit hatte er denn doch nicht gerechnet. Und auch einen zweiten und dritten Treffer quittierte seine B63er getreu der Devise: Einfallswinkel gleich Ausfallswinkel.

Was blieb ihm anderes, als noch näher heranzufahren. Schließlich suchte er in seinem Vorrat an Wurfmaterial den schwersten und scharfkantigsten Stein aus, stellte sich aufrecht hin und schleuderte ihn mit solchem Nachdruck auf die Bake, dass das Boot von der heftigen Bewegung anfing, wie wild zu schaukeln. Finn sah noch wie die Glasabdeckung des Leuchtfeuers aufriss, wie die Linse darunter in tausend Scherben explodierte und wie, allem Anschein nach, auch die Laterne selbst ihre Glashülle in alle Himmelsrichtungen verspritzte, doch da verblendete sich das Mosaik der umherfliegenden Glassplitter bereits mit einem Zauberbild schwarzer und weißer Wasserfontänen, wüst auseinanderstiebender Spritzer und strudelnder Turbulenzen. Die winzigen Tropfen machten aus den paar wenigen Sonnenstrahlen, die sie erwischten, ein fantastisch wirbelndes Schwarzweißspiel. Ein riesiger, glitzernder Diabolo aus Wasserfunken.

Jetzt erst, als er schon ein ordentliches Stück untergetaucht war, bemerkte Finn, wie saukalt das Wasser war. In extremer Kälte, hatte er mal irgendwo gelesen, hat man, kurz bevor einen der Kältetod holt, überbordend euphorische Gefühle.

»Und der Haifisch, der hat Zähne«, schoss es ihm durch den Kopf, »aber hier, hier hat noch der schärfste Haifischzahn keine Chance. Gegen diese Kälte und diese Finsternis. Nordnacht ist Mordnacht. Und der Mordzahn beißt auf Granit und Grund und gründet tief und knirscht, lässt den Sand zwischen den Zähnen zergehn und auf der Zunge. Komische Gedanken, wirres Zeug im Kopf, von wegen: Euphorie!«

Das einzig Heftige war dieses hämmernde Gefühl, das Herz müsse jeden Augenblick stehen bleiben. Aber dann meldete sich die Lunge, verlangte nach Luft und zwang ihn, sich nicht weiter um den Herzstillstand, sondern um die Aufwärtsbewegung zu kümmern. Kaum hatte er den Kopf über Wasser, sah er, dass es schlimmer kaum hätte kommen können. Das Boot lag kieloben und war ein gehöriges Stück abgetrieben. Die Werkzeugkiste mit allem drum und dran dürfte grade dabei sein, gemächlich zum Meeresboden hinab zu taumeln. Der halbleere Benzinkanister, Riemen und Tampen und Fender und was der Utensilien eines nordnorwegischen Leuchtturmwärters mehr waren, mochten sich ebenfalls irgendwohin auf Reisen begeben haben.

Doch das war noch längst nicht das Schlimmste. Viel aufregender war die Frage, wie er aus dieser Nummer mit einigermaßen heiler Haut rauskommen wollte. Finn musste herzergreifend lachen, so gut man bei diesen gattungsfeindlichen Wassertemperaturen lachen konnte. Aber sein Galgenhumor mischte sich mit durchaus weniger lustigen Gedanken. Eins jedenfalls war klar, er konnte nicht einfach zur Insel von seiner Leuchtbake rüberschwimmen, sich an Land schleppen und auf Rettung warten. Immerhin war nicht grade davon auszugehen, dass innerhalb der nächsten halben Stunde, bevor er bei Minusgraden in den klatschnassen Klamotten denn doch noch den Herzstillstand nachgeholt haben würde, dass also in absehbarer Zeit ein Rettungshubschrauber über dieses völlig abgelegene und, versteht sich, unbewohnte Eiland, über diesen nun wirklich als solchen ausgewiesenen Arsch der Welt fliegen und ihn, Finn, aufgabeln würde. Mal ganz davon abgesehen, dass er, nachdem er sich vor anderthalb Stunden noch bei der Küstenwache bitterlich über die üblen Streiche der Dorfjugend von heute beklagt hatte, nicht eben eine gute Figur machen würde neben dem zerdepperten Leuchtfeuer seiner Bake. Vielleicht hätte er sich bei entsprechendem rhetorischen Einsatz damit rausreden können, er sei auf der Suche nach den Übeltätern gewesen, habe sie auf frischer Tat ertappt, sie hätten daraufhin sein Boot zum Kentern gebracht, er sei nur knapp dem Tod durch Ertrinken entgangen und so weiter und so fort ... Wie auch immer, jedenfalls würde er sich mindestens verdächtig machen. Wo die ihn doch sowieso schon auf dem Kieker hatten.

Und das zweite, was klar war: Hier im Wasser konnte er noch weniger bleiben.

Unter diesen unwirtlichen Umständen waren keine zehn Minuten zu überleben. Wenn's ihm aber gelingen sollte, bis zum Boot zu kommen, und wenn es ihm des weiteren gelingen sollte, das Boot wieder nach oben zu drehen, den gründlich gewässerten Außenbordmotor anzuwerfen oder zumindest die altersschwachen Riemen in die Dollen zu würgen und in einem Wahnsinnsakt mit den klatschnassen Klamotten am Leib die sechs Seemeilen durch die Kälte zurück zu paddeln, wie sollte er Marit und Petter, wie sollte er vor allem Brik klarmachen, wo er gewesen und was ihm widerfahren sei. Sich schon wieder irgendeine Geschichte ausdenken, die ihm keiner – und Brik schon gar nicht – abnehmen würde?

14

»Fi-inn, kann ich mal deine Inbusschlüssel?« Marit hatte den Kopf über die kreuz und quer verknotete Seilwinde gebeugt, die Petter aus seinem Boot ausgebaut und mit herauf gebracht hatte. Sie saß im Schneidersitz auf dem Boden des Dienstraums und fuhrwerkte mit mehreren Ködernadeln, Küchenmessern und dem Stocheisen im verkorksten Seilknäuel herum und setzte nun an, der Einfachheit halber die Winde soweit zu zerlegen, dass sie das indifferente Gewirr würde herausziehen können, um die Mechanik wieder flottzubekommen.

»Keine Ahnung, wo die Werkzeugkiste ist. Im Moment.«

»Finn! Das gibt's doch nicht. Nicht bei dir! Du hältst doch wie kein zweiter immer deine sieben Sachen zusammen. Also sag schon! Du brauchst auch nicht selber los, das Zeugs holen, ham wir schließlich Petter für. Was, Petter?!«

Doch plötzlich krächzte der Morseempfänger, dass einem Angst und Bange wurde. Dididit dadada dididit. Vergessen waren Seilwinde, Inbusschlüssel und heilige Werkzeugordnung.

»Ist doch SOS. Ich bin doch nicht schwerhörig.«

»Ja, Marit, ich sitz auch nicht auf den Ohren.«

»Heißt das ...«

»Ich muss sofort los. Erst schnell Meldung machen, und dann ...«

Marit war zur Tür geflitzt und verschloss sie von innen. Mit klackerndem Nachdruck drehte sie den Schlüssel zweimal im Schloss rum, zog ihn ab und ließ ihn in das Dekolleté ihres schmuddligen Schürzenkleids schlüpfen. Dann rannte sie in die Mitte des Raumes und übertönte Finns energische Aufforderung, den Schlüssel rauszurücken.

»Wir haben's«, krähte sie, »wir haben's geschafft! Wasserpeitschen schlagen den Fels in der Brandung windelweich, haha, überschlagen sich vor Vergnügen, haha, Kirmes, Karneval und Tausendsassawellen klatschen, platzen vor Lachen und höhlen die steten Tropfen aus!« Und was der kruden Einlassungen mehr zwischen ihren tabakvergilbten Lippen hervorsprudelten. Die Alte drückte, während sie ihr Lall-Jubilate anstimmte, die Knie, den Rücken durch, die Gicht in ihren Gelenken war mit einem Mal wie weggeblasen, das schwache Herz kräftig wie in jungen Jahren. Sie kletterte erstaunlich behände auf den Schemel, von dem Petter sich grade erhoben hatte, sprang auf den Tisch, riss sich das Band und die Spangen aus dem schlohweißen Haar, ließ es auf Brust und Rücken fallen, sang, grölte, klatschte ihr Hochzeitslied, warf die Hacken in die Höh und schob funkenstiebend mit den Holzschuhen über die Tischplatte. Drehte Kreise nach rechts, nach links. Und stellte mitten in ihrem wilden Treiben beglückt fest, dass ihre Hände, wenn sie sie mit Schwung in die Luft warf, bis zur Decke langten. Begeistert trommelte sie also mit den Händen gegen die Decke und spielte ihren Füßen zum Tanz auf.

Der Leuchtturmwärter brüllte sie an, sie solle jetzt sofort seinen Schlüssel hergeben, er müsse schließlich raus, und zwar sofort, den Havariekandidaten helfen, damit's keine Katastrophe gebe. Aber Marits Ohren waren auf Durchzug geschaltet. Ihr eher schmächtiger Leib bebte wie der einer sizilianischen Matrone auf dem Patronatsfest der Dorfkirche, und sie schickte ihren Tanzwirbeln mit überhitzter Reißbrettstimme ein Dankgebet hinterher: »Endlich. Endlich geschafft. Dem ollen Deibel seiner Schüppe ein bisschen was auf die Sprünge geholfen. Von wegen ›save our souls‹!! Kann er sich 'n ordentliches Häufchen Elend an Land ziehn. Dabei haben die eben noch, paar Minuten vorher noch ganz fidel auf ihrem Kahn rumgestanden, ihre Seelen noch fest im Leib, haben palavert, was weiß ich, über den Höllenwind hier, das zerzauste Wasser, das paar Spritzerchen hoch an Bord schmeißt, haben unter Garantie geflucht über die zappenduster vernagelte Nacht da draußen, dass auch nicht ein Funzellichtlein sich blicken lässt oder was. Und schwupps sind sie schon verschluckt. Hihi. Hat das ganze Gefluche kein' Zweck gehabt. 'nen Sinn schon gar nicht. Und die toten Fischstäbchen im Frachtraum von ihr'm Schiff fangen's Schwimmen wieder an. Aus Wasser seid ihr, und zum Wasser kehrt ihr zurück. Hihi.«

Finn schrie, tobte und spuckte Galle wegen des verdammten Schlüssels, während Petter wie gebannt dastand und mit silbern glänzenden Augen Marits Veitstanz verfolgte, auch wenn er sich einen sorgenvollen Blick auf die schwankenden Tischbeine nicht versagen konnte. Die vorderen beiden spreizten sich bei jedem der tausend Schritte und Schrittchen ein Stück mehr, die hinteren hingegen bogen sich nicht ohne Eleganz x-förmig durch, so dass sie sich, wenn der Wirbeltanz nur lange genug anhielte, bald gegenseitig würden abstützen können. Das Freudenfeuer in der Alten schien indes nach und nach zu erlöschen. Sie atmete stampfend wie ein Kohlenkutter, die Füße versagten ihr den ungewohnt rasanten Dienst, zu guter Letzt ließ sie sich mir nichts dir nichts von Finn einfangen. Sie bedachte beide Männer mit zwei, drei weichen Küssen und gab Finn grinsend den Schlüssel. Dann hob sie ihre Pfeife auf, die sie im Eifer des Gefechtes aus dem Mund und aus den Augen verloren hatte, gab den Tabakresten Zunder und nahm unter anhaltendem Prusten und Lachen wieder auf dem quietschenden Stuhl neben den Funkgerätschaften Platz, die vor ein paar Minuten die freudige Hiobsbotschaft von der Havarie in den eiskalten Tiefen und Untiefen des Røversfjords verkündet hatten.

»Ruhe, jetzt mal Ruhe.«

»Sag ja kein Sterbenswörtchen nicht.«

»Ruhe, hab ich gesagt! Petter, du übernimmst das hier, und ich seh zu, dass ich rüber komm zu denen, und zwar schnell, dass die Leute mir nicht absaufen.«

»Und dass du als der große Retter und Ritter der Weltmeere dastehst«, jappte Marit.

Finn donnerte die flache Hand auf den Tisch. »Nicht so laut, verdammt noch mal, ich will nicht, dass Brik was davon mitkriegt.«

»Nee, klare Kiste. Geht doch keinen was an«, murmelte Petter.

Und Marit beeilte sich nachzutragen: »Ist nur 'ne Sache von uns dreien nämlich.«

»Außerdem, wie gesagt, ich muss Meldung machen.«

»Ist doch klar. Ganz klar. Was war's eigentlich für eins?«

»Ich hab ja nichts mehr verstanden, verstehn können! Bei deinem Spektakel. Keine Ahnung, was es für eins war. Aber Ruhe jetzt.«

»Was für 'ne olle Meldung willste denn dann machen müssen?«

»Sollst's Maul halten. Hat er gesagt«, raunzte ihr Mann sie an, froh, über all den Freudentaumel seinen ruppigen Tonfall nicht verloren zu haben. »Muss er doch Meldung machen von. Dass die die Seenotrettung losschicken und – wenn sie endlich ankommen – sehn: Unser guter Leuchtturmwärter ist schon da! Weil eben so 'n richtiger Leuchtturmwärter, aus Fleisch und Blut einer, kein automatischer, ist eben doch schneller zur Stelle. Kann eben mehr als bloß ein paar Leuchtfeuer bewachen. Jedenfalls müssen die Leute schließlich rausgefischt werden.«

»Warum?«, kam es prompt zwischen Marits Zähnen hervor.

Aber einmal in Schwung war Petter nicht mehr aus der Spur zu bringen. »Die, die's überlebt haben, das kalte Wasser. Und all die andern auch. Hoffentlich war's 'n ordentlicher Kahn. So vom Kaliber von vor paar Tagen dem Pott, der uns von der Schüppe gesprungen ist, so 'ne Betty

Blue oder was vielleicht. Wär verdammt nicht schlecht. Dass so 'n Trawler mal auf Granit beißt, sich an unsern Felsen den fetten Wanst aufschlitzt. Wo die doch unsinkbar sind. Dass ich nicht lache! Wär nicht schlecht, wenn's so einer gewesen wär. Dass ihm die ganze Soße aus dem Bauch läuft. Soße von den Fischen, was sag ich, von den Schwärmen, die er in sich rein geschlürft hat. Ausgenommen, tiefgefroren, fertig frittiert und was weiß ich was noch. Ein verdammter Wasserstaubsauger mit Fischfabrik im Bauch. Alles schwimmend. Aber jetzt nicht mehr. Wär schon nicht übel, wenn so einer mal untergehn tät!«

»Sollst auch dein Maul halten. Hat er gesagt. Seine Meldung meldet sich nicht von selber. Da braucht er Ruhe für. – Außerdem das mit den Fischen im Schiff seiner Bauchhöhle, das hab ich schon gesagt, eben. Klaust mir wieder die Wörter, ollen Loddenkopp, fischst in fremden Gewässern.«

»Schon gut, schon gut.« Petter wunderte sich selbst über den Wortschwall, der ihm da eben über die Lippen gerauscht war. So was war ihm schon seit Jahren nicht mehr passiert. Er war nie sonderlich wortgewaltig gewesen, aber in den letzten Jahren war er noch entschieden schweigsamer geworden. Seit ihm mit seinem Fischerboot das Wasser bis zum Hals stand, übte er sich wo eben möglich in sprachlicher Abstinenz. Selbst Marit hatte ihn in letzter Zeit selten mehr als zwei Sätze am Stück sprechen hören. »Und, Finn? Haben die in Svolvik drüben auch was gehört?«

»Brauchst gar nicht so rumtönen, Petter. Siehste nicht? Hat doch 'en Kopfhörer auf. Versteht er sowieso kein Wort nicht.«

»Maul halten. Du, schlaf jetzt erst mal deinen Tanzrausch
aus! Dass du mir bloß nicht verblödest. Wo du dein ganzes
armseliges Blut nach unten in die Füße geschickt hast.«

Seine Frau ließ ihn meckern. Sie nahm sich ihre Pfeife
vor, brachte die angekohlte Hornhautschwarte ihres Zeigefingers zum Einsatz und paffte blaue Wolken, die sich
unter der Zimmerdecke sammelten und bald als zähe
Fladen wieder hinabsanken, um endlich in dem kleinen
Raum eine neblige Zwischendecke einzuziehen. Die Alte
genoss mit sichtlichem Wohlbehagen ihre Ruhe nach
dem Sturm. Während das Funkgerät auf Hochtouren lief
und ihr Mann anhand der wechselnden Mienen, die sich,
eingeklemmt zwischen die Kopfhörermuscheln, auf Finns
Gesicht abzeichneten, rauszubekommen versuchte, was
Sache war.

Plötzlich riss Finn den Kopfhörer ab und warf ihn auf den
Arbeitstisch. Er ging einen Schritt zur Seite und machte
sich an der Schalttafel zu schaffen. »Hätt ich fast vergessen, das Leuchtfeuer wieder anzustellen.«

»Ja und?«

»Rauch deinen Stinktiegel und frag nicht dumm.« Petter
warf ihr einen Blick zu.

»Na, dass die mich nicht festnageln und sagen, es wär
meine Schuld. Ich hätte meine Feuer nicht im Griff. Die
haben mich sowieso schon ins Visier genommen. Glaub
ich. Bin ich mir sicher. Ziemlich sicher.«

»Versteh wer will.« Die Alte kniete vorm Ofen, machte sich an den Klappen zu schaffen und legte zwei Scheite nach. Das Rot der Glut spiegelte sich gespenstisch in ihren Augen. »Ich kapier's jedenfalls nicht. Ich mein, vielleicht kommt ja noch eins! Zwei, drei auf einen Schlag, könnt doch schön sein. Ich mein, vielleicht geht uns ja noch eins ins Netz. Hätt doch sein können, dass noch eins gekommen wär. Lasset die Schifflein und wehret ihrer nicht, lasset die Schifflein zu mir zu kommen, denn ihrer ist das Himmelreich. Haha.«

»Du kannst einen wahrhaftig meschugge machen.«

»Petter, lass man, mach halblang«, sagte Finn und wandte sich zu Marit. »Wenn ich nicht aufpass, hab ich morgen die Prüfungskommission am Hals. Wie gesagt. Außerdem: das nächste Sauwetter kommt ganz von allein.«

Dann kniff er die Augen kurz zusammen und gab der Alten, die ihn über die Pfeife in ihrer Faust hinweg anpeilte, zu verstehen, dass für jede weitere Nachfrage wenig Aussicht auf Antwort bestand. Und gleichzeitig mochte in seinem Augenzwinkern etwas wie eine Bekräftigung ihrer Komplizenschaft mitschwingen. Marit jedenfalls legte zufrieden den schweren, immer noch hochroten Kopf gegen die Wand hinter der Rückenlehne ihres Stuhls. Finn blickte ins Leere, hing für einen Moment dem Gedanken nach, dass Schiffsbrüchiger zu sein, auch was Sportives habe. Er sah sich noch einmal durchs schwarzkalte Fjordwasser kraulen, sah, wie er das Boot unter Aufbietung aller ihm noch zur Verfügung stehenden Kräfte tatsächlich gedreht bekam, ohne allzu viel Wasser hineinzuschaufeln, wie er die eingekeilten Ruder in Anschlag bringen konnte und fünf geschlagene Stunden wie wahnsinnig gegen die endlose Entfernung und gegen die nasse Kälte seiner vollgesogenen Klamotten angerudert war.

»War ein kleines Frachtschiff von den Lofoten übrigens, das da abgesoffen ist«, sagte Finn schließlich, ohne Petter oder Marit anzublicken, »und dass ich noch rüberfahre, ist Blödsinn. Sowieso zu spät.« Und damit verschwand er nach draußen auf die Galerie. Dass der Alte, das Gesicht in die Pranken gelegt, sich auf die Tischkante setzen und dass Marit auf ihrem Stuhl plötzlich kerzengrade und kreidebleich sitzen würde, konnte sich der Leuchtturmwärter an fünf Fingern abzählen. Das musste er sich nicht ansehen.

Petter stieß einen Fluch in die Handflächen und nuschelte etwas wie: »Ist nicht wahr! Die doch nicht, die Kollegen doch nicht, warum die aber auch nicht mal aufpassen können.«

Während Marit ein schroffes »Schnauze!« beisteuerte.

15

- »Na ja nun, dass man in solch einer Situation das Umfeld abgrast, das gehört eben zum Alltag des Ermittlers. Und da gehören Sie als Mutter des Hauptverdächtigen natürlich zu den allerersten Adressen.«

- »Da sprechen leider etliche Indizien eine sehr deutliche Sprache.«

- »Nein nein. Indizien. Sagte ich ja. Um die Beweiskraft geht's ja grade. Und um das Motiv für einen solchen Sabotageakt. Das ist ja nicht grade von Pappe, da wird ein Kutter nach dem andern vor die Wand gesetzt. Und die Seeleute – da geht's um Leben und Tod.«

- »Etliche.«

- »Ja sicher ist die Mordkommission beteiligt. In deren Auftrag ruf ich ja grade an.«

- »Ach so, ja, auch. Auch im Namen der Küstenwache. Ich komme da manchmal selbst durcheinander. Wissen Sie, das ist letztlich alles eins.«

- »Sicher sicher, wenn Sie meinen. Da können Sie gern anrufen. Natürlich kennen die mich. Fragen Sie nach Strøm!«

- »Kjell. Kjell Strøm.«

- »Na ja, das ist ja klar, das wundert mich jetzt nicht. Als Mutter denkt man natürlich immer, der eigene Sohn, dass der keiner Fliege was zu Leide tun kann.«

- »Wo? Wie?«

- »Ja aber, was weiß ich, woher soll ich wissen, welche Leuchtbake er grade als letzte demoliert hat.«

- »Sicher, natürlich, die ganzen Störmeldungen, das

stimmt, natürlich führen wir da Buch drüber.«

- »Na ja, doch, die Idee ist nicht schlecht. Ja, die Steine, mit denen er die wahrscheinlich zerdeppert hat, die müsste man, da haben Sie eigentlich recht, die müsste man da vor Ort noch finden. Die wird er ja wohl kaum fein säuberlich entsorgt haben. Nur die Frage, ob die sich von den anderen tausend Steinen unterscheiden lassen, die da rumliegen.«

- »Nein nein, das ist eine gute Idee, da bin ich noch gar nicht drauf gekom...«

- »Wissen Sie, so lange bin ich noch nicht im Amt, und da ist man natürlich noch nicht mit allen Wassern ...«

- »Aber glauben Sie ja nicht, also da geh ich jedenfalls überhaupt nicht von aus, dass die Wurfsteine, dass die seine Unschuld beweisen! Im Gegenteil!«

- »Da sprechen, wie gesagt, zahllose Indizien für. Aber ich hoffe, Sie haben Verständnis dafür, dass ich Ihnen keinen Einblick in die Ermittlungen gewähren kann. Trotzdem besten Dank für Ihre Hilfe. Dann adjø dann. Und, ähm, halten Sie sich bitte weiterhin, zumindest telefonisch, zu unserer Verfügung!«

_____16.

Und dann kommt der Tag! Der große Tag.

Und natürlich dieser Spieritz wieder! Schleicht verdächtig rum. Sollte meinen, der wartet nur auf 'nen Augenblick, wo ich mal zum Klo muss oder 'n Selters holen. Um hier die Bilder zu klaun am helllichten Tag.

Aber ich hab dich fest im Auge, schöne, bildschöne Tänzerin. Kann dir nichts anhaben, der.

Bloß diese verdammten Zeiger kommen nicht in die Gänge, ziehn die Sekunden lang. – Faule Bande, elende, macht voran! Soll ich euch Beine machen! Mit meinem einen, meinem eiskalten Fuß.

Und dann mal wieder ganz beiläufig runter in die Kellerkammer schlendern, als hättste neuerdings 'en Narren am Dings, am Security-Kollegen gefressen. Und reden und reden und irgendwie schnell rübergreifen zur Zeitschaltuhr, den Zeigern Beine machen und reden und reden.

Und dann ist endlich Feierabend, jedenfalls für die andern. Licht noch ausschalten! Und jetzt, Gunnar, alter Knabe, zack zack zwischen die Zwischenwand. Und noch 'n Sicherheitsabstand aushalten, paar Stunden, hier in diesem pechschwarzen Museum zwischen all den schlafenden Bildern. – Wenn bloß nicht dieser kalte Fuß wär dauernd. – Kann ja verdammt brenzlig werden. Wenn zum Beispiel der Schlüssel nicht passt. Oder wenn der Schlüssel passt und ich verbrenn mir die Finger, weil ich zitter beim Löten und schrei vor Schreck und weck schlafende Geister, Hunde, Mäuse oder was. Oder wenn der Schlüssel passt und ich verbrenn mir die Finger nicht und nur der Schraubenzieher fällt mir runter und löst irgendwie was aus.

Halb elf jetzt, los jetzt. Will ja schließlich von der Nacht noch was haben. Also los jetzt, Gunnar, los, der Fuß, der kalte, klebt fest irgendwie, lahmer Fuß verdammt, los jetzt, also soll ich dir Beine machen, Feigling blödsinniger! Pssst, schrei nicht so, alter Knabe, du weckst ja alles auf, die Bilder, die Geister, die schlafenden Hunde. Aber dass dieser Fuß auch so 'n Affentheater – die Knie auch, weich wie Schmierkäs. Los jetzt! Runter in die Kabause da. Der Schlüssel, also ich hätt doch Goldschmied werden soll'n, passt. Die verdrehten Zeiger, wunderbar zurückgeschoben, haha, geben mir 'ne halbe Stunde noch, satt und genug.

Bloß dieser eiskalte Fuß im überheizten Museum, wie gesagt.

Der Lötkolben ist schon heiß. Also 'n Sensor rausgekramt da, und dann zeig, was du gelernt hast, Gunnar altes Haus, und bloß die Dings, die Finger nicht verbrannt! Also den Sensor, den neuen, auf höchstens einen Zentimeter Reichweite eingestellt. Und jetzt hier, das ist dein Sensor, schöne Tänzerin, müsst er sein. Den neuen also drangefrickelt, statt den eigentlichen mir nichts dir nichts abzurupfen und mir nichts dir nichts dazustehn wie 'n dämlicher Schuljunge, mitten im Alarmgeheul. Stattdessen also einfach 'n Kabel für 'en zusätzlichen Sensor dazu gefrickelt als Brücke, goldene Brücke. Diese ganze Wächterbande also einfach mit ihren eignen Waffen entwaffnen, übertreiben sozusagen, noch eins draufsetzen sozusagen, ha, und schon geht die Stille ungetrübt weiter.

Und wieder rauf. Plötzlich – kann's also doch noch – trabt der Fuß, die Knie laufen wie geschmiert.

Heh, Tänzerin, da bin ich wieder! Und jetzt, jetzt lass deinen Sensor 'nen guten Mann sein, komm, ich nehm dich von der Wand. Siehste. Ich hab dich! Dich in meinen Fingern! Streich dir kurz, nur kurz, keine Zeit verliern, übern Pinselstrich, das Gesicht, die Augen, ein Glück. – Jetzt das Papier drum, fast wie 'n Geschenk, nur ohne rote Schleife. Und raus. Und los! Die Uhr hat mit Dings, mit Barmherzigkeit nichts am Hut.

Scheiße noch mal. Die Tür von der Wachschutzkabause! Vergessen zuzumachen.

17

»Paar Wochen noch bis Weihnachten. Kein Wunder, dass der Schnee seine Decke längst da hinten von den ollen Trollbergen aus bis zu uns hier runter ausgerollt hat«, dachte Marit und sprang die Felsbrocken runter zur Anlegestelle. Mit beachtlichem Tempo, zumal bei der Dunkelheit. Hoch oben plötzlich eine riesige gelbgrüne Lichtfeder mit roten Rändern. Wischte wie ein leuchtender Pferdeschweif rasch über die schwarze Bildfläche des Himmels, als gelte es, den Sternenstaub wegzufegen, flimmerte noch mal kurz und huschte nach oben weg ins Schwarz. Vorbei der Zauber. Der Mond, völlig unbeirrt von seinem so anmutigen wie kurzlebigen Lichtkonkurrenten, stand still, schwieg eisern, stach drüben auf Grovöya die Schneeberge weiß in die Finsternis.

»Aurora Borealis«, strahlte Marit, »angezündet von den Himmelsgeistern, die da oben tanzen im wilden Reigen mit Derwischen, Beelzebuben und Trollen, mit Brandfackeln aufeinander einprügeln. Oder, wer weiß, vielleicht sind die Lichttücher im schwarzen Himmel die Schilde, wodrauf die Seelen von den gefallenen Helden all in Walhalla einziehn, weil der olle Odin sie ruft.

Auf jeden Fall der perfekte Heiligenschein für'n Baldur, so 'n Nordlicht! Weil nämlich das ganze Leben ist 'n einziger Lichtzauber! Hat bloß keiner kapiert. Alle, komplett alle, wir alle sind Schützlinge vom Baldur! Dem sein Licht ist unser Lebenselixier. Da ohne ist nichts, aber auch gar nichts! Kein Wetter, kein Wasser nicht, nicht Flora noch Fauna noch Sauna.

Und all das ganze Gefunzel, Geflunker, Geblinke: alles abgekupfert! Dem Finn seine Leuchtturmleuchte da oben und die Lämpchen vom Petter seinem Fischerpott da hinten, alles geklaut. Geklaut beim strahlendhellen Baldur. Und der olle Loki hat Wotan, Odin oder was für 'n Götterbonzen auch immer oder den schönen Baldur selbst an der langen Nase rumgeführt, das Licht samt Lebensgeheimnis gemopst, lang lang ist's her, und ratzfatz 'ne richtige Flut aus Blitzen, die sich gepfeffert hatten, in die Ursuppe donnern lassen. Paff, und schon ham sich die Chemiefussel, die da unten im Ozeanbrei am Rumspratteln waren, ham die sich zusammengetan. Und also den Loki ausgetrickst, eh dass er sich versehn hat, hatten die ihr eignes Vermehrungsprogramm in der Tasche. Und dann ging die Post ab! – Und verdammte was weiß ich wie viel tausend Jahrmillionen später ...«

Bevor sie ihren Lichtgottmonolog zum finalen Plotpoint bringen konnte, machte das Boot, dessen Positionsleuchten sie unter Tausenden in nebelschwarzer Nacht wiedererkennen würde, Anstalten anzulegen. Sie fing das steif gefrorene Seil auf und legte es vor Anstrengung ächzend um den Kreuzpoller.

»Beim Baldur seiner Gloriole, Petter, was biste schon wieder da? Bist doch grad erst vor 'ner Stunde oder zwein ausgefahren.«

»Und du? Was stehst du hier schon wieder rum? Sollst doch verdammt noch eins im Bette sein.«

»Krieg ich jetzt 'ne Antwort oder nicht!«

»Nix. Da ist nix zu machen, Marit, Fehlanzeige. Sämtliche Netze so gut wie leer. Kann ich mir den ganzen Aufriss sparen.«

18

»Ich bin's leid! Du stehst doch voll neben der Kappe, mit deiner Aversion gegen Elektronikkisten. Mann ey, alles, was einen Bildschirm hat, ist Teufelszeug! Hauptsache keine Bits und Bytes, Hauptsache koscher.«

»Willste denn mit so 'm Kram? Brik, hier ist eine andre Welt. Hier sind Felsklumpen, Mooskissen und ...«

»... und Flechten, überschäumende Brecher aus heiterer Dünung, paar Krüppelkiefern und die letzten Birken. Und diese wunderbare kleine Ansammlung von trostlosen Hausruinen, Mann, komplett entvölkert. Bloß Marit und Petter, bloß die zwei sind nicht auf und davon mit der Landflucht Ende der 50er Jahre oder wann. Sind geblieben, stur und dickköppig wie se sind. Ich weiß, ich weiß, alles wunderschön hier, Natur pur. Heh, aber andre Typen laden ihre Weibchen über Weihnachten nach Venedig ein, Gläschen Rotwein in der Toskana, die Kunstmuseen von Athen rauf und runter, irgend'ne Mafiaparty in Palermo. Und ich? Hab den schönsten Mann der Welt, heh, aber leider ist er Leuchtturmheini, und zwar eine Zwei-Tages-Schiffsreise überm Polarkreis. Kinderkriegen traut er sich nicht, weil er nicht ...«

»Krähenkacke, ich weiß doch nicht, wie ich euch in fünf Jahren durchbringen soll.«

»Und dann stinkt der Kerl seit Tagen dermaßen nach Meer, das ist nicht mehr feierlich. Als wär er grade selbst den Fluten entstiegen, einer Undine voll auf den Leim gegangen womöglich. Da fällt einem doch der Kitt aus der Brille; hat man Lust drauf auf so einen Kerl wie die Sau aufs Messer. Wer würde sich da nicht sehnen nach was für 'en Bildschirm auch immer!«

»Du tust grad so, als wär ich das alles Schuld. Ich hab mir den Fleck hier oben nicht ausgesucht.«

»Vielleicht denkste mitten in deinem Selbstmitleid mal 'n Augenblick drüber nach, was ich alles für dich aufgegeben hab. Mein Studium zum Beispiel. Wacker an den Nagel gehängt, obwohl ich mir den Studienplatz mit 'nem Wahnsinnsaufwand übern zweiten Bildungsweg erkämpft hatte, Mann, das weißt du doch alles. Kunst, Finn, was Schöneres kann man nicht studieren ...«

»Schön, aber brotlos.«

»Weißt du doch überhaupt nicht. Vielleicht hätte aus dem Praktikum in der Kunstvereinsgalerie in Trondheim ja mehr werden können. Weiß man doch nicht. Das Einzige, was man weiß: dass ich hier oben mit schöner Kunst nichts, aber auch überhaupt gar nix anfangen kann.«

»Na ja, aber Arzthelferin ist doch was Reelles.«

»Wahrhaftig, ein fantastischer, rundrum ausfüllender Beruf. Was red ich; eine Berufung! Kann ich mich so richtig nach Herzenslust selbst verwirklichen! Wahrhaftig.«

»Mann Mann. Hier, das war nun mal die einzige Stelle auf'm Leuchtturm, die ich kriegen konnte.«

»Bloß weil du dir in den Kopf gesetzt hattest, auf Deibel komm raus deinen Kindertraum wahr werden zu lassen. Hey Mann, man muss aber, Traum hin Traum her, die konkreten Umstände im Blick haben. Zumal wenn's einfach bloß lebensfeindlich ist, gnadenlos die Chose durchzuziehn, auf die man sich irgendwie irgendwann mal kapriziert hat. Okay, ist ja in Ordnung, das mit deinem Kindheitstraum. Okay, okay. Aber warum musst du mich da mit reinziehn! Das ist Egoismus pur. Was ich so für Kinderträume im Kopf habe, spielt überhaupt keine Rolle, kommt einfach nicht vor. Wozu auch. Und deinen Kindern gönnst du erst gar keinen Traum, weil du ihnen erst gar kein Leben gönnst. Und mir auch nicht.«

»Brik, du häckselst ja alles kurz und klein.« Finn ging zum Fenster. Die Dämmerung machte dem Tag schon zu schaffen, obwohl er erst ein paar Stunden alt war. »Weißt du was? Ich muss hier noch was zu Ende bringen; also sagen wir mal: Gib mir noch einen Monat, sechs, acht Wochen, sobald ich das hier fertig ...! Also dann, ich werd auf jeden Fall Urlaub ...«

»Richtig Urlaub? Wie andre Menschen auch? Hört sich an wie 'n Sciencefiction-Groschenroman. Muss ich erst mal meinen Doc fragen, ob er sich für zwei, sagen wir: drei Wochen ...«

»Drei? Ähm, da weiß ich aber nicht, ob ich ... also besser, ich denke, besser zwei. Also zwei auf jeden Fall.«

»... sagen wir also: vier – ob mein Doc für vier Wochen seine Patiententermine selbst auf die Kette kriegt. Keine Ahnung, ob der überhaupt noch weiß, wie Spritzenaufziehn geht.«

»Ich, ähm, lad dich nach Florenz ein. Ein Kaffee auf dem, wie heißt der Taubenkackplatz da an der Kirche noch mal? Na jedenfalls da 'n Expresso.«

»Espresso!«

Im Nordwesten verklumpten unterm neblig beigefarbenem Himmel schwere Schneewolken. Davor die Pfützen, Seitenarme, Sackgassen des bleigrauen Nordmeers, durchschwommen von weißen Felskolossen. Die wenigen Farben liefen ineinander. Finn liebte diesen Blick raus, diesen Blick ins Nichts.

»Brik, kannst du mir morgen was gegen Grippe mitbringen? Ich hab's in den Knochen. Ach so, und hier, ich hab wieder 'ne kaputte Bakenlaterne für die Küstenwache. Die wollen das Ding sehn, was weiß ich. Okay? Und beim Alufson müsstest du 'n Schlenker vorbei machen, mein Außenborder hat mal wieder seinen Geist aufgegeben, ich brauch unbedingt paar neue Zündkerzen, Filter, 'nen Satz Inbusschlüssel und so 'n Spannungsprüfgerät.«

»Sonst noch was?«

19

Während die Fischersleute den Morgen zur Nacht machten und Brik ihrem Chef die Termine, Rezepte und Abrechnungen sortierte, schraubte Finn den Ersatzmotor fest. Die Bootsplanken waren im Laufe der letzten Tage wieder einigermaßen getrocknet, die verschollene Leine ersetzt. Jedenfalls konnte man sich mit der Nussschale wieder aufs Meer wagen. Er packte sein letztes B63er-Reparaturset ein und zog die Reißleine des Motors. Aber er hatte seine liebe Mühe, die verstaubte Ersatzmaschine ans Laufen zu kriegen. Zündkerze rausschrauben, trocken wischen, Vergaser nachjustieren – irgendwann dann sprang der Motor sprotzend und stotternd an.

Finn jagte Vollgas Richtung Norden und nahm Kurs auf die gesteinigte Leuchtbake. Der November ließ vom Tag bloß einen türkishellen Silberstreif über dem gezackten Halbrund des Horizonts übrig, ahnungsvoll, als wollte das Licht sich in Erinnerung rufen. Schon aus einiger Entfernung, ohne dass er hätte genau sagen können, was es war, kam ihm irgendetwas merkwürdig vor, als er auf den Felsknorz zusteuerte, auf dem das Stahlgerüst mit dem Leuchtfeuer stand. Er beeilte sich, das Boot festzuzurren und sprang an Land. Und wieder, als ruhe ein Fluch auf diesem Fleck Erde, kam er ins Straucheln: der Steinbrocken, auf dem sein rechter Fuß landete, kollerte in aller Gemütsruhe, aber unaufhaltsam abwärts und ließ Finns Stiefel ein weiteres Mal Bekanntschaft mit dem eisigen Nass machen. Im nächsten Augenblick war der Stiefel randvoll mit brackig gurgelndem Wasser, und Finn hatte das Gefühl, der Fuß würde ihm jeden Moment absterben. Aber während er gleichgewichtssuchend mit der Rechten durch die Luft ruderte und sich im schütteren Blaubeergestrüpp festzukrallen versuchte, war es ihm immerhin gelungen, die Ersatzleuchte, die im Pappkarton unterm linken Arm klemmte, nirgendwo anecken zu lassen.

So gut es ging, kroch er auf allen Vieren nach oben, nicht ohne beide Knie noch mal kurz in die Brühe zu tauchen und sich zwei Finger der rechten Hand am scharfkantigen Gestein aufzuratschen. Finn musste lachen: eines alerten, wind- und wettergegerbten Nordmeerhelden nicht grade würdig, von kraftvoller Eleganz beim Landgang keine Spur. Aber er war schließlich nicht hier, um sich über die wenig stattliche Figur lustig zu machen, die der Leuchtturmwärter von Stjernholman beim Erklimmen seiner Leuchtbake am Håkfjord abgab.

Dann jedoch blieb ihm das Lachen vollends im Hals stecken: Das Leuchtfeuer war kein bisschen beschädigt! Im Gegenteil, die Laterne und der Parabolspiegel dahinter glänzten ihm nagelneu entgegen.

»Verdammt«, murmelte er, »da war schon einer hier! Brik? Die war doch heut Morgen so aufgekratzt. Ob die was mitgekriegt hat? War letztes Mal vielleicht hinter mir her gefahren und hat, wer weiß, die Bake repariert, um mich vor dem Schlimmsten zu bewahren. Oder weil sie mir in die Parade fahren will? Oder doch einer von denen, von der Küstenwache einer.«

_____20.

*Hab ich Trottel tatsächlich vergessen, die Tür von der Wach-
schutzkabause zuzumachen! Kann ja mal vorkommen in
all der Aufregung. Die Zeitschaltuhr hat noch, müsst noch
zwei, drei Minuten haben. Ist definitiv nicht zu schaffen.
Oder? Wird wohl noch 'ne Sekunde 'ne Galgenfrist sein,
'ne Gnadenfrist. Also runter noch zur Kabause. Schluss
mit dem Gefackel – oder lieber doch nicht? – Wenn ich
jetzt renn auf Teufel komm raus, raus aus diesem Kasten,
bis die mir dann auf den Sohlen kleben, bin ich schon über
die Wupper und alle Berge. Oder nicht. – Die Kabause ist
näher und ihre Tür als die verdammte Wupper und diese
Berge all. Also los.*

*Tatsächlich, da steht die verdammte Tür sperrangelweit
auf! Und dahinter tickt die Dings, tickt die Zeit wie verrückt, als wollt sie mein letztes Stündlein schlagen, Zeter
und Mordio schrein. Bei meinem einen mir verbliebnen
Fuß – quatsch jetzt nicht, Gunnar alter Knabe, die Tür
zu! – Nein, nicht mit Schmackes. Vorsicht. Und schnell
die Schlüsselkopie noch mal bemüht, bevor das Ticken zu
Heulen und Zähneknirschen wird. Und raus.*

*Scheiße Scheiße, scheint gut gegangen zu sein. – Weg jetzt!
– Über die Wupper und alle Berge. Die Stufen noch runter
ins Foyer. – Ihr könnt uns alle mal kreuzweis! – Lach und
heul mich kaputt. – Und raus und rein ins Taxi, mit Bild und
Mann und Maus und Lötkolben. Ha, haha. Ein Vergnügen.
Tänzerin, wir haben's geschafft. Das wird eine Nacht.*

Und – und jetzt?

Was mach ich jetzt mit dir? – Kann ja nicht mitten in 'ner Nacht in 'ne Wand 'en Nagel hämmern. Lass noch mal fühlen, dein Gesicht noch mal anfassen, deine eine kleine Brust, die bisschen vorguckt unterm vorsichtshalbernen Fächer. – Schade, der Pinselstrich ist doch flach. Kann man nichts, die Rundung unterm Kleid nicht und die kugelrunde Spitze von dei'm Apfeltittchen nicht fühlen. Und die Schenkel nicht, die Arme nicht fühlen. Na jedenfalls hab ich dich jetzt, endlich, du Schöne, zum Berühren nah. Zum Berühren nah. Eine weiße Wolke vom Himmel geholt. Vorhang auf und her mit dem Leben. Jau.

»Und wenn wir dann halb verdurstet unseren Durst löschen wollen, erscheint das Hohngelächter der Götter.« Nein, Max Beckmesser, Schluss mit dem Gejaule, Genöle. Ein für alle Mal. Voller Genuss, mit ohne Gewissen in die Sahne haun, dass es nur so spritzt. Herrgott noch mal, lass die Götter doch Hohn lachen, ist mir 'ne Ehre euer Hohn. Euer Neid. Ich starr dich an, meine Tänzerin. Mein Gott, was du für 'n Blick hast. Augen abgrundtief. Wenn du mich doch bloß mal einmal so richtig, so direkt, ohne Umweg angucken würdst! – Und weiße Haut, blütenweiß. Ich stier dir untern Rock, völlig ungeniert, du nimmst den Fächer von deiner Balustrade weg, zeigst, was für runde, für wunderbare du hast. Ich kringel mich in der Hose vor Vergnügen. Hunderttausend im Sack.

»Kunst, Liebe und Leidenschaft sind sehr nahe verwandt. Und der Rausch ist schön – nicht wahr, meine Freundin.« Jawoll, Beckmax, wo du recht hast, haste recht.
Nix da, ich nehm die Hand nicht weg da. Nicht von der

Tänzerin und nicht von meinem Lenz. Sehr nahe. Nah verwandt. Ha. Haha. Mein Rausch. Haha. Rausch und Kunst und frei.

97

21.

»Mir schlafen die Füß ein, Finn.« Marit stellte, ohne dass sich irgendeiner darum geschert hätte, die dampfende Suppe auf den Tisch und murrte vor sich hin. »Das letzte Mal ist doch jetzt schon 'ne Ewigkeit her.«

»Aber das Gras drüber ist noch nicht dicht genug.« Finn strich sich mit dem Handrücken durchs Gesicht und zog die Nase hoch: er bekam diesen Tanggeruch einfach nicht weg, auf den Tod nicht. Sein Gesicht sah ziemlich grau aus, die Lippen auf Linie gezogen, die Augenbrauen noch schmaler als sonst, das Haar klebte in Strähnen in der Stirn.

»Wochenlang schon nichts, aber auch gar nichts mehr.« Marit ließ nicht locker. »Könnte mal allmählich mal wieder was losgehn.«

Der Leuchtturmwärter versuchte, sich zusammenzureißen, was ihn allerdings, wie man an seinem Tonfall unschwer ablesen konnte, größte Mühe kostete. »Ich sag doch, wir müssen das gut verteilen. Über die Zeit.«

»Gibt eben keine Helden mehr zum wirklich Gutfinden«, war Marits Antwort. »Nicht einen einzigen mehr. Ihr kennt doch die olle Geschichte mit dem armseligen Grendel, dem Moorkerl.« Die Alte hatte die Beine übereinandergeschlagen, die Faust um den glühendheißen Pfeifenkopf geballt. Das sei doch wohl das Allerletzte, wie dieser hinterfotzige Beowulf aus Gautland dem Dänenkönig zu Hilfe geeilt sei. Dieser Made im Speck. Wie der da in seiner Königshalle alle naslang ein spektakelndes Gepränge inszeniert und sein weinselig sattes Schmarotzerrülpsen ins Land habe dröhnen lassen. Kein Wunder, dass Beowulf sich bemüßigt gefühlt habe, diesem sausbrausenden Rüpel von einem König unter die Arme zu greifen, wie schweißglitschig auch immer es sich dort angefühlt haben mochte nach dem geschlagene zwölf Jahre währenden Ansturm Grendels. Dass dieser König, dämlich wie er war, obwohl er ja nun verdammt noch mal gewusst habe, dass Nacht für Nacht Grendel aus dem Moor tauchte, Algenschlamm und Moosschlick abschüttelte, zur Königshalle zog und als Rache für die Enterbten, Entrechteten, Verhöhnten einen Gefolgsmann des Königs nach dem andern verschleppte und wegfraß – von irgendwas musste er schließlich leben –, dass dieser König also trotzdem zwölf Jahre lang seine Zechgelage fortgesetzt habe, bis seine Kumpane jedes Mal in bleischweren Schlaf fielen und für Grendel leichte Beute waren. Und dass dieser König die ganzen zwölf Jahre über jeden Morgen, den Gott oder wer werden ließ, sein Lamento auf die Untaten dieses Sumpffriesen angestimmt habe. Klar, dass ein solcher Trampel von einem Dänenkönig Beowulfs Mann war. Und genauso sonnenklar, dass Beowulf, kaum dass er diesen Hampelmann um den Finger gewickelt, mit ihm und den Gefährten aus Gautland ein üppiges Gelage aufgezogen und eine ansehnliche Belohnung erschmeichelt hatte, dass Beowulf es also dem König gleichgetan habe.

»Ja noch mal!« Halb knurrend, halb grinsend hockte Peter sich wieder auf seinen Schemel am Ofen und streckte die Beine aus. »Wissen wir: Hat er sich schlafen gelegt in die hinterste Ecke von der Königshalle und braucht nur noch warten, dass dieses Grendelmonster reingepoltert kommt.«

»Genau«, krächzte die Alte, »genau. Und dass der Grendel den erstbesten schnappt, den erstbesten von den treudoofen Gefährten mitten aus dem Schnarchen schnappt und aufkaut. Beowulf, das Schwein, riskiert, ohne mit der Wimper zu zucken, dass seine Knappen draufgehn. Und denkt, hoffentlich überfrisst das Moorriesenvieh sich dran. Damit er, der große Held, dann übern vollgepfropften Grendel, müdegemästet wie er ist, sich drüber hermachen kann. Schwein, schwarzes. Warum sonst, verdammt, wenn er nicht dadrauf spekuliert hat, warum sonst legt er sich nicht allein hin in die Halle nach dem Gelage und wartet auf das Ungeheuer? Sondern umgibt sich mit seinen Genossen. Dass sie dem Grendel ins offene Messer schlafen. Hasenherz. Was sag ich? Feiges Schwein!«

»Kacke«, fuhr Finn aus der Haut, »dein Beowulf juckt mich so viel wie der Baum, wo das Ferkel sich dran kratzt. Ich lass mir ja nun nicht nachsagen, ich würd meine Gefährten über die Klinge springen lassen.«

»Darfste ihr nicht übel nehmen«, versuchte Petter zu schlichten, »ihr werden die Tage einfach lang.«

»Mag ja sein, aber blindes Draufgängertum bringt's genauso wenig wie Beowulfs verkackter Heldenmut. Ich kann unmöglich alle zwei Wochen irgendwelche Lichter abschalten.«

»Ich hasse alle Helden«, paffte Marit, »wo's sowieso keine mehr gibt.«

»Außerdem«, Finn versuchte es noch mal mit Wohlwollen, »außerdem ist der Motor von meinem Boot kaputt. Muss ich erst mal dringend reparieren.«

»Ach, apropos.« Marit wollte wissen, ob er inzwischen die Werkzeugkiste aus seinem Boot wieder aufgetrieben hätte. Nicht mal 'ne Zange habe sie gefunden, als sie den zerfledderten Drahtzug an Petters Netzbaum habe abkneifen wollen. Petter blickte kurz auf, war aber viel zu sehr mit seinem Löffel befasst, über dessen Rand er die Fischsuppe kalt blies. Er hatte sich zwischenzeitlich denn doch dieser Köstlichkeit angenommen, auch wenn er Gefahr lief, von Marit ein ›Warte, bis wir alle essen!‹ zu ernten.

»Ich find, also ich find: Marit hat recht. Und schließlich sind wir drei«, sagte er, schlürfte ein paar Fettaugen vom Teller und verbrannte sich prompt den Mund.

»Was nützt mir das. Ich bin derjenige, der sich im Zweifelsfall mit der Küstenwache rumschlagen muss. Und, wie gesagt, weit weg ist die nicht mehr.«

»Mitgefangen mitgehangen«, sagten Petter und Marit wie aus einem Mund, »ist doch klar. Also wenn's daran liegt, daran soll's nicht liegen.«

»Das ja wohl sowieso. Wär ja noch schöner. Ihr wollt mich doch wohl nicht allein die Rübe hinhalten lassen.« Auch Finn hatte jetzt einen Löffel zwischen den Zähnen. »Aber«, zischte er durch seine Schnurrbarthaare und wirbelte die darin verfangenen Suppentropfen über den Tisch, »aber, Leute, es geht nicht ums Hängen, es geht um die Sache.«

»Ebent!«, beeilte sich Marit.

Und Petter stimmte in seltener Harmonie mit ein: »Eben. Genau. Und die Sache, die Sache muss endlich voran kommen.« Petter blickte beim Reden nicht auf, sondern widmete sich jetzt mit Hingabe der Fischsuppe. Ruppig pustete er über den Löffel, so dass die Suppe hohe Wellen warf, unter eigenartigem Glucksen gegen die Lippen zurückschwappte, um, leicht abgekühlt, von diesen so dankbar wie lautstark in Empfang genommen zu werden.

»Bis jetzt«, die Alte sprang für ihren Mann so lang schon mal in die Bresche, »ich mein, bis jetzt war'n die Erfolge ja allesamt reichlich mickrig. Allesamt. Gelinde gesagt.«

»Ebent«, moserte Finn.

Aber auch Petter war wieder zur Stelle: »Ein Lofotenkollege, sonst nichts. Immer noch ist uns kein anständiger Fischtrawler an die Angel gegangen, kein einziger.«

»Und könnt doch so schön sein. Ich mein, mir ist's ja schließlich egal, was für 'n oller Pott es ist. Soll mir ja egal sein. Schnurzegal. – Nur: Langsam müsst noch mal eins.«

»Noch mal?!«, fuhr Petter seiner Frau in die Parade, vergaß ganz zu schlürfen und legte den Löffel voll wieder in den Teller. »Soll mal endlich eins, 'n anständiges mal.«

Finn nahm die Kelle und knallte sie unwirsch in die Terrine, so dass die Fischsuppe gischtige Brecher über den Rand warf.

»Was haste?«, fragte Marit scheinheilig.

Und Petter: »Haste was?«

»Knüppeltrockne Kacke noch mal.«

»Nee, endlich mal!«

»Petter. Ich kann's nicht mehr hören!« Finn nahm offensichtlich Anlauf zu einer ausführlicheren Rede. »Ihr seid alt und klapprig ...«

»Vorsicht, ja?!«

»Für euch ist das 'ne hübsche Abwechslung für'n Lebensabend.«

Die Augen des Alten glühten. »Willste uns nicht lieber gleich begraben?«

»Ich hab gesagt, sei still. Petter. Jetzt bin ich mal dran. Kommt selten genug vor bei euch Maulaffen.«

»Jetzt holt er aber aus, was?«, grinste Marit, und zum Abschied von der übergeschwappten Suppe, die sie mehrmals vergeblich vom Tisch in ihren Teller zu schaufeln versucht und endlich aufgegeben hatte, knitterte sie in aller Seelenruhe den Tabaksbeutel auf, stopfte ihre Pfeife und tat genüsslich die ersten Züge.

»Ihr macht's jedenfalls nicht mehr lange. Aber ich bin jung. Steh am Anfang von diesem lumpigen Leben, und ich will verdammt noch mal noch paar Jahre als Leuchtturmwärter ...«

Finn kam partout nicht zum Zuge; Marit ging ihm schon wieder erbarmungslos dazwischen: »Was sind deine Socken eigentlich so nass und stinken wie 'n oller Finnwal aus'm Maul?«

»Unterbrich mich nicht immer, widme dich lieber deiner Piepe!«

»Ach, das soll 'ne Oper werden! Ja, dann aber voran!«

Finns Aufwärtsbewegung geriet etwas zu wuchtig, er warf mit den Kniekehlen den Stuhl um, betrachtete einen Augenblick seine Hände, die noch auf dem Tisch lagen, und sagte: »Krähenkacke.« Bevor er sich dann doch auf die Lippen biss. Mit einem Ruck schob er die Hände in die Hosentasche und stampfte zu seinem Posten am Fenster. Wieder der stiere Blick in die Winterfinsternis, die sich mit stoischem Gleichmut vom Scheinwerferkegel des Leuchtturms zerteilen ließ. Immer wieder ein erhebendes Gefühl, wenn man selbst im Mittelpunkt dieser ewig gleichen Lichtkreise stand. »Man denkt vierzig Minuten intensiv nach«, dachte Finn, »kommt zu bahnbrechenden Erkenntnissen und weiß nach ein paar Sekunden beim besten Willen nicht mehr, worum's bei den schweißtreibenden Denkbemühungen grad ging. Schluckt alles die riesige Dunkelheit da draußen. Und man kann sie nicht mal hassen dafür. Man muss lachen und gibt juchzend vor Vergnügen die Suche nach den verlorenen Gedanken auf. Beruhigend, einfach beruhigend. Normalerweise jedenfalls.«

Diesmal jedoch vermochten es auch die selbstgenügsam schläfrigen Lichtspiele da draußen nicht, seine finstren

Gedanken zu vertreiben. »Warum ausgerechnet die? Warum hab ich mir diese alterssturen Esel mit ins Boot geholt?«

Petter formte mit den Händen ein Hörrohr und raunzte Finn an: »Bisschen lauter, wenn ich bitten darf. Dass das alte Eisen auch was versteht.«

Und Marit kartete nach. »Du wolltest doch predigen, Finn ...«

»Pass du auf, dass dein Rotzkocher nicht verstopft.«

»... also mach hinne! Dass wir zu Potte kommen. Haha. Zu den Pötten. Zum Leichenschmaus. Einfach 'ne fantastische Vorstellung: Drei abgewrackte Insulaner ...«

»Eben nicht. Ich bin eben nicht abgewrackt. Im Gegensatz zu gewissen andern.«

Aber die Alte ließ sich nicht beirren. Wenn schon Finn mit seinen Ausführungen nicht in die Gänge kam, dann eben sie. »Drei Abgewrackte von den Vesterålen machen sich her übern Leichenschmaus, weil ein, sagen wir mal: englischer Pott abgedankt hat, Trawler, Frachter, egal was. Samt der kompletten Besatzung. Führen geifernd Freudentangos auf für jeden ersoffnen Kahn, wenn er nur groß genug ist. Nehmen das Trauerfest schon mal vorweg. Weiß man doch nicht, ob hinterher, wenn sie die verbliebnen, aufgeblähten Leichen erst mal in Kisten verpackt und abgesenkt haben, ob dann noch einer dran denkt, ihr nasses Ende auch schön zu begießen, zu feiern, dass die Schwarte kracht. Man soll die Toten feiern, wie sie fallen, wie sie sinken.«

»Genau«, half Petter nach, der inzwischen wieder in seiner Ecke hinterm Ofen angekommen war und sich wie ein satter Kater mit der Zunge genießerisch übers Maul schleckte.

»Man soll sie feiern, soll sie ehren«, trällerte die Alte weiter und stieß beiläufig eine Rauchwolke durch ihre Zahnlücken. »Ein Tänzchen in Ehren. Freude schöner Götterfunken nur so stieben lassen, dass der Olle da oben sein Wohlgefallen hat. Und die Marit hier unten auch. Weil's jetzt, wenn so 'ne Nussschale abgesoffen ist, woanders wieder losgehn kann. Jeder tote Trawler: ein neuer Auftrag für 'ne andre Werft. Die Schiffsbaufritzen studieren die Todesanzeigen von all den Trawlern. Reiben sich die Hände. Wie die olle Marit hier auf den ollen Vesterålen in diesem Leuchte-Luginsland. Als würd sie mit den Werften unter einer Decke stecken. Tut sie aber nicht, die olle Marit. Steckt unter ihrer eignen Decke. Und kommt keiner mit drunter. Außer vielleicht der olle Petter. Alberner Fischkopp der. Jedenfalls die olle Marit fühlt sich endlich mal wieder pudelwohl und freut sich über jeden abgenibbelten Kahn. Aber das hab ich ja schon gesagt. – Finn, wolltest du nicht bisschen was opern-predigen?!«

»Ruhe!«

»Nu zier dich bloß nicht so. Ich hab doch auch grad. Wolltest raus mit der Sprache, was deine Socken und deine Buxe so nach Tang stinken und woher die blutigen Schrammen an deinen Fingern kommen. Also, Leinen los! Voran.«

»Ruhe. Da ist was draußen.« Finn stand wie eine Granitsäule, die Alte vergaß, ihren Zeigefinger aus der Pfeife zu nehmen, Petter nagelte seinen Blick in die Tür und hockte auf seinem Schemel starr und gespannt wie ein Fischreiher.

Aber die Nacht schwieg wieder. Eisig. Nur das Klatschen der Gischt war zu hören, die von der Brandung zum Festfrieren an die Uferfelsen geworfen wurde. Der Nordwind hatte sich am Mittag schon gelegt; das Fjordwasser schlug zwar noch Wellen, aber dampfte schon. Diese Irrsinnskälte heute hatte auch das Wasser eiskalt erwischt, der Fjord war noch viel zu warm und übergab dem leisen Wind seine weißen Schleier, die dieser dankend entgegennahm, um sie allmählich zerfasern zu lassen und in langen tentakelartigen Fransen wabernd vor sich her zu treiben.

Nein, sehen konnte man die weißwallenden Seidentücher des Røversfjords nicht, so finster wie die Nacht war, aber Finn wusste, dass sie da waren. Und er wusste, sie waren gefährlich. Kamen, vergingen, kamen wieder, und in Windeseile konnten sie sich zu einer Nebelwand zusammenraffen, die die Finsternis noch undurchdringlicher machte. Er hatte die Dunstschleier kommen sehen, als er nach der morgendlichen Bekanntschaft des Innenlebens seiner Stiefel mit dem Novemberwasser im Eiltempo zurückgebrettert war, im Kopf ein Gemenge aus hin- und herjagenden Strategieerwägungen und kruden Risikoabwägungen.

Plötzlich knarzte es hinter ihm. Er schreckte auf und drehte sich um. Aber es war nur Petter, der sich zur Galerietür geschlichen hatte und die Hand jetzt dicht über die Klinke hielt. »Hast du gehört?«, lispelte er.

»Was?«

»Das Schleifen draußen.«

Finn hatte es nicht gehört. Aber jetzt knirschte es erneut. Unüberhörbar. Dann rumste es. Holz schlug auf Holz, zwei harte trockene Schläge, eisüberzogenes steifgefrorenes Holz. Schon wieder schweiften Finn die Gedanken ab: Er sah sich selbst vor ein paar Stunden noch sein Boot an Land ziehen, die vom Gischteis kiloschwere Persenning über den triefendnassen Motor würgen und das Tau mit klammen Fingern festknebeln. Bevor er, so schnell es noch ging, hinauf rannte, um die nassen Socken von den Füßen zu kriegen.

Klang! Petter hatte die Klinke runtergeschlagen und riss die Galerietür auf. Nebel stürzten herein, vermischten sich mit Marits Rauchschwaden und verwandelten den ganzen Raum binnen Sekundenfrist in einen Waschkessel.

»Tür zu, Idiot«, zischte die Alte und schauderte vor Kälte, »dass der olle Hohlkopp aber auch keine Tür nicht zumachen kann!«

Aber Petter war schon draußen, stand am Geländer, den Neuankömmling gebührend in Empfang zu nehmen. Das Licht aus dem Dienstraum umgab den alten Fischer mit einer mattgelben Gloriole und verwandelte ihn selbst in einen aufgeweichten Schatten. Dann hörte man seine Stimme in den eiskalten Nebel dröhnen. Der sich da draußen rumtreibe, die Boote krampfen wolle oder was wisse der Teufel was am Ufer rumzuscharren habe, der solle wenigstens den Schneid haben, raufzukommen und sich gebührend vorzustellen. Bei welcher Gelegenheit er schon erfahren werde, was man hier von seinem Gemache halte.

22

Und jetzt?

Reicht nicht, dich an die Schranktür zu lehnen, schöne schöne Tänzerin, sondern dahinter. Unzugänglich für all die gierigen Silberblicke. Wegsperren zwischen meine Hemden und Dings, Jacken. 'nen Tresor oder was gegen dies endlose Maulaffen Feilgehalte, 'n absolut hieb- und stichfestes Alarmsystem, das schon hochgeht, wenn einer nur 'n Auge riskiert, geht die ganze Chose schon los mit so 'nem Getöse, dass jeder türmt und doch noch erwischt wird von mir. Von Gunnar, dem Kunstwärter. Und dann Gnade ihm Gott!

Aber – was, wenn einer 'nen Sensor löten kann, am End!

Nein, mach ich Schluss damit, ein für alle Mal, den Garaus dem seibernd geilen Galeriegeglotze tagaus tagein.

Aber wo ist verdammt das Küchenmesser? Dass man aber auch immer das Küchenmesser suchen muss, immer und jeden Tag, ob man nun 'ne Kartoffel schälen muss oder diese Tänzerin. – Nehm ich das Brotmesser eben. Ist die Spitze zwar stumpfer, aber scharf ist's. Sägeschliff. Wird schon gehn.

Da lehnste an der Schranktür, bildschön und blütenweiß. – Einfach reingehackt ins Leinwandgedärm, den Körper rauf und runter gezogen, das Messer und kreuz und quer: zerfetzt, zerrissen die Frau schlechthin. Tut mir leid, Meister Max, muss sein. Sie kann dies unentwegte kunstbewegte Museumsgestiere nicht mehr aushalten. Immer König Kunstkunde vor der Brust, das ist schlimmer, als auf'n Strich geschickt werden, Beckmacho, du Zuhälter. Irgendwann mal ist Feierabend, verstehste, einfach Schluss mit dem immer selben Schaum der Tage.

Ich mein, für den tut's mir leid, für deinen Malmax, irgendwie, aber ich kann's nicht ändern.

Das Brotmesser einfach rein und durchgezogen mit seinem Riffelschliff und total zerstört die Frau – Frau meiner schlaflosen Phantasie – diese Frau – was starrt die mich so an! Die ganze Zeit schon. – Mein Gott, was du für 'n Blick hast. – Du guckst mich ja genau an, jetzt, aus deinem unmöglichen Blickwinkel siehst du mich ja genau und kommen mit dem Dings, mit dem Brotmesser, dem flatternden, in der Hand. Siehst genau, wie ich mir Wortschnaps einkipp, 'nen Mut anrede, für ins schönweiße Gesicht das Messer einzuschlagen, Schlagschatten, mitten zwischen diese großen Augen. Aufgeblähte Wutworte, damit ich's schaff. Und siehst genau, ich schaff's nicht.

Nein. Feuer wär schon einfacher. Schneller, und irgendwie mehr auf Abstand. Dein Holzrahmen ist der Scheiterhaufen, der Zunder deine Leinwand. Tanz auf dem Vulkan. Wie deine Augen, sag ich doch, Vulkanseen, schwarzglühende Tiefseen. Schöne Tänzerin. Die Lunte dran! Bilderglut. Brennende Leidenschaft. Diebsbraut abgefackelt. Wie brennen eigentlich Ölfarben? Gut, sollt man meinen, hervorragend, hört sich gut an: Öl in die

Flammen gießen, aber sind ja schon einigermaßen in die Jahre gekommen, glattes halbes Jahrhundert alt. Dürften schon reichlich ausgetrocknet sein. Weiß ich nicht, ob die noch brennbar sind. Oder ob die bloß verquasen und kochend eitrig runtertropfen. Trotzdem, brennen würdste wohl. Aber keinesfalls alleine. Allein brennen macht dünn. Also ich mein, wenn ich dich den Flammen preisgeb, die Reise tret ich mit an. Glühende Hochzeitsreise.

Fleckenwasser, richtig, müsst ich noch haben, siehste, 'ne Halbliterpulle, und Reinigungsbenzin zwei Schluck. Müsste allemal reichen. Und für meine Hose nehm ich Terpentin. So. Quatschnass und stinkt wie Hölle.

Aber – verflucht, und wie krieg ich das Zeugs ans Brennen? Streichhölzer hab ich unter Garantie keine, woher denn, wofür denn, seit Jahren schon Elektroheizung. Nee, siehste? Nichts! Nichts da.

Und jetzt?

Also doch mit dem Messer. Rasiermesser. Oder Schere. Mit der Nagelschere. Tänzerin, pass auf, wir machen uns das Leben schön. Dein Beckmaxmoritz hat dir die Bein überkreuz gelegt, wer weiß, vielleicht bloß um sein eignes verbrunstes Spitzsein auszubremsen. Ham wir nicht nötig, nicht mehr, jetzt nicht mehr. Kann uns keiner was. Mit der Nagelschere, wenn ich vorsichtig bin, und ich bin vorsichtig, garantier ich dir, kein Tröpfchen Blutvergießen. Ich schneid dir ganz vorsichtig die Beine aus, oder sagen wir nur das rechte, reicht schon, schneid dir das Bein aus. Und auseinander damit.

Beckmann verschärfen, öffnen, seinem »Zucken der Geschlechter« zum Durchbruch verhelfen. Aus der Ikone 'ne Brautschau machen. Jau.

So. Und schön nach Herzenslust gespreizt! Klecks Kleber. Sicher, bleibt 'n Schnitt zu sehn, 'n Schlitz, aber passt ja. Wunderbar. Tänzerin, bist eine Schönheit, unglaublich. Unfassbar. Ein einziger Jubel! Komm, Tänzerin, egal wie wir stinken, nach was für 'nem Terpentin, Sprit oder was: Es ist Zeit. Wir fahrn, die machen gleich auf. Komm, wir nehmen's Papier von gestern Nacht, das geht noch. Nehmen 'n Taxi. Los jetzt! Nicht, dass wir zu spät kommen.

Donnerlittchen, Himmel und Menschen, 'nen Riesenauflauf vorm Eingang. Gedränge und Geschiebe, Schaum vorm Mund. Blubbern all durchnander, und jeder will was sehn und will was gesehn haben. Und vorn schiebt sich kreideweiß mit roten Flecken im Gesicht und flankiert von dieser ewigen, blassen Praktikantin die Chefin – hat mich nicht gesehn, hat nur noch Augen für vorn – schiebt sich durchs Menschendickicht.

Ein Reinkommen ist hier sowieso keins. Und am End wirst du noch plattgequetscht, schöne Tänzerin, wenn ich dich hier abstell, statt dass se dich erkennen, trampeln se glatt drüber weg. Tret- und Schlagschatten. Da kennen die nichts, keine Verwandten mehr und Kunst schon gar nicht, am End bist du nur noch Fetzen und Schutt und Asche, Wandalen die. Aber dass einer dich geklaut hat, das finden se interessant. Wissen nicht mal, wie du aussiehst, was du für 'n Bild bist, aber frisch geklaut, das steigert deinen Wert ins Unermessliche. Wird jedes Dings, jedes Bild im Museum blass vor Neid. In aller Munde, und dann trampeln se dich mir nichts dir nichts übern Haufen und drauf und drauf die Barbarenquanten.

Komm, weiße Tänzerin, wir nehmen den Lieferanteneingang.

So, siehste, an Ort und Stelle. Und häng dich schnell auf und hock mich auf meinen Hocker, hol 'n bisschen Luft und guck dich an erst mal.

_______23.

Noch während Petter breitbeinig wie John Wayne auf der Leuchtturmgalerie stand und sein Drohszenario in die Finsternis röhrte, fispelte auf halbem Weg zwischen Anlegesteg und Leuchtturm eine dünne Stimme, er solle sich abregen, er sei's bloß: Gunnar, wenn's recht sei, Fährmann und Bilderstürmer.

»Dann sag das doch.« Petter stellte kleinlaut die Beine wieder zusammen, nahm seine Fäuste aus den Hüften, ging wieder in den Dienstraum, rannte an Finn vorbei die Treppe runter und reichte der aus dem Nebel tauchenden Gestalt die Hand. »Musste uns so 'nen Schreck in die alten Knochen jagen?«

Als wäre er seine persönliche Jagdtrophäe, schob Petter den Fährmann vom Grovöysund an Finns Frage vorbei, wer sich denn jetzt um die Fähre kümmre, in den Dienstraum. Währenddessen schälte Gunnar sich aus seinem schweren Ölzeug und warf den dicken Kratzwollpullover über einen Nagel in der Wand am Ofen. Wollte ihn werfen! Ein Unterfangen, das nicht von Erfolg gekrönt war, weil die vollgesogene Wolle sich nicht verfangen wollte und immer wieder auf den Boden klatschte, wo der Pullover schließlich liegen blieb und eine Pfütze auf den Bodenbrettern anlegte. Währenddessen holzschuhklackerte die Alte mit demonstrativem Getöse Richtung Galerietür und schlug sie mit allen ihr zu Gebote stehenden Kräften zu. Was Finn mit einem Griff zur Stirn quittierte. Der Neuankömmling aber zuckte zusammen, fuhr herum und starrte Marit an, als sei sie des Satans erste Geschützmeisterin.

»Du bringst uns um 'ne Oper«, maulte Marit und schlenderte gelangweilt zu ihrem Stuhl zurück. Dort angekommen, klopfte sie mit einigem Umstand das Sitzkissen auf, das sich in die Ritze zwischen Rückenlehne und Sitzfläche geknollt hatte, und warf nach Vollendung ihrer Bemühungen zuerst das Kissen, dann sich selbst auf den Stuhl. Worauf sie zur Pfeife griff.

»Was für 'ne Oper?«

»Na, von diesem Schlauberger von Leuchtturmwärter da. Wollte uns die ganze Zeit schon verklickern, wieso seine Socken so nach Tang stinken, als wär er grad dem Meer entstiegen.«

»Setz dich, Gunnar. Kannst meinen Stuhl haben. Ich bleib stehn.«

»Steht nämlich lieber, der Finn. Sonst wird er weich. In den Knien.«

»Na, Marit, scheinst ja mal wieder bester Laune zu sein«, grinste Gunnar.

»Aber bloß um mir das zu sagen, wirste nicht hier raus gekommen sein. Bei dem ollen Sauzeug da draußen.«

»Sie meint das Wetter.«

»Mann, Finn, die Dings, die Boje, die Leuchtboje drüben

ist finster wie die Augenhöhle von meiner Großmutter ihr'm toten Schädel.«

»Welche Boje?«

»Na, vor Ramsøya. Die gehört doch auch zu dir. Oder? Sicher, ist doch deine Gegend, klar, bei meinem einen mir verbliebnen Fuß!«

Marit saß plötzlich kerzengrade, setzte ihre Füße auf die Querverstrebung des Stuhls und wandte ihren Kopf mit der ruckenden Drehbewegung eines Truthahns Richtung Finn.

»Ich sag dir, ich bin um Haaresbreite um einen von diesen Brocken rumgekommen. Weil deine Scheißboje ...«

Finn kehrte Gunnar demonstrativ den Rücken zu und bezog wortlos Stellung am Fenster. Der Mond hatte sich tatsächlich doch noch durch Wolken und Nebel gebissen. Holmen, Schären, bis zum Hals im Wasser stehende Berg-ketten, vom schwachen, aber messerscharf kalten Licht zur Kulisse gefroren. Mitten in der eisernen Lichtlosig-keit tauchte Richtung Süden in einiger Entfernung ein riesiger Bergklotz wie der Buckel eines greisen Wals aus dem rabenfinstren Wasser, stockstarr und unbeweglich, tiefe Furchen mit silbernen Schatten, übersäht mit grellen Flecken. Und dahinter, was wie Festland aussah, aber bloß ein Sammelsurium aus Inseln war: die Lofoten. In langer Reihe stechend weiß, wüst gefaltete Servietten reckten sich an die tausend Meter hoch – fast senkrecht aus dem Meer eine Wand quer durch die Nacht – und stießen zackige Zinnen in die Dunkelheit. Der Himmel musste

Purzelbäume geschlagen haben, musste binnen kürzester
Zeit sämtliche Nebel vertrieben, einen kräftigen Schnee-
schauer losgelassen und endlich die Wolken aufgerissen
haben.

Ohne den Fensterblick in die kalte Nacht aufzugeben,
ging Finn zum Angriff über. »Jetzt sag mir doch verdorri
noch mal, Gunnar, was suchst du eigentlich da draußen?
Bei diesen besoffenen Wetterkapriolen.«

»Die Freiheit der Meere«, war Marit zur Stelle, sie fühlte
sich offenbar angesprochen.

»Ich wollt hier rüber, hier, an dein Dings, dein Ende von der
Welt. Aber duster war's, sag ich dir, duster wie im Arsch des
Bären.« Gunnar hockte umgekehrt auf dem Stuhl, breitbeinig, die Rückenlehne unter die Achseln geschoben. Er
blickte den Leuchtturmwärter mit aufgerissenen Augen
an und musterte ihn vom Scheitel bis zur Sohle. »Sag mal,
du bist es doch, unser Leuchtturmwärter. Der immer sorg-
fältige, immer zuverlässige, immer freundliche. Oder? Du
Stockfisch. Oder sollte ich mich täuschen?«

»Jedenfalls bist du heil angekommen. Jedenfalls.«

»Ich schon.«

»Was soll das heißen?«

Im Ofen pfiff ein Holzscheit einen kurzen, dünnen Luft-
strahl in die Glut. Die Alte hatte, wie's aussah, in der Zwi-
schenzeit alles um sich rum vergessen, hatte lustlos an der
Pfeife gesaugt und ihren Dampfknollen nachgesonnen,

derweil Petter mit einem Splint in seinen Zahnruinen Erdöllagerstätten zu erbohren suchte. Jetzt aber stand Petter derart schwungvoll auf, dass der Boden herzzerreißend wimmerte.

Marit rückte mit ihrem Stuhl näher ran und pfefferte die Pfeife auf den Tisch, um ihre Hände besser kneten zu können. »Was das heißen soll! Hat er gefragt.«

»Habt ihr das nicht mitgekriegt?«

»Würden wir sonst fragen!«

»Teufelsschiss noch mal, spuck's aus!«

Gunnar schien Gefallen an diesem Knistern in der Luft zu finden. »Na, den Funkspruch.«

»Ach, den«, kam es vom Fenster.

»Was für'n Funkspruch, Finn?« Marit warf den Kopf herum und sah gerade noch, wie der Leuchtturmwärter sich auf die Lippe biss.

»Fi-inn!« Petter zog das ›i‹ grässlich in die Länge.

»Soll'n das hier werden, Verhör oder was?«

»Warum nicht!«, krähte Marit.

»Wieso Verhör? Hat er was ausgefressen?« Der Fährmann stand auf, tapste im Unterhemd zur rückseitigen Wand und brach sich im Vorbeigehen einen Span aus dem

Stapel Brennholz. »Da«, sagte er und kutschierte mit dem Hölzchen ziemlich planlos auf der Seekarte herum, die fast die ganze Wand einnahm. Bis er plötzlich innehielt. »Da muss es gewesen sein. Dem Funkspruch nach.«

Finn gab den starren Blick aus dem Fenster auf, drehte sich zu den andern um und ruderte irgendwelche Rauchschwaden beiseite. Völlig überflüssig, denn sofort quollen neue in die Lücken. Sein Dienstraum kam ihm unglaublich beengt vor, zum ersten Mal in den vier, fast fünf Jahren seiner Amtszeit.

Gunnar fuhrwerkte unverdrossen mit dem Holzspan an der Karte herum. »Also, ich muss ziemlich dicht dran gewesen sein mit mei'm Kahn. Unheimlich dicht.« Und als er sich gemächlich mit dem Splint an der Stirn kratzte, um dann wieder auf der Karte damit herum zu stochern, verlor der Fischer die Fassung.

»Gunnar, wenn du jetzt nicht sofort auspackst!«

»Ich denke, ihr wartet auf Finn seine Oper, hat Marit doch angekündigt.«

»Mach voran, Gunnarkerl! Ich sag's dir.«

»Nein, Petter, kannst du nicht verlangen«, beschwichtigte Finn und setzte eine betont freundliche Miene auf. »Der ist schließlich Fährmann. Und die sind nicht von der schnellen Truppe. Schneller als seine Schute pöttert, kann er nicht. Schneller muss er ja nicht, es geht sowieso nicht schneller. Der Sund ist eben so breit, wie er eben breit ist. Wer schneller will, kann ja schwimmen.«

»Und du hast verdammt keinen einzigen Grund, diesen ollen Tränensack auch noch zu verteidigen«, knurrte Marit. »Jetzt rück den Funkspruch raus, den ollen den, Gunnar! Voran.«

»Möcht bloß mal wissen, was ihr alle so scharf auf die paar Dings, paar Piepser seid.«

»Wie viel Piepser waren's denn? Neun?«

»Erfasst.«

»Abgesoffen?«

»Mit Mann und Maus.«

»Mausetot?«

»Krähenkacke.« Finns Gesicht gefror.

»Glaub ich jedenfalls. Obwohl, ich hab nicht alles mitgekriegt. Aber den Funkverkehr von der Küstenwache aus Svolvik hab ich abgehört, die ham die ganze Zeit vergeblich gesucht. Nach was Lebendigem. Was Totes ham sie wohl rausgezogen, hab ich, glaub ich, verstanden.«

»Und da bist du also einfach weiter?« Finn baute sich trotz seines kurzen Rückens groß hinter dem Fährmann auf. Der drehte sich langsam um, streifte kurz Finns zusammengekniffene Augen, schaute eiligst wieder auf die Wandkarte und murmelte etwas von wegen, er habe ja schließlich hierher gewollt und genau mit ihm, mit ihm reden wollen, käme ja nun nicht grad häufig vor, dass er sich mal aufmachen könne, weiß Gott nicht.

»Du und Gott!« Marit drohte von meckerndem Lachen zerrissen zu werden. Die Fältchen, die Spalier um ihre Augen standen, tanzten wieder aus der Reihe. »Was war's denn für eins?«

»Ich sag doch, ich hab nicht alles mitgekriegt. Über die alte Mickerkiste, die ich an Bord hab. Engländer, glaub ich.«

»Fantastisch!« Marit war nicht mehr zu bremsen, sie steppte mit ihren Holzlatschen einer zerfahrenen Choreographie folgend durch den gesamten Dienstraum und improvisierte mit kreischender Stimme einen wüsten Sprechgesang, der ihr vor lauter Begeisterung zur Kakophonie geriet. »Wisst ihr was, das war der Wind, der Wind, das böse Übeltäterlein, hat den spiegel-, spiegelglatten, aber blinden, so was von blinden Wasserspiegel auf dem Gewissen, der windige Bursche. Haha. Und hat dem Sturm, seinem großen Bruder, schon mal das Feld vorbereitet. Und dann, dann schlägt auch der zu, schlägt übel drein, wirft die Wasser auf und zerschlägt ihren schon immer hoffnungslosen Versuch, haha, sich glatt zu ziehn, in endlosem Geracker, ohne Chance. Aber lernt nix dazu, das bekloppte Wasser, versucht immer wieder auf ein Neues, so 'n glasglatten Spiegel hin zu kriegen. Und da steigen wir mit ein ins Spiel, helfen dem Wind, dem Sturm auf die Sprünge, dass sie was ausrichten gegen's glatte Wasser und was für Papierbötchen auch immer.«

Und Marits Lachen war nicht schön und wollte kein Ende nehmen.

»Ich hab deinen Dings, deinen Wetterbericht jetzt grad zwar nicht ganz kapiert, aber 'n Papierbötchen jedenfalls war's nicht«, grübelte Gunnar. »Nee, im Gegenteil, muss 'ne ordentliche Schüssel gewesen sein. 'ne ordentliche. Glaub ich. Hab ich verstanden. – Irgendwie, ihr seid überhaupt nicht entsetzt?!«

Die Alte kämpfte mit den Freudentränen, ihre Beine zappelten, obwohl sie schon längst wieder saß. Sie schnappte wie ein Dorsch an Deck nach Luft und trippelte mit den Fingern auf der rechten Sitzkante ihres Stuhls Ballett. Ihr Mann biss sich in den Zeigefinger, um nicht loszulachen. Er biss so fest, dass die Halsadern hervortraten und sein ganzer wuchtiger Graukopf bebte, bis in die letzte Spitze seiner abstehenden Haare. Finn sah wieder aus dem Fenster und kaute immer noch auf den Worten ›mit Mann und Maus‹. Er blickte dem Leuchtturmschein nach, der in aller Seelenruhe seine Kreise zog, sich aber irgendwo in der kalten Mondnacht verlor, bevor er den Horizont hätte erreichen können. Schon merkwürdig, dass die Distanz, über die man sein Leuchtfeuer als hell blinkenden Punkt ausmachen konnte, so viel größer war als jene, über die er den Scheinwerferkegel von hier aus verfolgen konnte. Irgendwie ungerecht. Schließlich war er, Finn, doch der Urheber. »Nur gut, dass du wenigstens durchgekommen bist, Gunnar.«

»Ja ja schon, aber – Sack und Asche, Leute, was spielt ihr drei hier eigentlich für ein verfluchtes Spiel? Ich wette die linke Augenhöhle meiner Großmutter, Gott hab sie selig, Gott und die Würmer, ihre linke Augenhöhle wett ich und die süßen kleinen Brüste von meiner Tänzerin gleich mit, dass das 'n verdammt verfluchtes Spiel ist.«

»Sag mal«, Petter holte sich aus seinem Taumel zurück, »sag mal, was wollteste denn nu eigentlich. Wenn du sagst, du hast dich bloß deshalb stundenlang in deinen Kahn gehockt am heiligen Samstagabend, weil du mit dem Finn was bereden wolltest, dann muss das ja schon was mordsmäßig Wichtiges gewesen sein. Worum geht's denn? Wenn ich fragen darf.«

»Habt ihr nicht was zu essen mal?«

»Nee, Gunnar, eben nicht«, nörgelte Marit. »Die olle Kabeljausuppe, da hat unser feiner Herr Leuchtturm-Muezzin den Rest von auf'n Tisch geschmissen. Mitsamt Sellerie, Porree, Wurzelgemüse. War plötzlich alles in 'ner Pfütze auf'm Tisch am Schwimmen. Aber was soll's, hat die olle Marit ja höchstens ein Stündchen oder zwei drauf verwendet, den ganzen Kram fein zu schälen, zu schnibbeln, zu würfeln, zu sieden, zu kochen. Zu komponieren. Also klatsch damit auf den Tisch. Warum auch nicht.«

»Und sie hat's gut verschmiert.« Finn schüttelte sich vor Lachen. Er klammerte sich an der Fensterbank fest und prustete.

»Der wollte nämlich grad die Predigt halten, die er uns die ganze Zeit schon versprochen hatte. Bloß da kam ihm meine Suppe dazwischen. Und du!« Diese Sätze brachte Marit noch hervor, dann schickte auch sie Lachsalven in die Rauchschwaden. Die Tränen liefen ihr die Gesichtsfurchen herab und tropften auf ihr breites Kleid. Und endlich konnten sich auch Petter und Gunnar nicht mehr halten, trudelten aus ihrem Kichern in tosendes Gelächter und lagen sich in den Armen. Gunnar begriff überhaupt nichts, aber auch er hatte lange nicht mehr gelacht.

Bei Finn allerdings war das Gelächter genauso jäh, wie's angefangen hatte, wieder zu Ende. Er bohrte den Blick weiterhin in die Nacht und bewegte stumm die Lippen. »Entfernungen erkennt das Mondlicht nicht, und die Polarnacht gibt dem Mond ihre Tiefe nicht preis, die zerrüttete Insellandschaft da draußen wird mir nichts dir nichts aus der dritten Dimension entlassen«, dachte er, und plötzlich spukte das Schreckgespinst der Mondsucht durch seinen Kopf: »Wenn in all der Dunkelheit das Mondlicht alles zur Weißglut zwingt, die Berge bizarr verzerrt, aber plötzlich sichtbar, nach Wochen der Finsternis, kein Wunder, dass einen dann die Lichtsucht packt. Dass man wie von Sinnen in die Lichtscheibe rennt. Oder drauf zu. Bloß – bloß dass vorm Mond das eiskalte, rappenschwarze Wasser liegt. Das Eismeer ruft, sagten die Jäger auf Spitzbergen zu diesem kaltblütigen Tod.« Hatte er mal irgendwo gelesen.

Gunnar angelte sich einen Brotkanten. »Richtig salzig von dem ganzen Lachgeheule«, grinste er und kaute, »Salz und Brot hilft in der Not selbst der Großmutter in den Tod.«

»Du sollst nicht dichten, wir warten auf deine Antwort!« Petter kramte im Brennholz und fand nach mehrmaligem laut polterndem Umwenden des ganzen Stapels, was er suchte: ein kleines Stück weiches Birkenholz. Dann zog er den Finndolch aus dem Stiefel und begann die Rinde in feinen Schuppen abzuschälen. »Wegen deiner gottseligen Großmutter und ihrer vermaledeiten Augenhöhle biste jedenfalls nicht bis hier rüber geöttert.«

»'ne Brücke übern Sund!« Die Lachtränen des Fährmanns waren wie weggeblasen. Er hatte aufgehört zu kauen, wälzte den angebissenen Klumpen Brot beim Reden im

Mund hin und her und musste sich immer wieder unterbrechen, wenn der Kloß sich in einer Zahnlücke verfing. »Das kann sich nur noch um paar Monate drehn! Ich sag's euch. Heute Morgen, ich war grad drüben angekommen mit meiner Kutterkutsche, da stehn zwei Dings, stehn zwei Krawattenkerls am Steg. Wenn Sie mitwollen, sag ich noch, müssen sich schon rein bemühen. Da sagen die, nee, ich soll man lieber rauskommen aus'm Kahn. Was, sag ich, ich bin der Fährmann hier, ich kann nicht rauskommen jetzt, ich hab zu tun, sag ich. Die Leute, sag ich, ich kann doch nicht die Leute alle warten lassen mit ihren Autos, Karren und Dings. Sie würden sich's an meiner Stelle überlegen, sagen sie und drehen ab. Und ich seh sie im Stadtkontor verschwinden.«

»Krümelkacke«, kam es vom Fenster.

»Da packt mich der Zorn im Nacken, dem frisch kastrierten Ochsen von einem Bürgermeister will ich die Meinung zwitschern, 'nen anständigen Fährmann von der Arbeit abzuhalten. Sollt sich nur mal das Gezeter von den Leuten anhören, die rüber müssen, aber nicht können, weil ich mit diesen Kerls 'n Pläuschchen halten muss.«

»Wo sie recht ham, die ollen Leute, ham sie recht. Ich tät auch fluchen.«

»Gelobt sei die seltene Ehrlichkeit ihrer Worte«, ließ Petter sich vernehmen.

»›Ham se recht, die Leute‹, hat der Bürgermeister auch gesagt, sagt der mir gradaus in mein glühendes Gesicht. Und der eine von den Kerls sitzt ihm quasi auf'm Schoß.

›1020 Meter lang, die größte auf den Vesterålen, können wir alle stolz drauf sein‹, tönt der Bürgermeister, ›Framskrittbrücke wird sie heißen, ist doch nun wirklich ein schöner Name. Die Planungen sind längst abgeschlossen, und jetzt soll die Bauerei bald losgehn, damit sie zügig dem Verkehr übergeben werden kann. Sicher wird noch eine Weile dauern, tut mir auch leid, aber ... Aber die Baumaßnahmen, 1020 Meter, könn' sich ja vorstellen, so was zieht sich. Nun ja. Sind Sie mit Ihrer Fähre endlich fertig. Immer dies leidige Hin- und Hergetucker‹, sagt der Schmierlappen. Ich mein, weiß doch jeder, dass dem diese Betonklitsche im Hafen, Baumaterialien Hendriks, was weiß ich, dass dem diese Klitsche gehört.«

»Framskritt, dass ich nicht lache, Fortschritt!« Finn hatte sich endlich wieder zu den anderen umgedreht und ließ die Mondnacht Mondnacht sein.

»Ja, und ›dies leidige Hin- und Hergetucker‹, ich glaub, ich spinne! Was geht das Sackgesicht denn an, was ich leidig find. Und sowieso und überhaupt, der weiß doch ganz genau, dass ich hundertprozentig nichts andres finde, keinen Job oder was.«

Marit zog vernehmlich an ihrer Pfeife und paffte eine weitere Wolke in die ohnedies dampfende Luft. »Ich mein, Gunnar, bist doch 'n Kommunist. Oder bist einer gewesen.«

Aber dem Fährmann blieb die Antwort im Hals stecken; alles verstummte plötzlich: Die Wendeltreppe draußen hatte verdächtig geknarzt.

»Schnauze voll von ungebetnen Gästen«, murrte Marit, »kann man denn nicht mal in Ruh den Leichenschmaus zu Ehren von unserm englischen Riesentrawler ...«

Da ging die Tür auf und Brik stand auf der Türschwelle. »Heh, werft mal 'n Blick auf die Uhr, ist halb zwei, Mann, und ihr macht hier ein Spektakel, als würde jeden Augenblick die Welt untergehn!«

»Tut sie ja auch. Ist sie grade bei.« Marit brachte als Erste die Lippen wieder auseinander.

Aber so einfach ließ Brik sich nicht abspeisen, offenbar war sie ordentlich geladen! Trotzdem, sie hatte sich gut im Griff, schob nur noch nach, ob's nicht vielleicht ganz eventuell womöglich mal 'n Gedanken wert wär, dass normale Menschen des Morgens früh raus müssten. Ja, auch sonntags manchmal, ob sie schon mal was von Notdienst gehört hätten! Woraufhin sie zielstrebig den Dienstraum diagonal durchmaß, sich zum reichlich konsternierten Finn ans Fenster stellte und seinen Arm um ihre Schulter legte. Unmissverständlich: Sie würde nicht eher wieder gehen, bis der Letzte hier verschwunden war.

»Wo waren wir stehn geblieben«, fragte sie nadelspitz in die Runde.

»Wir waren grad dabei rauszufinden, wie Gunnars Leben so weiter geht.«

»Sie?«, stutzte Brik, »heh, Sie kenn ich irgendwoher.«

»Keine Ahnung, sind vielleicht mal mit meiner Fähre
übern Sund getuckert.«

»Nee, in die Verlegenheit komm ich nicht. Bin sowieso
nur auf'm Wasser unterwegs. Ich muss Sie von anders-
woher kennen, aber ich weiß partout nicht, wo ich Sie hin
stecken soll.«

»Na egal jetzt, jedenfalls«, funkte Marit wieder dazwischen, »jedenfalls würd' ich für mein Leben gern mal wissen, Gunnar, ob du noch irgendwie auch 'en Blick hast, der
übern Tellerrand vom eignen Bauchnabel hinaus reicht.«

»Musst du grad sagen!«

»Apropos Tellerrand und Bauch ...« Finn musste grinsen.
Und das nicht nur, weil er sich über Marits verkorkste
Worte amüsierte, sondern auch, weil er bemerkt hatte,
dass sich zwei, drei geschickte Finger daran machten, seinen Hemdknopf überm Bauch aufzunesteln. »Wir sehn
uns zum Frühstück.«

»Gunnar, morgen ist Sonntag, da können deine Kunden
warten, du pennst bei uns.« Eine höchst freundliche Einladung aus dem Munde Petters, die der Fährmann unmöglich ausschlagen konnte.

»Aber nur, wenn du zum Frühstück was von deinem
Fischpudding raustust, Marit!«

Noch während die des Feldes verwiesenen Alten sich
umdrehten, um den geordneten Rückzug anzutreten, hatten die besagten vorwitzigen Finger das Ziel der ersten
Zwischenetappe erreicht, drangen ganz langsam, aber un-

aufhaltsam in Finns Bauchnabel vor und tasteten mit weichen Berührungen die tiefliegenden Hautwülste ab. Der Leuchtturmwärter wand sich wie ein Skorpion und verabschiedete sich, um nicht laut loslachen zu müssen, mit ausnehmend vielen Worten von den drei Herrschaften.

Kaum waren diese die Treppe herunter gestampft, trippelten die kecken Finger abwärts, und als Finn ein letztes »gute Nacht« ins Treppenhaus hauchte und die Tür des Dienstraums schloss, hatten sich bereits zwei Hände in seine Hose verirrt.

»Ich glaub, Brik, ich bin glücklich«, hauchte Finn, »du bist das Beste, was mir passieren konnte.«

»Jedenfalls, dein Kerl hier ist putzmunter.« Sie schubste Finn zur Seite, knipste das Licht aus und war mit drei Sätzen vor der Fensterwand mit dem dunklen Panorama, wo zwischen schwarzen Schären, mattem Mondlicht und kreisendem Leuchtfeuerkegel tausend Sterne flimmerten. Finn stolperte kichernd und gicksend hinter Brik her, und gerade als er glaubte, sie eingeholt zu haben, entwand sie sich und huschte noch tiefer in die Dunkelheit des Dienstraums, der nur noch das bisschen Licht von den Kontrollleuchten des Schaltpults abbekam. Finn, nicht faul, hinterher. Wobei er prompt gegen den Tisch rumste und das Geschirr samt abgestandener Fischsuppenreste mit klirrendem Getöse zu Boden manövrierte, ohne dass sich Briks Tango davon im Geringsten hätte beeindrucken lassen. Und auch Finn gab die Verfolgung keineswegs auf. Bis er sich fast der Länge nach hingelegt hätte; etwas Weiches wickelte sich um seine Beine, ihre Bluse womöglich. Dann sirrte ihr BH wie eine Fledermaus durch die Luft,

Strümpfe flogen in eine Ecke, ihre Beine stiegen, während sie im Laufschritt holprige Kreise durch die Enge des Raums zogen, aus der Hose und warfen diese mit einem gekonnten Schlenker ihrem Verfolger vor die Brust, der ebenfalls damit beschäftigt war, sich das Hemd vom Leib zu reißen und aus der Hose zu stolpern, ohne die wilde Jagd zu unterbrechen. Noch eine Handbreit trennte ihn von ihrem wunderbar leuchtenden Rücken, der sich da unten so verlockend zweiteilte, als sie jählings die Galerietür aufriss und raus in die Mondnacht schlüpfte.

Finn traf die eisige Kälte wie ein Hammerschlag. Er schreckte zurück, ein Schauder kroch ihm über die Brust. Für einen kurzen Augenblick dachte er, das Herz müsste im nächsten Moment stehen bleiben, ein rascher Blick nach unten aber zeigte ihm, dass die Kälte seinem »Kerl« nichts anhaben konnte, und also stolzierte er mit wippendem Schwanz und geschwellter Brust ebenfalls nach draußen. Dann wurden seine Lippen plötzlich unnachgiebig in einen kribbelnden Pelz gedrückt. Die rossige Verlockung des Kastaniengeruchs ihrer Sahnesäfte brachte ihn endgültig um den Verstand. Auf seiner Zunge schmeckte es salzig. Nur die Tatsache, dass ihre Hände sich in sein Haar krallten und seiner Kopfhaut nicht eben zartfühlend zu Leibe rückten, holte ihn in die Welt zurück, und er begriff, dass Brik breitbeinig auf dem Geländer stand und leicht federnd ein bisschen in die Knie ging, damit er gut dran kam. Der Schreck fuhr ihm in die Glieder. Er hatte mit Brik ja schon viel erlebt, aber nachts um zwei bei allemal 10° minus nackt in halsbrecherischer Position auf der Reling der Leuchtturmgalerie – das schlug alles bisher da Gewesene um Längen.

»Echter Balance-Akt«, fistelte Brik. Sie holte tief Luft und sprang Finn mit einem kurzen Satz breitbeinig vor die Brust, ließ sich langsam, unendlich langsam mit offenen Schenkeln an ihm hinabgleiten, streifte mit ihren vor Kälte und Lust steinharten Knospen sein Gesicht, seinen Hals. Und während sie ihn Millimeter für Millimeter versenkte, ergötzten sich ihre Brüste am Kneifen seiner Brusthaare, die in der Abwärtsbewegung um ihre aufgepeitschten Vorhöfe zwirbelten.

Finn machte den Versuch, mit seiner süßen Last vor der Brust die rettenden Gestade des warmen Dienstraums zu erreichen. Aber bei jedem seiner winzigen Schritte rutschte Briks Leib einen Hauch tiefer, umhüllte ihn stoßweise ein Ideechen mehr – ihm blieb die Luft weg.

»Mensch, Mann«, blies Brik ihm ins Ohr, »nicht kneifen! Ich denk, du bist total der nordische Naturbursche, und heh, da darf das bisschen Kälte doch kein Grund für 'ne Fahnenflucht sein.«

»Nein, klar«, sagte Finn in seiner Not, »ich brauch ein Gummi.«

»Ach, weißte was, vergiss es! Mein Gott, ich weiß nicht, ob du dich daran noch erinnerst: Du warst mal spontan.«

Augenblicklich gab sein so wunderbar angestachelter Kerl nach, Brik hatte ihn, schneller als er denken konnte, raus gedrückt.

»Mir ist kalt, scheißkalt«, sagte sie, und über ihren ganzen Leib zog sich eine Gänsehaut.

»Die demoliert mir mein Glück, aber ich krieg sie nicht aus den Knochen: diese verdammte Angst um meine Existenz«, sagte Finn, schlich hinter Brik her ins Innere des Leuchtturms und schaltete das Licht an.

Während sie ihre Klamotten zusammensuchte und sich Stück für Stück anzog, maulte sie: »Als wenn's keine andre Existenz geben würde, Mann, als diesen bekloppten Leuchtturm.«

»Ist nun mal mein Ein und Alles.«

»Dann kann ich ja gehn.«

»Brik, jetzt hör mal zu, Krähenkacke noch mal, hör mir mal einmal zu.«

»Als wenn ich dir nie zuhören würde! Du rückst ja nie wirklich mit der Sprache raus. Was dich so ganz eigentlich bewegt, darüber hüllst du dich in Schweigen. – Zieh dir was an, du holst dir ja 'n Tod.«

»Also ich, also, was ich dir schon seit Wochen sagen wollte, also das mit den Leuchtfeuern dauernd, dass die andauernd ...«

»Ja?«

»... ausgehn, da hab ich selbst ...«

»Ja?«

»... also da, nein, also ich ähm, da will ich den Kontrollheinis zuvorkommen und meine Leuchtfeuer noch besser, sozusagen im Voraus warten.«

»Erzähl mir doch nichts vom Pferd, Finn, du bist ja schon wieder dabei, dich raus zu reden. Meinste, ich wüsste nicht, dass da entschieden mehr im Busch ist als so 'n bisschen übereifrig vorauseilender Gehorsam. Heh, ich kenn dich doch.«

»Ja, aber ...«

»Du hast einfach überhaupt kein bisschen begriffen, worum's geht, Mann. Hast nicht verstanden, wie das eigentlich funktioniert, wogegen du dich da wehrst, grottendämlich wie so 'n Bauerndepp, der nicht frisst, auf den Tod nicht frisst, was er nicht kennt.«

»Ich weiß bloß, dass es nicht funktioniert. Und dass die damit versuchen, uns überflüssig zu machen. Alles dasselbe Spiel, mein Leuchtturm oder Gunnars Fähre, schnurzegal.«

»Könntest du sogar recht haben. Aber was du da anstellst, heh, das ist bloß blödblindwütende Maschinenstürmerei. Ohne Hand und ohne Fuß. Sich gegen die Automatisierung wehren, indem man vortäuscht, da würde was nicht funktionieren, und hofft, so könnte man sich unersetzlich machen als Mensch, als handelnde Person aus Fleisch und Blut, echt, das ist der totale Blödsinn, Finn, total naiv.«

»Trotzdem.«

»Du hast denen ihre Logik nicht begriffen.«

»Dann ist es eben unlogisch.«

»Kapier doch, Mann! Rechner sind immer zuverlässiger als Menschen. Weil eben genau die menschlichen Unzurechnungsfähigkeiten ja kompletto ausgeschaltet werden. Rechner haben keinen Rausch, Rechner sind nicht sauer, die waren nie weg von zu Haus, wissen überhaupt nicht, was Sehnsucht ist, wollen's nicht bei Eiseskälte auf dem Balkon vom Leuchtturm treiben, lassen sich nicht von Wut oder Lust oder was aus dem Konzept bringen. Mann, die können alles, aber sonst nichts. Aber das, was sie können, das machen die ewig gleich, mit penetrantem Gleichmut.«

»Krähenkacke, schwarze, bist du 'n Handbuch oder was?«

»Okay. Langer Rede kurzer Sinn: Jeder Anschein von Unzuverlässigkeit, Finn, bringt den Vormarsch der Rechner bloß noch mehr auf Trab! Das, was du da machst, verdammte Hacke, da kommt genau das Gegenteil von dem raus, was du willst, das rauskommen soll. Da fühlen die sich doch bloß von bestätigt, wenn die sehn, ah, bei dem da draußen geht eine Laterne nach der andern aus, da müssen wir mal als allererstes 'nen digitalen, 'nen Automatenkerl hinbeordern.«

»Und genau das mach ich nicht mit: die Menschenleere der EDV-Gesellschaft.«

»Apropos Menschenleere: Wenn du schon so hirnverbrannt bist zu glauben, als Störfaktor könntest du die davon abbringen, dich zu entsorgen – bist du dir eigentlich im Klaren darüber, heh, dass du inzwischen ich weiß nicht wie viel Menschenleben auf dem Gewissen hast?«

»Das, das hab ich doch überhaupt nicht gewollt. Im Gegenteil, ich ...«

»Kann ja sein. Aber du hast es billigend in Kauf genommen.«

»Eben nicht. Die Alten haben mich bloß, haben mich aus dem Konzept gebracht ...«

»Auf jeden Fall sind die andern Schuld. Logo.«

»... wegen denen bin ich nicht schnell genug dazu gekommen, meine Meldung zu machen und dann ruckzuck rüber zu fahren, zur Havarie, um die Leute rauszufischen. Und zwar schneller als die Küstenwache, dass die eben sehn, verdammt, so einer ist schneller als jeder Platinenleuchtturmwärter.«

»Finn, ich hab jetzt noch zwei Stunden zu schlafen. Komm.«

24.

»Ist doch schon verdammt spät im Jahr«, schoss es Marit durch den Kopf, »zwischen Morgen und Abend bloß noch dieses winzige bisschen Licht. Jedes Jahr denkt man wieder, Satan, was ist das Licht dazwischen kümmerlich, zwischen der einen und der andern Dämmrung. Wie so 'n oller Magnet zieht einen das bisschen Licht nach draußen, und man wird dieses verrückte Gefühl nicht los, dass man wieder irgendwas grad am Verpassen ist. Und dann die Inselbuckel überall, schieben sich bleigrau riesig dazwischen, verzahnen das Meer und den ollen Himmel.«

Marit war auf dem Rückweg vom Schuppen einfach so stehen geblieben, auf halber Strecke, den Fischpudding in der Hand, den sie gestern mitten in der Nacht noch fertig gemacht und zum Abkühlen hier rübergebracht hatte. Da hatte sie schon gemerkt, dass der klare Nachthimmel bloß eine hinterlistige Täuschung war. Und spätestens jetzt hatte der Schneesturm sämtliche Fesseln abgestreift. Der Himmel war auf die Erde gesunken und machte sich mit abertausend weißen Peitschen über sie her. Farben gab es keine mehr. Steine, Felsen, Wellen, alles vertilgt von einem ungeheuren Weiß. Das gefräßige Licht des Schnees ließ alles verschwinden und zur weißen Wüste gefrieren. Stjernholman steckte bis zum Hals im Lichtbrei.

»Wenn ihr wüsstet, wie nah wir dran sind am Licht, wir Menschlein alle«, krähte Marit und holte zur Morgenandacht aus, »der olle Baldur sitzt uns nämlich in den

Knochen, der Baldur und sein Licht! Geklaut und höchstpersönlich eingeimpft vom ollen Loki. Keine, nicht eine Körperzelle ist 'ne Dunkelkammer, jede einzelne ist randvoll Licht. Und leuchtet, und ihr habt keinen Dunst davon. Licht ist in der kleinsten Hütte. Könnt ihr noch so dreckig sein, ihr leuchtet. Allesamt sind wir strahlende Sonnenkönige, tragen ahnungslos unsre Aura durch die Gegend. Ihr wisst überhaupt nicht, zu was für Lichtgestalten der Loki-Hallodri euch gemacht hat. Wär vielleicht mal 'n Gedanke wert, ihr Lichtsauger! Wär vielleicht mal 'n Gedanke wert, ob der olle Loki und vor allem der strahlende Baldur, ob die uns mit dem ganzen Licht nicht 'nen Auftrag mit auf'n Weg gegeben haben. Könnt ja sein, ich mein ja nur. Wollt ich nur mal gesagt ... Aber – Moment mal.«

Marit blieb das Finale ihres Lichttraktats im Halse stecken. Sie hatte ein Motorboot ums Südostkap der Landzunge von Grovöya zischen und dann Richtung Brunöya abdrehen sehen. Trotz der Entfernung: Sie hatte ihn wiedererkannt. Kein Zweifel! Der Hüne mit dem schwarzen Gesicht! Dieser Satanssohn mit den zwei spitzigen Hörnern direkt am Haaransatz, krumm wie die von einem stinkenden Ziegenbock. Und der linke Fuß, gut, den konnte sie nicht sehen, aber sie wusste, der hatte diese klumpigen Auswüchse.

Fast hätte sie die Schüssel mit dem wunderbar steif gewordenen Fiskepudding fallen lassen, besann sich dann aber eines besseren und ging mit perfekt gespieltem Gleichmut hoch zum Leuchtturm.

_____25.

Marit und Petter saßen am winzigen Küchentisch und schlürften unisono den dampfenden Frühstückskaffee, Gunnar stand gegen die Schrankkonsole gelehnt, klatschte einen ordentlichen Klecks Krabbensoße auf den Fischpudding und stopfte das Ganze kellenweise in sich hinein. Wobei der Glibber beim Mampfen einen glänzenden Film auf seinen Lippen ausbreitete und in den Mundwinkeln die Krabbensoße immer wieder hervorquoll und schmierige Schaumblasen warf.

Finn und Brik waren bereits fertig mit Frokost. So viele Leute in der kleinen Küche, da musste man in zwei Schichten essen. Also standen die beiden im Türrahmen, rechts und links angelehnt, in gebührendem Abstand, aber unbewusst doch in genau gleicher Haltung, jeder mit einem heißen Kaffeebecher, der alle naselang einen Handwechsel erforderte, und sahen den Alten beim Frühstück zu. Schließlich nahm Finn sich ein Herz und versuchte sich auf Briks Türrahmenseite zu schlagen, aber sie wich wie zufällig und mit völlig coolem Gesicht aus und ging zur andern Seite. Trotzdem, das reichte schon, um in Finn den Jagdinstinkt wieder zu erwecken, er pirschte sich nach drüben, und ein munteres Bäumchen-Wechsel-Dich hob an, bis irgendwann die ganze Küche bebte vor Lachen und der Leuchtturmwärter seiner Frau einen nassen Kuss aufs Ohr drückte, dass es bei ihr nur so klingelte.

»Also Gunnar, bist du nu Kommunist oder nicht oder was?«, stieß Marit plötzlich völlig ernst hervor und trieb einen Keil in das ausgelassene Gelächter. »Ich mein, ist ja traurig, dass sie den ollen Fährkasten jetzt versenken. Schon traurig, aber, wer weiß, vielleicht bringen sie'n ja noch auf den Schrott, dass du ihn bisschen noch bewundern kannst. Wenn dir danach ist. Aber, Gunnar, die Zeit geht weiter. Und heilt die Wunden. Und dreht ihr Rad über unser olles Feld drüber. Entweder du kommst unters Rad drunter, oder du bleibst eben oben.«

»Marit, mach's Maul zu«, zischte Petter über den Rand seiner Kaffeetasse hinweg, was seine Frau allerdings nicht im Mindesten beeindruckte.

»Das Leben geht weiter. Schlägt eben 'n Brückenwart sein Zelt an deiner ollen Fährstation auf.«

»Quatsch, Brückenwart«, ging Finn dazwischen. »Die steht von ganz alleine, so 'ne Brücke.«

Da Gunnars Antwort immer noch ausblieb, stocherte Marit noch mal nach. »Wenn deine Fähre abnibbelt, baun se Autos dafür, dass die über die olle Brücke drüberrollen. Wofür sonst das ganze Brückengestell nämlich. Muss ja was drüber. Müssteste doch Kommunist genug für sein, um das einzusehn.« Marit machte eine wohlgesetzte Pause, um dann mit ebenso wohlgesetzten Worten fortzufahren. »Die Zeit ist zu schnell für dein Ötterbötchen!«

Das reichte, um Gunnar endgültig aus der Reserve zu locken: »Lass wenigstens den Kahn in Ruh! Der hat schon, verflucht noch mal, den ein oder andern übern Dings, übern Bach gebracht. Wär wahrscheinlich halb Norwegen mit zu bevölkern. Und sind alle heil rüber gekommen, die rüber wollten. Und waren alle zufrieden. Das wissen wir von dem Brückengestell noch lange nicht. Auch der Bürgermeister nicht samt sämtlicher Krawattenkrächzer und Konsorten. Nein, und Marit, was den Sozialismus anlangt, da beißt auch so 'ne Brücke der Maus den Schwanz nicht ab. Ich bin einer und bleib einer ... Aber ob ich noch dran glaub, weiß ich nicht. Ist wie beim Fußballclub. Biste einmal Anhänger von so 'm Fußballverein, dann bleibste's auch. Im tiefsten, also im tiefsten Grund von dei'm Herz. Bleibste's auch, wenn die Jungs längst auf Abstieg sind. Und du sitzt vorm Radio und kämpfst um jeden Punkt mit denen. Mit dei'm Club. Obwohl du längst weißt, längst nicht mehr dran glaubst. Ich mein, ich weiß ja nicht mal, ob ich nicht mehr dran glaub.

Da könn' die siebenunddreißigmal verlieren. Und du winkst längst ab, wenn dir einer mit diesem Club kommt, wenn einer nur den Namen fallen lässt, fallen, auf'n Steinboden meinetwegen, trittste noch drauf sogar und drehst die Fußspitze noch zweimal drauf rum. Dass es quietscht. Herzzerreißend quietscht. Und stehst da mit dei'm zerrissnen Herzen. Und mit dei'm kurzen Dings, deinem kurzen Hemd. Und mit der Halsstarrigkeit von einem Lemming, der sich von der Klippe stürzt. – Aber das will ich dir sagen, Marit, und euch andern auch: Auch dem besten Kommunist sitzt das kurze Hemd näher als der lange Rock.«

»'nen Rock hat er sowieso keinen nicht.«

»Ja, nee. Aber 'n Unterhemd hat er an, wenn er klug ist, 'n wollenes. Und da drunter kommt nur noch Haut. Und mein Unterhemd ist nun mal mein alter Pott.«

Finn stieß wieder mal sein allseits beliebtes »Krähenkacke« hervor, aber niemand, nicht mal er selber nahm Notiz davon.

Und Gunnar redete sich warm. »Es ist nur dieser verfluchte Abschied, den krieg ich nicht hin«, sagte er. »Den Abschied von den Leuten, ihr'm Gequassel, dem Geschaukel von ihr'n Köppen auf den Bänken von mei'm Kahn. Meinetwegen könn'se den verrückten Brückenklimbim ja machen, wenn ich unterm Rasen bin. Bei Großmuttern. Dann brauch ich kein Unterhemd mehr.«

»Der Personalauswurf des Fortschritts«, murmelte der Leuchtturmwärter.

»Ja wieso? Wollt ihr stehn bleiben, die ganze Zeit stehn bleiben? Faulpelze, die ihr seid«, trötete Marit. »Also ich gehör ja nun wirklich zum ollen Eisen, aber so uralte Gedanken, wie ihr die da denkt, kommen mir nicht in meinen rostigen Schädel rein.«

»Uralt im Kopf, meinetwegen. Und genau das ist es, was es so scheißenschwer macht.«

»Sagen Sie, Gunnar ...«

»Ach komm, Brik, sag Du, wir duzen uns doch alle hier oben, hängen doch eh alle am gleichen Strick.«

»Sicher?«

»Sicher.«

»Ich glaub, ich weiß jetzt, woher ich dich kenne.«

»Da bin ich aber gespannt.«

»Aus Trondheim. Kunstforeningen Galerie in der alten Fischmehlfabrik.«

Gunnar war nicht wiederzuerkennen. Er starrte Brik an, als hätte sie ihm glühende Lava direkt aus Islands Vulkanen ins Gesicht gespuckt. Seine Augen waren schreckensstarr aufgerissen, die Gesichtszüge entglitten ihm völlig, seine Haare standen frisch elektrisiert ab wie Igelstacheln. Und genau das spürte er, wusste genau, dass es ihm nicht gelang, die Fassung zu wahren. Was bedeutete, es hatte bei diesen Füchsen um ihn rum nicht den geringsten Zweck, jetzt noch irgendwas verheimlichen zu wollen. Trotzdem brachte er nur ein krächzendes »Ähm« heraus.

»Du warst, heh Mann, warst doch der mit Beckmanns ›Fastnacht‹-Bild! Dieses komplett verrückte Kidnapping.«

»Wieso verrückt?«

»Kidnapping mit angeschlossener Nagelscherenüberarbeitung.«

»Ho ho, Mann oh Mann«, krähte Marit, »da haste also richtig was ausgefressen. Steigst gewaltig in meiner Achtung! Also doch nicht bloß 'n Opferlamm, dem sie jetzt auf'm Altar vom ollen Fortschritt das Messer durch 'n Hals ziehn. Das arme Schwein hat Dreck am Stecken! Ich lach mich weg.«

»Das eine hat doch mit dem andern überhaupt nichts zu tun«, bellte Petter.

Aber Gunnar hatte, wenn auch nicht wirklich die Fassung, so doch die Sprache wieder gefunden. »Doch, verdammt. Das hat eben doch miteinander was zu tun. Das ist doch ein Grund, weshalb ich an meiner Fähre hänge wie Lukas der Lokomotivführer an seiner Emma. Vollkommen aussichtslos, dass ich irgendwo irgendwoher 'nen andern Job kriege. So einem wie mir gibt keiner Arbeit. Einem mit einem Fuß nur, aber mit 14 Monaten Knast wegen, wegen ... gut, nennen wir's also »Bildentführung«. Wo doch jeder weiß, hamse Gnade vor Recht walten lassen damals, nach dem Motto: wohl nicht ganz zurechnungsfähig, der komische Einfußkauz. Auch wenn's schon paar Jährchen her ist, kann doch jeder in meinen Papieren schön fein säuberlich nachlesen, dass es bloß meinem Dings, meinem Bewährungshelfer zu verdanken ist, dass ich hier oben auf diesem elenden Haufen Inselchen ...«

»Elender Haufen Inselchen! Endlich mal einer, der sagt, was Sache ist«, gickste Marit mit deplatziert heiterer Laune, und Brik warf ihr ein augenzwinkerndes »Genau« zu.

»... dass es meinem Bewährungshelfer zu verdanken ist, dass ich den Job hier als Fährmann auf'm Grovöysund gekriegt hab. Waren ordentlich paar Monate Durststrecke dazwischen, hab schon gedacht damals, biste mit deinen Mitte 40 schon 'n altes Eisen. Für nix mehr gut. Und dann hab ich also hier über drei Jahre lang die Fähre unterm

Arsch – und jetzt das!! Baun die mir einen Kilometer Brücke übern Kopp, und der Kahn mit seinem alten Gunnar kann abkacken!«

»Bis hierhin und nicht weiter, denkt der Dorsch und marschiert ins Netz«, meinte die Alte beisteuern zu müssen.

»Dabei hab ich doch seitdem nix, aber auch überhaupt gar nix mehr ausgefressen. Seit dem Ausflug mit meiner Tänzerin, mein Gott, in 'ner schwachen Nacht mal. ›Und wenn wir dann halb verdurstet unseren Durst löschen wollen, erscheint das Hohngelächter der Götter.‹ Ist von diesem Maler, irgend so 'n schlauer Satz. Aber hat was.«

Gunnar war für seine Verhältnisse verdammt laut geworden. Aber als wäre er selbst überrascht, von seinem Ausbruch überfallen worden, wurde er augenblicklich wieder leise. Er fuhr sich mit einer langsamen Handbewegung über die Stirn und kam bei der Gelegenheit wie zufällig an seinen Augen vorbei. Und wenn die Hände da schon mal gelandet waren, dann konnten sie auch mal eben dort nach dem Rechten sehen und für Trockenheit sorgen.

»Sag mal«, sprang ihm plötzlich Brik zur Seite, sie hatte längst ihren Arm um Finns Hals gelegt, »sag mal, Marit, müsste dir doch eigentlich verdammt quer im Magen liegen, so 'n Brückengestell, das sie jetzt dem Gunnar vor die Nase pflanzen wollen. Weil im Stahlbeton tanzen schließlich keine Trolle.«

»Stimmt«, grunzte Petter mit sichtlichem Vergnügen, »nicht dass ich wüsste.«

»Was weißt du denn? Aber ist sowieso egal. Könn' wir noch so festhalten an unsern ollen Klamotten im Kopp, oder könn' auf der andern Seite noch so ›fortschreiten‹, mit Riesenschritten voran ins Wohin-Weiß-Keiner. Mit Verlaub: scheißegal. Der Fortschritt geht sowieso seinen Gang. Mit und ohne olle Fährleut, Leuchtturmwärter, Fischköppe. Geht weiter. Wie die Bugwellen von so 'm ollen Kahn. Stimmt doch, Finn, oder? Von so 'm ollen Kahn, der vorbeituckert an diesem Minarett hier. Tuckert weiter, ist schon verschwunden. Die Bugwelle hält noch zwei Minuten die Erinnerung fest, und dann ist sie auch untergegangen. Könn' die Leut sich auf den Kopp stellen, mit ihren Gedanken, mit ihren Fischen und Fähren, paar Leuchtelichtern, mit ihrem Drahtseilakt von Sundbrücken. Die, die grad da sind auf der Welt, sind nur die Platzhalter, Steigbügelhalter, was weiß ich, für die, die grad kommen. Was für Menschen gilt und für Gedanken auch und Trawler sowieso.«

Und Marit hing flugs wieder eine ihrer berüchtigten Kunstpausen bleischwer in die Küchenluft.

»Nee nee. Das Rad von der Geschichte oder was behält die Oberhand, kugelt sich vor Lachen, richtet sich wieder auf, rollt weiter, tanzt, kreiselt wie dem Deibel sein Diabolo. Die olle Marit wirft bloß dem Rad paar kleine Straucheleinheiten in die Speichen. So für Spaß. Bloß für Spaß. Nicht so wie die großen Herren hier, die letzten Helden, Leuchtturmwärter, Fähr- und Fischersmänner, die meinen, sie tun was für die Menschheit, halten die Zukunft auf, meinen, die guten alten Tage, ihre Haut und was zu retten. Quatsch mit Soße.«

»Als wärst du so 'n Brückenchef höchstpersönlich.«

»Gunnar, lass stecken, die kann nix dafür.« Petter schlürfte seine Tasse leer, nickte Finn zu und ließ sich von ihm nachschenken.

»Oh Scheiße«, platzte Brik dazwischen, »ich muss.« Ihr Blick war auf die Uhr gefallen, sie angelte nach ihren schweren Wetterklamotten, aber hielt doch noch eine Sekunde inne, um wenigstens ansatzweise verfolgen zu können, wie Gunnar sich jetzt auf ein Terrain begab, von dem er vermutlich nicht allzu viel verstand. Aber er war einfach nicht zu bremsen.

»Weißte was, Marit«, quasselte er drauf los, »die Dings, die Speckschwarte inner Pfanne, die wölbt sich, weil sie versucht, dem heißen Fett zu entkommen. Vergeblich, versteht sich, vergeblich. Schließlich stiftet sie ja selbst das Fett, wo drin sie brutzelt. Und nichts ist fetter als der Fortschritt.«

»Und nichts«, lachte die Alte, »geht über 'ne ausgelassene Speckschwarte.«

Brik warf noch eine kurze Handbewegung in die Luft, griff Finn in den Schopf, drückte ihm einen Kuss mit einer vorwitzigen Zunge auf die Lippen und war schon durch die Tür. Ob sie's jemals schaffen würde, des Morgens ohne Hektik aufzubrechen, fragte sich Finn und gab sich im gleichen Atemzug die Antwort. Noch einmal blitzte diese Galerieszene gestern Nacht auf, ein Wahnsinn, eiskalt und total warm. Wie er über den Seeluftgeschmack ihrer süßen Säfte völlig vergessen hatte zu frieren. Noch immer spürte er den Tanz ihrer weichen Perle auf seiner Zunge. Einmal noch, noch einmal zurückspulen, die gleiche Situation, dieses Gegensatzpaar beim Balanceakt noch mal, und dann alles besser machen, die Vernunft einfach ausschalten, Schalter umlegen und noch mal von vorne und drauf los.

»Finn, guck nicht wie drei Tage Regenwetter, die kommt ja wieder heut Abend.«

»Verdorri, Leute, ich muss was tun.«

»Keine Angst, wir kommen mit.«

Gesagt getan, die ganze Blase folgte ihm aufs Dienstdeck. Und während Finn sich daran machte, sein Morgenprogramm an der Schalttafel zu absolvieren, entfachte Marit als erstes mal das Feuerchen in ihrer Frühstückspfeife und füllte die Luft wieder mit weißwaberndem Dampf. Ihr Mann hatte sein Birkenholzstück von gestern Nacht wiedergefunden, glücklich, dem guten Stück wieder mit dem Messer zu Leibe rücken zu können, und Gunnar quetschte sich neben den Ofen.

»Oder, Marit«, fing er ohne Umschweife wieder dort an, wo er eben in der Küche aufgehört hatte, »nimm die dämlichen Heuschrecken. Weiß man doch: Stürzen sich in die Meeresfluten, zu Tausenden, Harakiri-Heuschrecken, ersaufen elend und wissen irgendwie, dass ihre Dings, dass ihre Leichen auf'm Wasser oben drauf schwimmen und dass, wo sie noch am Wasserwürgen sind, noch spratteln und sich winden, die andern schon, fix und fertig wie sie sind, die schlappen Genossen, sich fallen lassen vom

Himmel und die zuckenden Kameradenkadaver als Ruhematten benutzen. Und dann, wenn se sich auf ihren toten Kumpels ordentlich erholt haben, dann stürmen sie mit Halali auf zu neuen Taten. Fallen irgendwo an Land in die Hirsefelder ein, fressen sich satt, vermehren sich wie die Kaninchen.«

Finn maulte »Kadavergehorsam« in die Schalttafel hinein, während Marit kommentierte: »Nennt man auch den Gang der Dinge.«

»Oder Kollektivgeist. Kommunismus bis in 'n Tod«, schnarrte Petter in seinen Bart. Vielleicht nur um zu zeigen, dass er trotz seiner Schnitzarbeit doch dabei war.

»Ja, Scheiße«, raunte Gunnar.

Und Marit legte noch eins drauf: »Immerhin geht's weiter.«

»Fortschritt, ist klar!«

»Na jedenfalls anders würden sie alle verrecken. Alle.«

»Aber wer, verdammt, wer sucht die Todesschwadronen aus in so 'm Volk aus lauter komplett gleichen Heuschrecken überm Arabischen Meer?« Gunnar war wieder ordentlich laut geworden; aber jetzt war ja keine Brik da, die sich beschweren konnte.

»Freiwillig. Die gehn freiwillig in 'n Tod, weil sie kein Elend sehn können. Dann schon lieber ihr eignes.«

»Quark«, knurrte Petter und fetzte mit dem Messer einen Span von seinem Holzstück ab, »die, die da baden gehn, das sind einfach die, die als Erste schlapp machen.«

»Bloß dass ich keine Dings, keine Heuschrecke bin«, murmelte Gunnar.

»Das nicht.« Marit drohte ihre Gedanken zu verlieren, als sie den kapitalen Fischtrawler sah, der sich unterm Messer ihres Mannes aus dem Stück Birke hervorgearbeitet hatte, mit sauber geschrapptem Klipperbug, mit Kommandobrücke, Kranaufbauten und Scheerbrettern für die Netze. Und jetzt war das Messer grade dabei, das Deck auszuhöhlen, damit auch bei überbordender See die Fische nicht wieder in die freien Weltmeere schwappten.

Petter sah von seiner Schnitzarbeit auf und bohrte seine Augen in Finns Rücken, der sich wieder am Fenster postiert hatte. »Bursche, du sagst gar nichts mehr. Du bist uns immer noch die verdammte Antwort schuldig, was deine Arbeitshose so nach Meer stinkt. Woran du dir die Finger blutig geschlagen hast. Und wieso die Boje plötzlich ausgefallen ist. Und was das alles miteinander zu tun hat.«

»Ausgefallen! Die Boje plötzlich mitten in der Nacht! Einfach so. Ausgefallen!« Marit schüttelte ein hässliches Lachen durch die verqualmte Luft.

Finn drehte sich ruckartig um und sah der Alten wütend ins Gesicht. »Lass mich doch mit dieser Krähenkacke von wegen irgendwelcher Verschwörungstheorien in Ruh!« Dann wechselte er ebenso schnell wieder den Tonfall und

wandte sich an den Fährmann. »Bis zu der Boje jedenfalls
können wir gleich zusammen fahren. Okay?«

Ein knappes Nicken war die Antwort. Marit dagegen war
wieder in einem ihrer Filme: »Ausgefallen, die Boje, aus heiterem Himmel mitten in der Nacht! Wie dem Grendel sein
gewaltiger Arm. Weil der Beowulf dran zieht und zerrt, der
Idiot, wie wild, dass ihm der Grendel nicht durch die Lappen
geht, obwohl der doch längst reumütig seine Schandtaten
eingesehn hat.«

Marit legte die Hände ineinander und stützte die Ellbogen
auf die Knie. Ohne den Kopf zu heben, nuschelte sie die Geschichte von Beowulfs Ringkampf mit Grendel in ihren Bu-
sen. Wie eben Beowulf aus dem Hinterhalt Grendels Arm
gepackt habe, um ihn an der Flucht zu hindern, und Grendel
ungeachtet der Schmerzen die Knochen und Sehnen der
Achsel habe bersten lassen. Wendig und windig wie eine
Eidechse, die, während ihr Bezwinger noch glaubt, ihren
ganzen Leib in seiner Gewalt zu haben, den Schwanz fahren
und den zappelnden Stummel als Souvenir in der Hand des
perplex dreinblickenden Helden liegen lässt. Schmerzver-
zerrt, blutüberströmt, einarmig zwar, aber, mit triumphie-
rendem Grinsen sei Grendel Beowulfs Zugriff entgangen.
Und der habe blöd geguckt und ziemlich alt ausgesehen.
»So ist das mit so Helden, Finn. Ich hasse alle Helden.«

»Wissen wir. Haste uns schon tausendmal ausgebreitet, die
Story«, murrte Finn und sah Gunnar an.

Der hatte beide Hände tief in den Locken unter seiner Müt-
ze vergraben und bearbeitete entgeistert seine Kopfhaut.
»Möchte bei Grendels verdörrtem Arm und den süßkleinen

Brüsten von meiner Tänzerin mal wissen, was du eigentlich gegen den Beowulf hast, Marit.«

»Du als waschechter Kommunist fragst mich das?«
»Tapfer und unerschrocken und bärenstark wie er war. Nein, kapier ich nicht.«

»Nichts. Hab ich nichts gegen. Außer, genau, bärenstark, eingehüllt ins Bärenfellhemd, genau wie all die andern Berserker, war der olle Beowulf ein einziges Wutgeschnaube. Mehr nicht. Ein Vieh wie all die andern auch, der große Beowulf. Macht alles nieder, was sich ihm in den Weg stellt. Nichts heilige Motive, was weiß ich was, Edelmut und so, und Tapferkeit: alles blanker Unsinn! Ungebändigt, unbeherrscht und dämlich. Ein Mannsbild eben.«

»Krähenkacke noch eins, du bist verknallt!« Finn ließ ein schallendes Lachen in der Luft platzen. »Auf deine alten, deine uralten Tage noch verknallt in diese Legendenfigur, diesen Haudegen, deswegen musst du den auch immer wieder mit Schmackes vom Sockel stoßen.«

Petter stand auf, seinen fertig geschnitzten Trawler in der Hand. »Fehlen nur noch die Netze. Und die Fische. Und, klar, die Fischersleut natürlich.«

Er ging bedächtig die zwei Meter zum Ofen, zückte sein Taschentuch, legte es sich wie einen Topflappen in die Hand, schob den Riegel der Ofenklappe zur Seite und öffnete sie, um dann, ohne weiters zu zögern, den Trawler in die Flammen zu werfen. Bis sein Schnitzwerk Feuer fing, sah er noch zu, schloss dann den Ofen wieder und stellte sich in die Mitte des Dienstraums. Das alles mit bleierner Langsamkeit.

26

Mit besonderer Vorliebe ließ Brik auf der allmorgendlichen Bootsfahrt rüber nach Krølsnes ihre Gedanken vom Hölzken aufs Stöcksken kommen. Sie plapperte laut vor sich hin und sah zu, wie der Fahrtwind die Zettelwirtschaft des zerfledderten Selbstgesprächs in ungestüme Wortgetüme zerzauste. Jeden Morgen ließ sie lachend die Notizzettel im Kopf durchrattern wie ein Daumenkino und schmiedete völlig neue Sätze. Sätze, von denen sie vorher nicht mal geträumt hatte. Von denen sie überhaupt nicht wusste, dass es sie gab.

Völlig vertieft in ihre Wortspielereien brauste sie wie im Schlaf die zwölf Meilen übers schwarze Fjordwasser und warf gedankenverloren den hin und wieder ihren Kurs kreuzenden Booten mit der Hand einen kurzen Gruß zu. Plötzlich aber hielt sie mitten in der Bewegung inne und ließ die Hand in der Luft hängen. Jemand, den sie nicht kannte! Den sie noch nie gesehen hatte; würde sie ihre Hand für ins Feuer legen: noch nie. Da drüben in dem schick geschnitten Boot. Jetzt, heh, der drehte ab, kam auf sie zugeschossen, wenn der so weitermachte, der würde sie glatt rammen. Instinktiv drosselte Brik den Motor, aber dann pfiff der rot-weiße Bug doch noch rum, und der Fremde legte sein Boot parallel neben ihres. Heh, der war nicht von schlechten Eltern, der Typ! Hüne von einem Mann, blond, das kantige Kinn spiegelglatt rasiert. Und dann diese, diese irgendwie geometrischen Nasenflügel, die er bei jedem Atemzug wie ein kantiges Dreieck nach oben zog. Ein Typ, das spürte sie irgendwo im Hinterkopf, ein Typ, der ihr besser gefiel, als er ihr hätte gefallen dürfen.

»Hey, Frau Werenskiold, Tach auch.«

»Woher ... ich weiß nicht, kennen wir uns?«

»Nicht? Sie sind doch die schöne Frau des Leuchtturmwärters.«

»Und mit welcher Frau ihrem schönen Mann hab ich das Vergnügen?«

»Pardon. Nehmen Sie's mir nicht übel, natürlich definieren Sie sich nicht nur über Ihren Mann. Tschuldigung. Also ... mein Name tut nichts zur Sache.«

»Und, heh, wer entscheidet das?«

»Also gut, nennen Sie mich Strøm. Kann sein, dass wir uns jetzt öfter sehn werden.«

»Wieso?« Brik legte kurz die Finger auf die Wange, verdammt warm, konnte gut sein, dass sie puterrot angelaufen war.

Aber Strøm schien die Sache auch nicht ganz geheuer. Sein »Bis dann denn« kam jedenfalls etwas überhastet. Er nestelte an seinem Motor herum, und der Teufel wollte es, dass das Ding prompt nicht ansprang. Jetzt schoss ihm die Röte in die Wangen, und er drückte zigmal den Knopf des Kickstarters und gab stoßweise Gas. Offenbar zu viel, denn als der Motor sich nach etlichen Versuchen schließlich doch entschloss zu tun, wie ihm geheißen, da spuckte und spratzte er weiße Gewitterwolken in den kalten Morgen.

»Zu viel Sprit in der Brennkammer«, grinste Brik, »abgesoffen.«

»Solang es nur mein Motor ist«, grinste Strøm vielsagend zurück, gab Vollgas und hüllte die reichlich konsternierte Brik in eine weitere Qualmwolke.

Nicht nur, dass er ihr diesen letzten Satz zum drauf Rumkauen vorgeworfen hatte, was sie noch mehr perplex machte, war die Tatsache, dass sie eben, als er mit seinem Außenbordmotor stritt, seine Fracht hatte sehen können. Jetzt, im Nachhinein, kam ihr plötzlich der Gedanke, vielleicht war es doch nicht bloß ein Versehen, dass er im Eifer des Gefechtes die Persenning von seinem Equipment zog, nicht ohne sie, versteht sich, gleich darauf mit nervöser Schludrigkeit wieder drüberzuwerfen. Aber da hatte sie natürlich längst die Pappkisten mit den Ersatzleuchten für Bojen, Baken und was wusste sie denn gesehen. Und dieses Spannungsprüfgerät, genauso eins, wie sie's Finn dieser Tage hatte mitbringen müssen.

27

Petter half Finn und Gunnar, dessen Schaluppe von dem seidenfeinen Schnee zu befreien, den der Nebel in der Nacht hinterlassen hatte. Sie schlugen das Gischteis, das sich bei der Eiseskälte in den Tauen festgekrallt hatte, ab und machten sich dann am zweiten Boot zu schaffen. Die Kälte hatte noch mehr angezogen und ließ sich von einer flachen Brise über den Fjord landeinwärts tragen.

Finn hatte sich, höchst erstaunlich für alle, die Haare gewaschen, und weil er sich sputen musste, um das bisschen Tageslicht zu nutzen, war er mit nassem Kopf durch die kalte Luft raus zu den Booten gerannt. Jetzt standen seine Haare, vom Wind zerzaust und zu spitzen Bündeln gefroren, kreuz und quer vom Kopf ab. Was Marit, die nach Art eines Generals breitbeinig und mit auf dem Rücken verschränkten Händen dastand und den Männern zusah, wie sie die Boote klar machten, einen nicht enden wollenden Lachkrampf abnötigte.

»Siehst aus wie so 'n ollen Troll. Die Haare wie Stacheln im Eiswind. Haha hahaha.« Doch plötzlich schnitt sie ihr Lachen ab und legte einen gradezu würdevollen Ernst an den Tag. Die Falten gruben sich tief in ihre Stirn ein.

»Dich wird der Deibel holen, wenn du erst allein auf'm Fjord rumschipperst. Der Deibel! Ist scharf auf Trolle. Dass er sie als Vasallen verschleißen kann. Aber bist ja 'n ganzer Mann, 'n ganzen Kerl. Oder? Angst haste keine nicht, so

als so 'n richtiger ausgewachsner Leuchtturmtroll. Aber
...«, schrie sie gegen den anziehenden Wind, »... aber der
olle Deibel, ich weiß es, ist unterwegs auf'm Fjord. Achte
drauf! Sammelt die Seelen auf von den Seeleuten gestern
Nacht, die ganz allein du übern Jordan geschickt hast. Du
ganz allein.«

Trotz des Windes, der zwischen ihm und der zeternden
Alten stand, schien der Fährmann den letzten Teil ihres
Fluchs verstanden zu haben. Er blickte verstohlen zu Finn
und suchte dessen Gesicht nach den Augen ab. Die waren
unverwandt bei der Arbeit an den Booten. Auch Petter
nahm keine Notiz von Marits fahrigen Einlassungen, sondern war froh, endlich den Kahn des Leuchtturmwärters
frei bekommen zu haben, und vertäute ihn so an Gunnars
Boot, dass er wie eine leere Nussschale in einigen Metern
Abstand hinterher zockeln mochte. Gunnar und Finn
sprangen ins erste Boot, der Motor jaulte auf und stieß
eine Spritwolke in den späten Sonntagmorgen.

Der Fährmann hatte den Motorausleger untern Arm ge-
klemmt, und Finn nahm ihm gegenüber Platz, aber bevor
sie starteten, wollte Gunnar offenbar noch eine Frage loswerden: »Wieso hat die dich verflucht?«

»Die spinnt, die Alte.«

»Nein, Finn.«

»Natürlich.«

»Kann sein, dass sie 'n Spleen hat oder tausend, aber spinnen tut sie nicht. Und das weißt du.«

»Was weiß ich.«

»Wieso hat die das von wegen den Dings, den Seeleuten geschrien, die du auf'm Gewissen hättest?«

»Alte Hexe, die.«

Als Gunnar jetzt kurz Leerlaufgas gab, um Petter zu signalisieren, dass er die Leinen losmachen solle, klopfte Marit mit einem Knüppel hinten gegen den Bug, um sich bemerkbar zu machen.

»Hier! Soll ich dir von Brik geben.« Und damit reichte sie Gunnar ein dickes Buch ins Boot: den Katalog der Beckmann-Ausstellung in Trondheim! Und Brik habe ihr noch gesagt, sie glaube, seine Tänzerin sei auch drin. Wenn sie sich recht erinnere. Völlig entgeistert blätterte Gunnar die schwere Schwarte durch, kam aber schon auf den ersten paar Seiten ins Stocken. Er wurde knallrot im Gesicht und schlug den Katalog mit einem vernehmlichen Klapp zu und fuhr sich mit den Händen über die Augen. Dann gab er energisch Gas, Petter ließ das Seil aus dem Kreuzpoller kauen, das Boot nahm Fahrt auf und zog sofort eine scharfe Kurve, um dem Wind folgend auf dem Fjord landeinwärts zu fahren.

»Kerl, Finn, jetzt pack schon aus«, brüllte Gunnar gegen Motorlärm und Fahrtwind an, »pack aus, wir gehören schließlich zusammen.«

Finn sagte kein Wort. Er blickte in die Richtung, aus der sie grade gekommen waren, sah eine Zeitlang seinem Kahn beim Tanz im Schlepptau zu und verlor sich dann in den Anblick des kleiner werdenden Leuchtturms, der da auf seinem Felszahn einsam Wacht hielt. Mittagszeit: ineinandergeschobene Morgen- und Abenddämmerung, bleigrau. Zwei, drei Stunden, und die Finsternis würde den Sieg wieder davontragen.

»Finn? Also was ich dich auf jeden Fall noch fragen wollte, also ob du, ob du vielleicht also …«

Finn sah kurz auf, um dann den Blick direkt neben dem Boot ins Silberwasser des Fjords zu versenken. »Hast du schon mal dran gedacht, ob du was unternehmen kannst gegen die Brücke?«, murmelte er.

»Wie was?«

»Du bist doch ein Politischer.«

»Eben. Da kannste nix machen gegen, Finn, schon gar nicht als einzelne Figur. Da ist der Klassenkampf zu Ende. An den verdammten Brückensäulen. Da fließt der Verkehr drüber. Und die in den Karren drin sitzen, die ham kein' Klassenkampf im Kopp. Die fahren. Die versuchen alle nur schleunigst, so schnell, wie's ihre Sardinenbüchsen hergeben, rauszufahren aus ihrer Klasse. Die Millionen unteren Zehntausend. Nein, die glauben an nichts mehr. Sind längst Fließbänder, oder meinetwegen: Datenströme, die Leut. Und dafür brauchen die eben so 'n Brückengestell, dass der Verkehr nicht, auch nicht 'ne Sekunde ins Stocken kommt. Und Fließbänder, Finn, Fließbänder denken nicht, die fließen, rauschen, die fahren. Meinste, die sehn den Fährmann, der unter der Brücke steht mit seinem leeren Pott!«

Gunnar hatte den Motor gedrosselt, so ließen sich zwar immer noch mit einiger Mühe, aber wenigstens etwas besser verstehbare Sätze zur Bank rüber schicken: »Aber eins, da kannste Gift drauf nehmen: Wenn das Ding zum Stehn gekommen ist, wenn das seine Giraffenbein aus meinem Sund seinem Felsgrund in die Wolken reckt, die Stahlträger quer übers Wasser trägt, Tag und Nacht, hin und her, ohne sich auch nur 'n Millimeter zu rühren vom Fleck, ein ungeheures Gewölbe, grad so schwer, dass die Giraffenbeine es noch halten können, wenn die stehn, ich fahr volle Fahrt dagegen, mit Krawumm und Getöse, sag ich dir!«

»Du glaubst doch nicht ernsthaft, deine baufällige Apfelkiste hat irgendeine noch so winzige Chance, die Rippen von diesem staksigen Lindwurm in den Sund zu kippen.«

»Nein, aber ... Ach so – du meinst also: im Vorfeld! Gar nicht erst abwarten, bis die Brücke fertig ist? Und das würdest du für mich tun?«

»Mit anpacken würd ich tun, wenn's hart auf hart kommt.«

Jetzt sah Gunnar den Leuchtturmwärter an, der ins Wasser stierte. »Warum hat die Alte dich verflucht?«

»So wie's jetzt ist, und was die noch so alles mit uns vorhaben, da ist es verdammt wichtig, dass wir eben nicht bloß tatenlos zusehn.«

»Was wie? Dein Leuchtturm auch?«

Finn blickte Gunnar an. Der sah ihm fest in die Augen. »Aber der ist doch einer von den wichtigsten an der ganzen Westküste.«

»Ja und?«

»Wie soll'n das gehn?«

»Wie bei den kleinen auch. Die haben Rechner, mit denen sie die Lichter parallel steuern und aufzeichnen können. Gleichzeitig. Ist mir ein Rätsel, wie das funktionieren soll. Funktioniert aber. Die Ersten sind schon in Betrieb, seit 'n paar Jahren schon.«

»Also daher. Weht der Wind.«

»Fehlt nur noch, dass die an Bord von sämtlichen Schiffen so 'n automatischen Sensor installieren, den die Leuchtfeuer anblitzen. Und schon schippert der Kahn in aller Ruhe, in aller Seelenruhe brav um die ganzen Untiefen, Klippen rum. Dann brauchen die überhaupt nicht mehr hingucken, brauchen überhaupt keinen Käptn mehr. Nur, nur müssen sich natürlich nicht wundern, wenn sie irgendwann mal die Augen zukneifen, obwohl sie noch mitten im Leben sind. Das Leben ist noch gar nicht vorbei, aber die Augen schon zu. Dabei gäb's noch so viel zu sehn. Aber sie haben halt zu wenig hingesehn, vorher.«

»Und da biste also auf die Idee gekommen, dich mal 'n bisschen was unentbehrlich zu machen. Denen mal vorzuführen, wie anfällig diese Computer-Leuchtedings sind. Aber, Finn, ich meine ...«

»Korinthenkacke noch mal, da vorne! Guck mal da vorne! Steuerbord voraus.«

»Knallorange. 'ne Apfelsinendings.«

»Hast du schon mal 'ne Apfelsinenschale auf unserm Fjord gesehn?«

Gunnar riss die Pinne rum, das Boot ächzte, warf sich auf die Seite und gehorchte widerwillig der aufheulenden Motorschraube. Das angehängte Boot zog einen ausschweifenden Bogen.

»Kacke«, schrie Finn, »der rudert mit den Armen durch die Luft. Hat keinen Zweck, Gunnar, er hat gesehn, dass wir ihn gesehn haben. Kein Wunder, ist ja auch kein Fussel Nebel mehr im Fjord. Also mach schon!«

Der Fährmann drehte kleinlaut bei und hielt jetzt doch auf die orangefarbene Schlauchbootinsel zu.

»Das ist er: Marits verfluchter Seeteufel!«

Finn legte die Hände um den Mund und brüllte mit dem Wind: »Ja, Kerl, wir kommen ja.«

Der Mann drüben veranstaltete auf seinem schwankenden Ungetüm gespenstische Luftsprünge, warf immer wieder seine zusammengeklumpte grellgelbe Öljacke in die Luft.

»Wenn der so weitermacht«, knurrte Gunnar in seinen Bart, »plumpst der uns doch noch in' Tümpel, halbe Minute bevor wir'n haben. Und bricht sich die Ohren.«

Finn knotete die steif gefrorene Leine vom Knebel, schlug das Eis raus und legte sie, so gut es ging, in armlange Schlaufen. An einem Ende band er den Wurfknauf fest und stampfte dann nach vorne zum Bug. Unter seinen Stiefeln knallte das Eis, das sich frisch über die vorderen Bodenplanken gezogen hatte, und sprang in Schuppen zur Seite. Er lehnte sich gegen das Spülbord, drückte seinen kurzen Rücken durch und warf.

_____28.

»Wir haben Sie jetzt zum wiederholten Male darauf hingewiesen, dass Sie die Kompetenzen des norwegischen Staatsbürgers durch ihr Treiben entschieden überschreiten. Und wenn Sie zehnmal einziger Überlebender eines untergegangenen Trawlers wären, kriminalistische Ermittlungen sind und bleiben Sache der staatlichen Organe. Ist nicht Wildwest hier! Hier herrschen Gesetze. Und darunter fällt zum Beispiel auch die Tatsache, dass es nicht angeht, sich Ersatzteile und Laternen für die Küstenbefeuerung zu beschaffen! Wie Ihnen das gelungen ist, das sei jetzt mal dahingestellt. Sie haben einfach nicht die Befugnis, in diese höchst sicherheitsrelevanten Belange einzugreifen. Die Reparatur der Leuchtbaken ist Sache des zuständigen Leuchtturmwärters; dafür gibt's diese Leute nun mal. Jedenfalls noch.«

»Das ist es ja grade! Der Mann ist höchst unglaubwürdig, das sag ich doch die ganze Zeit.«

»Wie Sie hier versuchen, den Leuchtturmwärter anzuschwärzen, das ist nicht nur dilettantisch, das ist einfach peinlich. Was Sie vorzuweisen haben, das sind alles pure Verdächtigungen. Ihrer persönlichen Betroffenheit geschuldete butterweiche Verdachtmomente, sonst nichts. Das ist Null, lieber Mann, das überzeugt weder uns noch einen Staatsanwalt, zerpflückt Ihnen jeder Richter im Handumdrehn!

Im Übrigen können Sie ganz beruhigt sein. Unsere Ermittlungen sind weit, sehr weit fortgeschritten. Da müssen Sie sich nicht die geringsten Sorgen machen. Wenn's jemand gibt, der den tragischen Untergang der Trawler zu verantworten hat, dann werden wir ...«

»Der Trawler? Sie reden im Plural?«

»Ähm. Nun. Da, ähm, sind ein paar Unregelmäßigkeiten in der letzten Zeit vorgekommen.«

»Alle im gleichen Distrikt?«

»Während der laufenden Ermittlungen können wir keinerlei Informationen weitergeben. Schon gar nicht an irgendwelche hergelaufenen Privatpersonen.«

»Hergelaufen?«

»Sicher, das hab ich Ihnen doch schon ein paarmal gesagt, das will überhaupt niemand in Frage stellen, dass Sie unmittelbar betroffen sind. Aber um so weniger sind Sie in der Lage, die Dinge objektiv zu beurteilen.«

»Objektiv?«

»Wenn Sie nicht sofort aufhören, Ihre Nase in unsern Mist zu stecken, dann machen wir Sie haftbar wegen Strafvereitlung, Widerstand gegen die Staatsgewalt oder was auch immer. Da wird uns schon was einfallen. Also: Finger weg von unserm Fall! Das dürfen Sie getrost als unsere letzte Warnung verstehen. Sollten Sie Ihren Aufklärungsdrang jetzt immer noch nicht im

Zaum halten können, dann werden wir Ihnen die Kollegen von der Polizei auf den Hals hetzen, Herr Strøm.«

29.

»Bist und bleibst mir so 'n Fiskebollerkopp! Kannst du die Biester nicht mal vernünftig entgräten, bevor du sie in den Fleischwolf steckst. Und bei den Kartoffeln die Stippen rauspulen. Nicht einfach mit allem drum und dran dazu!«

»Merkt doch sowieso nachher kein Schwein.«

»Kein Schwein nicht, aber ich. – Och nein, und an der Petersilie klebt noch der Gartendreck.«

»Damit die Soße nachher auch anständig knirscht.«

»Hach, der Geruch, wenn die grad anfangen zu braten, da soll man nicht schwach werden. Würd ich für sterben, würd ich dafür. Oder so.« Heute schien Marit sich eher für das Oder-So zu entscheiden. Jedenfalls drehte sie sich ganz langsam um, überließ die beiden Pfannen, in denen ungezählte kugelrunde Fischfrikadellen schmurgelten und der untergemischte Sud zu dichten Schwaden verdampfte, ihrem Schicksal und drückte Petter sanft, aber bestimmt auf den Küchentisch.

»Scharf«, züngelte sie ihrem Mann ins Ohr, der aber ohnedies schon ziemlich vertieft war.

»Verdammt hart, so 'n Küchentisch.« Sein Rücken war schließlich von der schweren Arbeit ordentlich ruiniert.

»Hart, aber scharf«, säuselte sie unverdrossen.

»Wenn ich bloß wüsste, warum ausgerechnet ich unten liegen muss, wenn ich's dir auf'm Küchentisch besorgen soll.«

»Weil ich dann oben auf bin«, lachte sie herzhaft, ohne damit gerechnet zu haben, dass ihrem Mann nicht unbedingt nach Lachen zumute war.

»Wie im richtigen Leben«, sagte er mit bitterem Beigeschmack.

»Ach, die Leier wieder! Kann ich doch nichts für, dass ich hier die Hosen anhab. So ist das im Leben. Der eine steht auf der Sonnenseite, der andre …«

»… der andre greift in die Scheiße.«

»Das hast du gesagt. Gute Güte, nun sei nicht eingeschnappt, altes Mimöschen. Ähm, apropos Möse: was hältst du vom Sessel?« Ohne seine Antwort abzuwarten, ging sie mit winzigen lasziven Schritten und dem schaukelnden Hintern einer Walküre rüber ins Wohnzimmer.

»Immer noch nicht genug?«

»Woher denn!«

»Und was ist mit den Fiskeboller?«

»Stimmt, die hätt ich fast vergessen«, lachte sie, »bring sie doch einfach mit rüber. Und denk an die Soße. Kannst noch ordentlich 'ne Portion Pfeffer dran tun, dass es gut scharf wird.«

»Nicht nötig. Ist schon.« Er machte sich grinsend mit einer der beiden Fiskebollerpfannen in der rechten und mit dem brodelnden Pott Soße in der linken Hand auf den Weg ins Wohnzimmer. Was er indes nicht bedacht hatte, war die Tatsache, dass sein Hosenknopf die Attacke bei dem kleinen Küchentisch-Appetizer eben nicht ganz unbeschadet überstanden hatte. Und auch der Reißverschluss stand bis zum untersten Zahn offen, so dass die Hose sich schon beim ersten Schritt anschickte, ihre funktionsgerechte Position aufzugeben und der Schwerkraft folgend, allmählich den Weg nach unten einzuschlagen. Noch jedoch machte Petter gute Miene zum bösen Spiel und ging lüstern lächelnd und entsprechend zügig Richtung Wohnzimmer. Nach dem dritten Schritt aber hatten seine Beinkleider sich endgültig in eine handfeste Fußangel verwandelt. Und da er beide Hände voll mit heißer Ware hatte, blieb ihm nichts andres übrig, als ebenfalls der Schwerkraft nachzugeben und sich der Länge nach hinzulegen. Nicht ohne das Augenmerk darauf zu richten, dass wenigstens die Schüssel den flotten Abwärtsgang mit einigermaßen in der Waage gehaltenem Soßenspiegel und intaktem Porzellan überlebe. Was jedoch aus der Pfanne mit den Fischbuletten wurde – na ja, er konnte sich schließlich nicht um alles kümmern.

Er kam nicht mal dazu, seine verstauchten Knochen, den aufgeschlagenen Ellenbogen, die Finger, die er sich an der Soßenschüssel verbrannt hatte, wie viel weniger sein sämig tropfendes Kinn, das er zum krönenden Abschluss des Abgangs denn doch noch in die Persillesaus gedippt hatte, zu bewundern. Marit hatte eins der fliegenden Fiskeboller aus der Luft gefangen, satt in die Tunke getaucht und Petter in den staunend offenstehenden Mund gestopft. Und während er da auf dem Boden lag, die kochendheiße Kugel, um sich nicht auch noch die Zunge zu verbrennen, unterm Gaumen hin- und herrollte, endlich aber genussvoll mampfte und die quackige Soße aus den Mundwinkeln laufen ließ, schob Marit ihm als Beilage ihre Brustwarzen zwischen die Lippen. Da ihre Brüste naturgemäß nicht mehr ganz so straff waren, konnte sie ihm ohne Mühe beide gleichzeitig zum Kosten geben. Indem Petter die Fischkartoffelmehlmasse mit der Zunge unterm Gaumen quetschte, widmete er sich gekonnt mit kleinen Bissen den beiden Vorhöfen und streifte wie zufällig hin und wieder die weit in seinen Mund ragenden Nippel mit der soßeverklebten Zungenspitze. Während er seine Finger wie lange, weiche Krakenarme über Marits barocke Fleischwülste gleiten und bis in die entlegensten, meerhaft verschlungenen Tiefen tauchen ließ.

Zum Dank drückte Marit ihm zwei weitere Fischfrikadellen in den Mund, drehte sich dann um hundertachtzig Grad und löffelte ihm eine ordentliche Portion warme Fiskebollersoße auf die Glückshalbkugel seines Zebedäus. Petters Kreischen nahm der quabblige Fischglibber in seinem Mund auf, und Marit beschäftigte sich in aller Seelenruhe da unten mit seinem rot geschwollenen Fiskeboll. Bis sie irgendwann selbst zu japsen anfing wie bei ihrer Begeisterungskakophonie zu Ehren des abgesoffenen englischen Trawlers, mit den Freudentränen kämpfte und wie ein Dorsch an Deck nach Luft schnappte.

Hinterher setzte sie sich rittlings auf Petters Brust und

trippelte mit den Fingern auf seinen Rippen Ballett. Jedes Mal wunderte sich Petter aufs Neue, dass sie sich trotz Gicht und angeschlagenem Herzen mit derartigem Enthusiasmus den aufwändigsten Verzückungen hingab.

Nur notdürftig ein Hemd, oder was gerade zu greifen war, übergeworfen, verschlangen die beiden in ganovenhaft verschwörerischer Einhelligkeit eine soßentriefende Fischbulette nach der anderen. Und Marit trug glucksend vor Vergnügen die Moral von der Geschicht nach: »Nie lassen sich Scheißhausfliegen so einfach zerpatschen, wie wenn sie's miteinander treiben. Zwei auf einen Schlag. Kein schönerer Tod als der mittenmang, wenn's grade hoch hergeht!«

_______30.

»Thank God. Thanks a lot.« Halb durchnässt, vor Kälte zitternd, hatte der Seemann sich auf Gunnars kleine Werkzeugkiste gesetzt und stammelte Stoßgebete, die aber immer wieder zwischendurch von seinem teuflischen Lachen durchkreuzt wurden. Mit dieser Beschäftigung mochte er sich auch die langen Stunden auf seiner Rettungsinsel über Wasser gehalten haben. Finn und Gunnar saßen jetzt nebeneinander auf der Heckbank und starrten ihn an. Der Wind war wieder abgeflaut, und das Fjordwasser lag in seinem Dämmerschimmer da.

»Thank the mighty mighty Lord. Even if there isn't any God. No, there isn't any God, for sure. But he did help me. Thank's a lot God, the devil's best friend.«

»Was um Himmels Willen fangen wir an mit diesem Torftroll?«

»Hey, men, you good men, do you speak English?«

»Kein Wort.«

»From Scotland, you know, Aberdeen, fuckin' dirty old town. Oh, that fuckin' pretty greatest town on earth! And our trawler. Crazy old trawler, sailing to Norway. But why? Does anybody know why, the hell, why? Why by all means did this old bloody fuckin' trawler want to get to Norway? Hey, would anybody tell me: why! Nobody, of course nobody.«

Der Schotte hatte eine merkwürdig diabolische Krächz-
stimme, deren blecherne Tonhöhe mit Sicherheit nicht
nur der Hölle, die er durchgemacht hatte, und der Euphorie des Überlebens geschuldet war. Aber darüber länger
nachzudenken, wagten die beiden Männer nicht, um auf
keinen Fall Gefahr zu laufen, auf dem Glatteis von Marits diabolischen Spinnereien auszurutschen. Sie hielten
beide den Ausleger des schweigenden Außenbordmotors
umklammert.

»Where are you going to?«

»Wir verstehn nix. Kein Dings, kein Wort nicht und gar
nix.«

»And fog! Has anybody ever seen Norway without any
fog? God damned Norwegian fog. White out and black in
the next moment, black as devil's eyes. – What did you
say, where are you going to?«

»Svolvik.«

Der Schotte saß plötzlich kerzengrade auf seiner Kiste,
fing an zu kreischen, dass es ihn am ganzen Leib schüttelte. Er heulte, jaulte, wimmerte. Die Tränen verfingen
sich in seinem salznassen Haar, das in langen Strähnen
sein Gesicht herabklebte. Er gluckste, als sei er kurz vorm
Ertrinken, und warf immer wieder das Wort »Svolvik«
aus. »Svolvik? Of all places!«

»Was dagegen?«, schnauzte Gunnar.

»A plague, a feverish abscess, boiling and stinking. No!

No, I'll never get to Svolvik. That's the fuckin' terrible harbour our trawler wanted to call at. I'll never get there. Sooner I would jump into that rotting Norwegian water.« Sein Schluchzen lief in langgezogenes Stöhnen aus. Er sank in sich zusammen und gab hemmungslos dem Klappern seiner Zähne nach, das Einzige, was von ihm noch zu hören war.

Schon nach wenigen Minuten tauchte jetzt die Küste der kleinen Insel Ramsöya auf. Wortlos stellte Gunnar den Motor ab und ließ das Boot in eine kleine Bucht an der Nordwestküste von Brunöya gleiten. Finn hatte seinen Kahn bereits längsseits beigezogen, schwang sich aufs Spülbord und hangelte sich rüber in sein eigenes Boot.

»Hey«, der Schotte sah irritiert auf, »over there, that's Svolvik?«

»No. Ramsöya. Der Gunnar hier, der fährt rüber nach Svolvik. Ich nicht.«

Da sprang mit einem riskanten Satz, der den auf der Werkzeugkiste kauernden 70 Kilo Schüttelfrost noch vor drei Sekunden keinesfalls zuzutrauen gewesen wäre, die eine Hand auf Gunnars Bordkante gestützt und die Beine in flinkem Scherensprung rübergeworfen, der Schotte in Finns Boot und klammerte sich am Dollbord fest.

»Beim ausgelaufenen Auge meiner Großmutter, das 'n dolles Dingen!« Gunnar konnte sich vor Lachen kaum halten. »Finn, alter Leuchter, was fängste nu an mit dem?«

Und ehe Finn oder der Schotte es sich noch hätten anders überlegen können, hatte Gunnar den Motor angeschmissen und jagte Richtung Svolvik davon. Finn standen die Schweißperlen auf der Stirn! Eines der Opfer seiner Aktion in der letzten Nacht saß jetzt bei ihm im Boot, und es bestand nicht die geringste Chance, den Kerl abzuwimmeln! Ein waschechtes Kuckucksei.

Finn erledigte die Arbeiten an den Leuchtbojen auf Ramsöya im Schnelldurchgang, stochte dann schnurstracks mit seiner schlotternden Lebendfracht zurück und erreichte den Leuchtturm tatsächlich noch vor Einbruch der Dunkelheit. Ein türkisheller Silberstreif lag gerade eben noch auf dem rissigen Horizont, bevor der kalt schwarze Vorhang herabglitt. Finn wusste, dass die Nachmittagsflaute nur von kurzer Dauer war. Eine ausgemachte Mogelpackung. In zwei, drei Stunden würde der Sturm wieder losbrechen, vermutlich entschieden heftiger noch als in der Nacht zuvor.

31.

Die Tür wurde aufgestoßen und Kältefahnen weh-
ten herein, bevor Marits aufgebauschte Daunenjacke
aufleuchtete.

»Willst du mir meinen Turm zertrümmern?«

»Bitte sehr«, antwortete sie und hörte auf, mit ihren Holzschuhen gegen die Türpfosten zu treten, »dann musste
eben mit 'nem Haufen Schnee in deiner ollen Stube zurecht kommen.«

»Saukalt. Nordsturm, der sich gewaschen hat«, brummte
Finn von seinem Dienstdeck aus hinunter.

»Lass mir den Sturm in Ruh. Weißte, wo der herkommt?
Von Ginnungagap nämlich, dem grauenhaften Nichts
am Anfang, du Flasche, den muss man lobpreisen, den
Nordwind.«

»Ich denke«, fuhr Finn der Alten grinsend übern Mund,
»ich denke, hinterm Nordwind wohnt das glücklichste
Volk der Welt und ist den ganzen Tag am Kichern und
Gackern.«

»Unsinn. Blödsinn. Die ollen Griechen, das haben die sich
ausgedacht. Keine Ahnung von nichts, und dann tischen
die so was auf. Splitternackte Fantasie. Oder waren die
mal hier oben?! Unterm Nordwind. Nee, war'n se nicht,

nämlich. Geschweige denn hinterm Nordwind. Angeber die. Nichts da, wer den Nordwind nicht ehrt, hat die Wächter auf dem Hals. Das Walross mit dem einen Auge, Hafstrambe mit ohne Kopp und Hafgufe, den furchtbaren Krak. Und denen will ich nicht im Mondschein begegnen und auch sonst nicht, das sag ich dir. Also lass mir den Boreas in Ruh.«

»Kommt Petter auch?«

»Nee, ist zur See. Bei der Saukälte. Und jetzt bei dem verhexten Sturm.«

»Dann könnteste ja verdammt mal langsam die Tür zumachen. Oder? Im Übrigen: Was heißt hier ›verhext‹, ich denke, man soll den Nordwind in Ehren halten.«

»Ach so. Die Tür.« Marit stemmte sich mit der Tür gegen den Sturm, bekam sie endlich zugedrückt und kam die ächzende Treppe zum Dienstdeck rauf. Oben angekommen, warf sie ihre Jacke übern Nagel, schüttelte die Holzschuhe von den Füßen und marschierte auf Socken zum Ofen, wo sie in die Knie ging, um zwei kräftige Scheite nachzulegen. Das alles mit einer Selbstverständlichkeit, als ginge sie in ihrer eigenen Wohnstube zu Werke. Während der Leuchtturmwärter sich wieder an seine Arbeit setzte, schloss sie mit einem so kurzen wie kräftigen Tritt die Ofenklappe, rappelte noch etwas mit der Fußspitze dran herum, bis der Riegel richtig zufiel, und steuerte dann zielsicher den Stuhl an, auf dem sie mit Vorliebe Posten bezog. Die auf der Sitzfläche liegenden Papiere pfefferte sie achtlos auf Finns Arbeitsplatte.

»Ich arbeite, Kacke noch mal.« Finn schüttelte besagte Papiere von seinen Armen und Händen, die mit den Reglern des Funkgeräts beschäftigt waren. Er rückte den Kopfhörer zurecht und während er seinen allabendlichen Spruch durchgab, um sich zur Stelle zu melden, sah er im Augenwinkel die Alte ihre Pfeife zücken und mit dem Tabaksbeutel hantieren. Einstweilen war er vor dem Treiben in seinem Dienstraum sicher. Glaubte er. Aber im nächsten Augenblick wurde ihm die linke Ohrmuschel vom Kopf gezogen, der Kopfhörerbügel spannte sich und gab den Druck aufs rechte Ohr weiter. Da brülle Marits Krähenstimme auch schon los, so dicht an seinem Ohr, dass er ihren Atem spüren konnte: »Was schickste denn wieder für 'ne olle Meldung raus?«

Das letzte Wort war noch nicht verklungen, da ließ sie die auf Abstand gehaltene Ohrmuschel zurückschnacken, als sollte diese die soeben hineintrompetete Frage in Finns Gehörgängen feststampfen. Der Metallbügel des Kopfhörers quittierte die ganze Aktion mit einem kurzen, aber vernehmlichen Sirren. In Finns Schädel war die Hölle los. Als würde der hineingeröhrte, aber nicht wieder hinausgelassene Schall zwischen den Wänden dieses gewundenen Kerkers hin- und hergestoßen. Von allen Winkeln und Gewölben des Gehörs tausendfach reflektiert und durch sämtliche Gänge vor- und zurückgeworfen.

Finn riss den Kopfhörer herunter, schlug mit der flachen Hand schallend auf den einzigen freien Fleck der Arbeitsplatte, was Marit, die wie ein Unschuldslamm hinter ihm stand, denn doch den Schreck in die Glieder fahren ließ.

»Willst du mir die Ohren ruinieren?! Knotenkacke noch mal, ich arbeite.«

»Was für 'ne Meldung, will ich wissen.« Marit hatte sich von dem Schreck bereits wieder erholt.

»Dass sie dich abholen sollen.«

»Wieso mich abholen?«

»Weil du immer bekloppter wirst.«

»Manchmal«, murmelte Marit, »muss man sich noch mal klarmachen, dass in Neuseeland Neujahr mitten im strahlenden Hochsommer stattfindet. Bei knalle Hitze!«

Dann gab sie Ruhe, und er konnte sich seiner Arbeit wieder zuwenden. Ohne dass er allerdings nennenswert weitergekommen wäre, denn wenig später schrillte das Telefon. Brik meldete sich am anderen Ende. Na, endlich erreiche sie ihn, habe schon den ganzen Tag vergeblich versucht, ihn anzurufen, heh, wo er sich denn die ganze Zeit rumgetrieben habe, na jedenfalls, was sie ihm sagen wollte, und zwar noch bevor sie in einer guten Stunde oder was aufbreche und den Rückweg antrete, was sie ihm also dringend mitteilen wolle, sei, dass sie am Morgen auf der Fahrt zur Arbeit eine komische, eine echt komische Begegnung gehabt habe. Ein Fremder mit voll dem schnittigen Boot, Strøm habe er sich genannt und verdammt scheinheilig getan. Dabei hat er's faustdick hintern Ohren, da sei sie sich absolut sicher, jedenfalls hätten sich in seinem Boot diverse Pappkisten mit Ersatzlaternen für Bojen, Baken oder was auch immer gestapelt. Wenn das nicht irgendein Kontrolletti gewesen sei, fresse sie einen Besen. Oder zwei.

Finn legte merkwürdig langsam auf. Während Marit die Gelegenheit beim Schopf packte und zwischen Zähnen und Pfeife hindurch wieder auf ihn einredete, ohne Punkt und Komma. »Ich weiß jetzt, warum du so gestunken hast nach dem ollen Meer und Tang und so, hab's mir überlegt noch mal den Tag über.«

»Ich hab dir was mitgebracht. Wie ich mit Gunnar im Boot hocke ...«

»Nee, mein ich nicht. Vorher, bevor du mit Gunnar los bist, da haste gestunken, du weißt haargenau, was ich meine.«

»Du kannst doch gar nicht vernünftig riechen, wo du ständig deinen Tabaksud am Kochen hast.«

»Hast nämlich deshalb so gestunken wie 'ne Fischschuppe, die am Verwesen ist, weil du auf eigene Faust unterwegs warst, weil du solo rummachst. Aber das sag ich dir: Lass ich mir nicht gefallen, dass du mich außen vor lässt, den Spaß nicht mit mir teilst! So ham wir nicht gewettet.«

»Ich hab dir was mitgebracht, Marit, sieh mal in die Ecke neben dem Ofen!«

»Den Teufel werd ich tun. Erst will ich mit dir das klar haben. Satansbraten. Du stinkst nämlich genauso, jetzt, wo du grad vom Reparieren deiner Leuchtboje oder was wieder zurück bist. Genauso. Kann ja sein, dass ich bisschen was altersblöd bin, aber meine Nase, auf die ist hundert Prozent Verlass. Das stinkt gen Himmel, Finn. Und ich sag's dir noch mal: Alleingang ist nicht! Wie Loki, das Rabenaas.«

»Herrgott noch mal, jetzt komm mir doch nicht wieder mit dem. Was hab ich mit Loki am Hut?«

»Verräter der. Blitzgescheit, aber verschlagen bis dorthinaus, das Schwein.« Marit schüttelte sich. Intrigantenvieh und Ränkeschmied, gleich als er zum ersten Mal auf den Plan getreten sei, habe er sein wahres Gesicht gezeigt. Habe den Asen dazu geraten, dem Riesen, den sie arglos als Baumeister für den großen Schutzwall angestellt hatten, auch noch das bärenstarke Ross Svadilfari zur Seite zu stellen. Ein Riesenbaumeister für das Wehr gegen die Riesen! Das müsse man sich auf der Zunge zergehn lassen. Und Loki, der Hund, habe nichts Eiligeres zu tun, als ihm auch noch diese PS-Massen zuzuschustern. Und warum das Ganze? Weil er schlicht geil gewesen sei, die Pottsau, weil er scharf drauf war, sich's mal von 'nem Hengst besorgen zu lassen. »Verwandelt sich zur Stute und lässt sich ein Mordsfohlen machen.«

»Was immerhin Sleipnir war«, grinste Finn. »Odin jedenfalls hat's dankbar entgegengenommen, das Ross mit seinen acht Beinen, also rasend schnell. Und kein Hindernis zu hoch. Aber statt dass Odin sich beim Loki bedankt, auf Knien rutscht ...«

»Ach du lieber Himmel, stell dir mal vor, was das nach sich gezogen hätt. Wär der Bursche ja noch größenwahnsinniger geworden. Der hätt sich auf die verschlagne, faule Haut gelegt und sich in seinem Stolz gesonnt.«

»Sag mal, ich denk die ganze Zeit, du findest Lokis List und Tücke famos.«

»Aber nicht, verdammt noch mal, als Soloritt! Und außerdem: Was zu viel ist, ist zu viel. Dann hat er sich ja auch noch dieser Riesin an die Brust geschmissen und hat's flugs mit ihr getrieben. Die Orgie mit dem Hengst hat ihm scheint's nicht gereicht. Und das Ergebnis von dieser wahnsinnigen, von dieser entfesselten, na, ich sag mal: Verknüpfung mit den übelsten Menschheits-, Götter- und Weltenfeinden?«

»Ein grauenhafter Wolf, die furchtbarste aller Schlangen und ein finstres blaues Höllenweib.«

»Du sagst es. Und damit nicht genug. Als nächstes klaut Loki, der Berserker, dem Weib vom ollen Thor das sagenhafte Haar und ihren schönsten Schmuck. Eierdieb!«

»Nun reg dich nicht so künstlich auf, schließlich hat er seine Untaten mehr als gesühnt. Nimm zum Beispiel die ganzen Kostbarkeiten, die Loki den Asen gegeben hat.«

»Lug und Trug, verdammt. Alles Glanz und Tand und Glitterkram. Typisch! Nix als Blendwerk!«

Nein, fuhr die Alte mit Schaum vorm Mund fort, da könne er erzählen, was er wolle, dieser Rüpel, der sei die Verschlagenheit in Person. Marit wurde immer lauter, fuhr Finn an, als wäre er des Teufels Anwalt in Person. Und so was wolle ein Gott sein, Blutsbruder Odins, Gott des Feuers. Oder solle man besser sagen: Dämon des Feuers?! Obwohl, seinen Lichtcoup, dass er den Erdenwesen das Licht an die Hand gegeben hätt, das rechne sie ihm ja hoch an.

»Genau. Dafür hat er schließlich die ganzen Jahre in der Hölle am Fels geschmachtet.«

»Und statt schweigend leidend seine Rüpeleien einzusehn, drüber nachzudenken, paar ordentliche Vorsätze zu fassen oder was, rumort er und zuckt vor Schmerz und veranstaltet die ganzen Erdbeben überall, der Idiot.« Und außerdem habe er ja auch den Baldur über die Klinge springen lassen, unglaublich, den Strahlendsten der Asen! Kein Wunder eigentlich, schließlich sei der als Gott von Sonne, Frühling und Gerechtigkeit, in einem Wort: als Gott des Guten, Lokis ärgster Konkurrent gewesen. Und genauso logisch, dass Loki seine Mordgelüste nicht selbst in die Tat umgesetzt, sondern Baldurs ahnungslosen und blinden Bruder angestachelt habe, dem mit einem Mistelzweig den tödlichen Pfeil in die Brust zu jagen. »Sag ich doch, hinterfotzig bis dorthinaus! Und zack, war das ganze verfluchte Weltuntergangsdrama vom Zaum gebrochen. Götterdämmerung! Und der olle Loki? Kann prompt aus seinen Ketten flutschen und ordentlich mitmischen bei der Riesenprügelei. Führt natürlich die bösen Mächte an, klar, was sonst, aber dann, geschieht ihm nur recht, dann haut's ihn doch hin, im Kampf mit Heimdal, dem Asen mit dem gestochen scharfen Blick.«

»Wobei, musste dazu sagen, wobei's auch den Heimdal erwischt.«

»Ist ja das Drama! Auf jeden Fall, Leuchtturmwärter, der du bist, du solltest dich verdammt eher um Baldur, den strahlenden Lichtgott, scheren, statt dich mit diesem dreckbeschmierten Schlitzohr von Loki zu verbünden!« In diesem Augenblick erstarrte die Alte zur Salzsäule.

Der Holzscheit, den sie eben in die Glut geworfen hatte, entfachte einen Höllenlärm im Ofen. Marits Augenlider zitterten wie Espenlaub, sie stierte völlig entgeistert in die Ofenecke. Endlich löste sich ein Schrei aus ihrer Kehle. »Um Himmels Willen! Das is' er! Jetzt is' es so weit, krächzte sie. Der Leibhaftige. Hat er dich doch gekriegt, als du auf'm Fjord draußen warst. Und ich selbst, Gnade mir Gott, ich selbst hab dich verflucht. Allmächtiger! Sohn von 'ner schlaffen Hafenhure, du bringst mich noch in Deibels Küche, Finn. Wahrhaftig, da sitzt er mitten drin im Dienstraum von dei'm Bergfried. Wickelt den Kopf in die Arme. Damit dass man die Hörner nicht gleich sieht. Und ich hab ihn gerufen! Gott im Himmel. Gebenedeit unter den Weibern. Verhext und zugenäht, ich krieg überhaupt nicht mehr ein einziges von diesen ollen Gebeten zusammen. Gebenedeit unter den Weibern. Unter? Wer unter welchen Weibern, was machen die auf ihm? Hab ich nie kapiert, diese Sprüche. Aber trotzdem. Mist, wär verdammt nicht schlecht, wenn mir 'n wunderbar frommes Verslein einfallen tät, solang wie dass der Gehörnte ratzt in seiner Ofeneck. Fällt dir nicht eins ein? Schnell!«

»Danach kannste in aller Engelsruhe noch ein Weilchen kramen in deiner Birne, nach einem gottgefälligen Vierzeiler«, sagte Finn und stapelte seine Papiere diesmal auf der rechten Seite seiner Arbeitsplatte, »der schläft noch lange. Und spricht, wenn er wach wird, Englisch. Oder Schottisch, keine Ahnung.«

»Aber mein Gott, der friert ja wie 'n Schneider! Zittert und bebt am ganzen Leib. Hätt ich vom Satan nicht gedacht, dass er frieren tut. Obwohl, wenn man bedenkt, wo er herkommt. Aus seiner Hölle. Klar, dass er dann auf unsern

Granitbuckeln im eiskalten Fjord ans Bibbern kommt. Ist ja klatschnass. Finn, tu was, der friert, mach was. Was bist du eigentlich für 'n Gastgeber! Dem Satan muss man's hübsch einrichten, sonst hat er einen gleich.«

»Ist keine Decke mehr da«, murrte Finn, legte die Arme übereinander und lehnte sich auf seinem Stuhl mit Wucht so weit zurück, dass dieser ein herzerweichendes Klagen von sich gab. »Und er hockt ja auch gleich nebe'm Ofen. Ich kann ihn schließlich nicht einfach oben drauf setzen, dass er sich den Arsch verbrennt. Und jetzt gib Ruhe, sonst wird er noch wach und dann gnade dir Gott!«

Umgehend klappte die Alte ihre Lippen zu und verschluckte den nächsten, schon angedachten Satz. Sie bohrte ihren Zeigefinger in den Pfeifenkopf und schraubte, den Finger als Hebel benutzend, ihre rußigschwarze Pfeife auseinander. Dann krempelte sie ihren Rock bis zu den Oberschenkeln hoch, beugte sich vor und biss mit den Eckzähnen auf dem Saum herum, bis dieser nachgab und endlich einriss. Daraufhin befreite sie den Zeigefinger aus dem Pfeifenkopf und legte letzteren zum Mundstück auf die Vorderkante von Finns Arbeitsplatte, denn sie konnte offenbar beide Hände gebrauchen. Sie kniff Daumen und Zeigefinger zusammen und riss den Stoff ihres Rocks entlang ihrer brüchigen Daumennägel Stück für Stück weiter ein, bis sie schließlich triumphierend einen Fetzen in der Hand hielt und den Rock samt Restsaum wieder abwärts fallen ließ. Dann zwirbelte sie den Fetzen zu einer kleinen Röhre und schob diese über ein abgebranntes Streichholz, um sich mit der Schnelligkeit eines Schornsteinfegers ans Reinigen der Eingeweide ihrer Pfeife zu machen.

»Was musste deine Vorwitznase auch auf'm Fjord rum-
schippern, statt hier im Turm ordentlich auf dein Licht
aufzupassen!«, meckerte sie. Das Stillschweigen schien
sie wieder vergessen zu haben. »Wär ich als Satan auch
scharf drauf, mir so 'n Früchtchen abzufischen. Wieso er
dich wohl nicht gleich mitgenommen hat, sondern selbst
mitgekommen ist? Hat man ja noch nie gehört, dass ein
Deibel so was macht. Nichts ist mehr beim Alten.«

Das Telefon schrillte.

- »Ja, Werenskiold.«

- »Höchstpersönlich am Apparat, Finn, dein Zweitgebo-
  rener. Und du, wo steckst du? Da ist so 'n Lärm im Hintergrund. Hubschrauber, sind das Hubschrauber?«

- »Gegen was oder für was demonstriert ihr denn dieses Mal?«

- »In Alta? Dann kannst du ja fast bis zu mir
  rüberspucken.«

- »Ist mir klar. Hast natürlich Besseres zu tun, Wich-
  tigeres, Relevanteres, nicht so was Banales wie 'n
  Leuchtturmbesuch.«

- »Bin ich doch überhaupt nicht, kein bisschen
  eingeschnappt.«

- »Ist das nicht der größte Canyon Europas. Dann läuft
  der doch komplett voll Wasser!«

- »Nein, tut mir leid, dann bin ich eben von gestern.
  Hab ich nicht in der Zeitung gelesen, und am Radio
  hab ich vermutlich immer gezielt vorbei gehört, wenn
  vom Alta-Fluss die Rede war.«

- »Ich bin überhaupt nicht despektierlich. Was brüllen
  die da im Hintergrund? Elva skal leve. Kann man un-
  terschreiben. Natürlich soll der Fluss leben. Ob der
  jetzt Alta heißt oder wie auch immer.«

- »Nein, mein voller Ernst. Nehm ich total ernst. Die haben garantiert nur das Beste im Sinn. Naturapostel der emsigsten Sorte; glaub ich dir.«
- »Ja gut, dann also Umweltschützer. Das Einzige, was ich komisch finde, ist, dass ausgerechnet du dabei bist, Muttchen. Aus Trondheim extra hingekarrt. Das ist doch der pure Demo-Tourismus. Was ihr da für'n Sprit vergurkt, bis ihr fünf-, sechshundert Leute da oben habt, damit euer Rabatz überhaupt was hermacht!«
- »Nee, aber du könntest vielleicht hier zu Füßen von meinem Leuchtturm mal 'ne Demo arrangieren.«
- »120 Meter? 'Ne 120 Meter hohe Staumauer, nee, da kann ich natürlich nicht mithalten. Die haben doch 'n Knall! Und dieses Riesending von einem Stausee für 'n überflüssiges Wasserkraftwerk, sagenhaft. Irgendwie ist es doch überall dieselbe Chose.«
- »20° minus, das ist ordentlich. Friert ihr euch ja 'n Arsch ab.«
- »Ach ja? Bewusst zu Tode frieren? Angekettet oder wie?«

»Wie Loki«, grunzte Marit. Freilich ohne zu erwarten, dass man Notiz von ihrem Einwurf nehmen würde. Mehr um zu verhindern, dass sie völlig in Vergessenheit geraten könnte.

- »Muttern, ich hoffe, da weißt du dich zurückzuhalten.«
- »Ja sicher, ich hab hier auch reichlich zu tun. Mir woll'n sie ja den Leuchtturm vor der Nase dicht machen. Das ist mein Widerstand, mein ganz privater. Und der findet hier vor Ort statt.«

• »Meinste, das wüsste ich nicht selber. Bloß dass sich
eben kein Mensch dazu hinreißen lässt, seinen Arsch
hier zu meinem Ende der Welt zu bewegen und sich
an die Felsen von Stjernholman zu ketten. Also muss
ich ja allein ...«

»Eben nicht.« Der prompte Zwischenruf aus den hinteren Reihen.

»Marit, Ruhe, ich telefoniere.«

• »Ach, die Fischersfrau hier von nebenan. Aber was ist
jetzt mit Alta? Lassen sich die Herrschaften in Oslo
denn von euern Protesten beeindrucken?«
• »Krähenkacke.«
• »Wann soll geräumt werden?«
• »Ja aber ... wie lange wollt ihr denn die Baustelle besetzt halten? Bei der Saukälte.«
• »Rentierherz? Na, da werdet ihr ja fürstlich verköstigt. Wenigstens die wittern Morgenluft, die Sami,
oder?«
• »Nein, find ich auch. Klar ist das deren gutes Recht,
dass die sich dadran aufbauen, auf einmal wieder
kapieren, dass sie nicht nur 'n sanftes Bilderbuchvolk sind, in bunte Lappen gehüllt, nicht bloß 'ne
exotische Urbevölkerung, sondern dass sie auch wer
sind. Und dass sie ihr Land da oben nicht weiter ausschlachten lassen wollen. Dass sie sich eben wehren.
Sicher. Außerdem, ich meine, schließlich bin ich ja
auch halbwegs 'n Sami. Wenn auch, sagen wir mal:
kein bekennender.«

»Der skandinavische Löwe reißt den nimmersatten Schlund im Süden auf«, dozierte Marit über ihre frisch gestopfte Pfeife hinweg und sog emsig die Streichholzflamme an. Irgendwie schien der Tabak, es ihr nicht leicht zu machen.

- »Muttchen, ich muss Schluss machen, die lässt mir keine Ruhe hier.«

»Ich?«, knurrte Marit, »wieso?«

- »Also dann.«

Finn legte auf. Nicht ohne die Alte aus dem Augenwinkel anzublitzen.

»Wieso? Ich sag doch gar nix!« Und augenblicklich begann Marit wieder, ihre Geschichten zu schnurren. Von irgendwelchen Bergtrollen im Hinterland der Inseln. Von ihren rauschenden Partys im Palast oben unter den Eiszähnen von Hinnøya, wohin dereinst, vor vielen hundert, nein tausend Jahren ein raubeiniges Völkchen vom Trolltindan-Gletscher auf den Lofoten ausgewandert sei, weil es dort zwischen zwei Königsbrüdern Streit gegeben habe. So heftigen Streit, dass der eine seine Hofschranzen, Hexchen, Trollmädchen und tierköpfigen Narren zusammengepfiffen habe und mit Sack und Pack hinfort gezogen sei. In Hinnøya seien sie auf die höchsten Zacken gekraxelt und hätten sich unter den Gletschern häuslich eingerichtet. Ganze Trollpalastburgen gäb's da zu bestaunen und zu jeder passenden und unpassenden Gelegenheit rauschende Bankette und närrische Bälle mit allerhand grausligem Beiwerk, wo sie Menschenkindern die Pupillen knickten, die Ohren in Fetzen bissen und Haare und Nägel ausrissen. Zu den gewaltigsten Orgien mit den höllischsten Auswüchsen lüden sie dann Beelzebub höchstpersönlich selbst ein. Mit dem Deibel also stünden sie sich bestens. Nicht zuletzt, damit dieser schon bald wieder einen seiner gehörnten Herolde ausschicke, ihnen für das nächste Trollspektakel ein, zwei Menschenkinderlein zuzuführen.

»Und jetzt also hockt dieser Herold hier hinterm Ofen von deinem Leuchtturm. Nicht zu fassen. Obwohl so ungeheuer kommt's einem überhaupt nicht vor. Man vergisst den Kerl fast. Irgendwie. Wie er so da hockt. Armselig.« Und wie zur Bekräftigung paffte sie durch den Mundwinkel zwei Rauchwolken in Finns Richtung.

»Aiih!« Die Alte tat erneut einen mordsmäßigen Schrei, der Finn den Bleistift aus der Hand warf. »Jetzt hat er sich bewegt!«

Als habe sie verstanden, worum es gerade gegangen war, hatte die Gestalt in der Ofenecke ihren Körper in mehreren Stößen und Schüben entfaltet. Der Schotte richtete sich auf und starrte seine Umgebung mit großen Augen an. Dann schien er sich wieder zu erinnern, wohin ihn das Schicksal geworfen hatte; er drückte ein ansehnliches Quantum wasserklaren Schleim aus der Nase, um nachdenklich zu beobachten, wie die Soße zu Boden tropfte.

Gerade als Finn lospoltern wollte, was ihm denn einfiele, bemerkte er, dass es keinen Zweck hatte. Denn der Schotte war schon wieder in sich zusammengesunken und schnarchte nasenschleimschnorchelnd vor sich hin.

»Der Schädel da, siehste's, das is 'n Deibel mit ohne Hörner. Das sind die schlimmsten«, ächzte Marit.

_______32.

Der Morgen wollte und wollte sich nicht einstellen. Kein Fussel Licht über der Bergkulisse im Osten. Aber Petter konnte das heute nichts anhaben. Aber auch gar nichts. Und als er die Landnase hinter sich hatte, sah er auch schon Finns Leuchtturm. Mit dem fettgefressenen Schiffsbauch dauerte es garantiert noch über zwanzig Minuten bis Stjernholman. Musste Monate her sein, wenn nicht Jahre – er konnte sich kaum noch erinnern, wann er zum letzten Mal den Kahn derart gerammelt voll gehabt hatte, wann er zum letzten Mal einen derart fetten Fang gemacht hatte. Es war einfach unglaublich.

Heute war Marit nicht raus zur Anlegestelle gekommen. Das hinterließ jedes Mal einen kleinen Biss irgendwo unterm Herz, aber andererseits war er ganz froh, denn hatte er den Fang erst mal gut in der kleinen Fischhalle verstaut, würde die Überraschung um so größer sein. Er musste laut lachen bei der Vorstellung, wie sie wieder mal einen ihrer entfesselten Freudentänze in diesem unwirtlichen Schuppen aufführen würde. Aber – da! – Petter warf einen zweiten Blick zur Anlegestelle – er löschte sofort sämtliche Positionsleuchten und drosselte den Motor so weit, dass das Boot gerade noch Fahrt machte und fast lautlos über den Fjord glitt. Was hatte dieser Typ auf dem Kai und im Schuppen rumzustreunen!

»Heh Sie!« Petter war mit einem Satz an Land gesprungen und hatte im gleichen Atemzug die Tauschlaufe über den Poller geworfen. »Wer sind Sie, was wollen Sie hier?«

»Ah, der Herr Tidemand.«

»Mit wem hab ich das Vergnügen? Bei uns ist es wie unter zivilisierten Menschen üblich, dass sich einer vorstellt, wenn er fremd ist wo. Weil hier kennt jeder jeden, und also will auch jeder jeden grüßen, und dafür braucht man nu mal 'n Namen.«

»Strøm, wenn's recht ist.«

»Nein.« Petter wunderte sich selbst über seinen rustikalen Stil, aber seine unangenehme Vorahnung hatte sich ja nun bestätigt. Der Kerl, von dem Brik erzählt hatte! Aalglatt. Die Visage eines verwesten Säuglings, befand Petter. Dass so einer bei der Küstenwache als Schnüffler oder wie oder was in Lohn und Brot stand, war ja wohl hundertprozentig typisch. »Aber wenn Se schon mal hier sind, könn' Se mal kurz mit anpacken.«

»Selbstverständlich. Hallo, da haben Sie aber einen ordentlichen Fang an Land gezogen, mein lieber Schwan!«

»Selbstverständlich.« Petter dankte dem Fischgott auf Knien, dass er ihn diesmal mit einem richtig fetten Fang gesegnet hatte. Immerhin machte ihn das höchst unverdächtig. Warum sollte ein derart erfolgreicher Fischer sich an was für Sabotageaktionen auch immer beteiligen? »Wenn Sie sich mit diesen Kisten hier unters Ende vom Förderband da vorn stellen könnten! Randvoll auffüllen, dann die nächste. Okay?«

»Selbstverständlich.«

»Wunderbar.« Der Alte setzte also den Bordkran in Bewegung und hievte den schweren Bottich aus dem Laderaum. Er vergewisserte sich, ob Strøm an der richtigen Stelle stand, dann schwenkte er den Kranarm mit dem randvoll gefüllten Behälter in einem Riesenbogen Richtung Förderband. Der Boden des Bottichs indes hielt nicht recht in seiner Verankerung, sondern klappte während des ausladenden Schwenks auf. Unvorteilhafterweise genau über der Stelle, wo dieser Strøm Position bezogen und in Erwartung des wohldosierten Fischsegens den Kopf in den Nacken gelegt hatte, um die erste Ladung mit der bereitgehaltenen Kiste in Empfang zu nehmen. Was ihm allerdings jetzt beschert wurde, das überstieg seine Erwartungen denn doch um einiges. Er wurde schier überschwemmt von herabgleitenden, durcheinanderpurzelnden, sich überschlagenden Fischleibern aller Couleur, die mit hilflos pulsierenden Kiemen und unter Verlust ihrer Körpersäfte auf ihn nieder regneten. In kürzester Zeit war Strøm von Kopf bis Fuß durchtränkt von einer triefend salzigen Soße und stand bis zur Hüfte in einem Berg aus glitschig-schuppigen Fischkadavern, von denen sich einige noch sprattelnd und jappend ein bisschen gegen ihr letztes Stündlein wehrten. Panisch versuchte Strøm, dem drohenden Untergang zu entkommen. Aber so sehr er auch mit den Füßen vorwärts stampfte, immer wieder gaben sie nach und glitschten auf dem schwabbligen Untergrund weg. Bis es ihn schließlich lang hinschlug und er bis über die Halskrause im Fischberg versank. Er ruderte und schaufelte mit Händen und Füßen und grub sich dadurch nur um so tiefer in die Masse aus feucht blubbsenden, fett ploppenden Flossentierleichen.

Petter eilte ganz erschüttert und beladen mit Sorgen um Leib und Leben des armen Mannes zur Unglücksstelle. »Tut mir aufrichtig leid, aber die Verankerung, die Klappe, wissen Sie. Muss ich dringend sehn, dass ich die mal repariert krieg die Tage.«

»Kann ich ja machen«, krähte mit todernster Miene Marit, die inzwischen dazugekommen war.

Strøm versuchte mit den Händen notdürftig seine Klamotten abzureiben, den Tang aus den Haaren zu pulen, die brackige Jauche aus dem Gesicht zu wischen. Er würdigte die beiden Alten keines Blickes, ging wortlos die paar Schritte bis zum Kai, wo er sein Boot vertäut hatte, ließ den Motor an und röhrte von hinnen.

Marit und Petter lagen sich lachend in den Armen. Doppelte Freude: der düpierte Schnüffler und der üppige Fang! Die Alte veranstaltete erwartungsgemäß ihr Tänzchen, wirbelte, die Arme ausgestreckt, in immer kleiner werdenden Kreisen auf dem Kai umher und drehte eine Pirouette nach der andern. Während Petter die Augen schloss. Er konnte's nicht gut sehen, wenn sie in so halsbrecherischer Nähe zum kaltnassen Abgrund ihre flirrenden Holzschuhschritte aufs Betonparkett klockerte. Aber schon kam sie wieder zurück geturbelt. Er spürte plötzlich ihren heißen Atem am Ohr und merkte, wie sich seine Hose ausbeulte. Noch ehe sie wieder zur Besinnung kam und ihre Gleichgewichtsorgane sich aus der Strudelbewegung auf den Ruhepol am Horizont eingegrooved haben mochten, hatte sie ihre Daunenjacke und die Bluse darunter aufgerissen und streckte Petter ihre Gänsehautbrüste entgegen. Der nicht faul, küsste ihre kaltharten Knospen warm und gickste und grunzte wohlig. Mit den Händen fuhr er ihr unter der Bluse über den Rücken und arbeitete sich behutsam in tiefere Regionen vor, während auch Marits Finger ihren Weg gefunden hatten. Dann nahm die Alte ihre Drehbewegung wieder auf, tänzelte eng umschlungen mit Petter in Richtung Fischberg und kam den hangabwärts geschlidderten Exemplaren bedrohlich nah.

Was sie aber nicht im geringsten zu beeindrucken schien. Im Gegenteil. Die beiden vollzogen noch ein, zwei turbulente Dreher, bevor sie sich kurzerhand in den ausufernden Fischhaufen plumpsen ließen, was nicht wenige der in Mitleidenschaft gezogenen Fischleiber mit einem letzten, kläglichen Blubbsen, einem hervorquellenden Glubschäugelein, mit rausquillendem Rogen quittierten, während andere mit quotschendem Geräusch gleich ganz platzten, wie aufgeblasene Zellophantüten, und ihre Innereien planlos auf ihren Kollegen beziehungsweise auf den Körpern der Alten verteilten. Die klaffenden Dorschleiber verschmolzen mit der allerfeuchtesten Stelle von Marits Körper, und Petters Schniedel ließ sich in der Heerschar von Heringen kaum noch ausmachen. Ein Dutzend Aale, die mit ihren Todeszuckungen bekanntlich oft nach Stunden noch nicht fertig sind, schlängelten sich um die liebenden Gliedmaßen und suchten, wo sich eine Gelegenheit bot, Zuflucht in der einen oder andern Körperöffnung. Wenigstens diese salzig-triefenden Höhlen hielten eine Erinnerung ans feuchte, lebensspendende Element bereit. Die nach Hunderten zählenden Fischkadaver gaben für die beiden verschlungenen Lustengel ein in alle Himmelsrichtungen vor- und zurückglitschendes Liebeslager ab, ein Gewaber, das an die stürmischen Wellenbewegungen des Nordatlantiks erinnerte, aus dem sie soeben gezogen worden waren.

Nach Abschluss der körperlichen Ertüchtigung und Zurechtrücken von Jacke und Hose machten die beiden älteren Herrschaften sich in still vergnügtem Einvernehmen ans Groß-Reinemachen, schaufelten die Fische, die den Ansturm einigermaßen unter Wahrung ihrer Körperform überstanden hatten, in die bereitstehenden Kisten, die doch eigentlich der Herr Strøm hätte auffüllen wollen, wäre er nicht durch unvorhersehbare Ereignisse davon abgehalten worden. Die etwas mehr zerpflückten Fischleichen schmissen sie im hohen Bogen zurück ins Wasser. Bei einer dieser schwungvollen Bestattungen überkam Marit plötzlich das mulmige Gefühl, sie seien nicht wirklich allein zu zwein. Einem diffusen Magnetismus folgend drehte sie sich kurz um und sah gerade noch, wie sich hoch oben auf der Leuchtturmgalerie Finn mit selbst auf die Entfernung hin unverkennbarem Schmunzeln abwendete.

Sack und Asche! Tänzerin, süße Tänzerin, irgendwie ... gehst mir nicht aus dem Kopf. Ist doch jetzt schon Jahre her, und das Leben geht weiter immer weiter, aber kommt mir so vor, als würdste mich immer noch und schon wieder so anstarren. Seit ich diesen verdammten Abdruck hier hab. Katalogseite 27. Gut, klar, versteht sich von selbst, so im Original, das war natürlich noch 'ne ganz andre Nummer. War irgendwie grandioser zu wissen, da sitzt das Original direkt dir gegenüber. Aber so kann man sich auch behelfen. Einigermaßen.

Mein Gott, was die Frau für 'n Blick hat!

Weißte was, dein Gunnar kocht jetzt erst mal was Anständiges. Hat nämlich ordentlich was eingekauft. Sattes Kilo Hammelfleisch, Nacken, wunderbares Stück. Und 'en Riesenkopp Weißkohl, reif bis kurz vorm Umkippen. Also nix wie ran an die Buletten. Das Fleisch in Stücke, hier das alte Fleischermesser, scharf wie Harry, guck, geht durch wie Butter. So, und Stück für Stück in den Pott, und immer 'n Weißkohlblatt dazwischen. Und ordentlich Salz und paar Pfefferkörner. Bei der finstren Augenhöhle meiner Großmutter, das riecht doch einfach unglaublich! Wie sich immer wieder der Hammel mit seinem, sagen wir mal: strengen Stallgeruch durchbeißt, so was zwischen Piss und Schweiß und Sperma oder irgendwiewas, jedenfalls ordentlich was. Kann der Dings, der Kohl kaum gegen anstinken; und so 'n anständiger, so 'n überreifer

Weißkohl, der hat ja auch schon echt was an Bukett zu bieten, wenn er da im Pott so langsam warm und wärmer und heiß wird und anfängt zu brutzeln. Na, Tänzerin, läuft dir da hinter deinem verschmierten Lippenstift nicht das Wasser im Mund zusammen?!

So und jetzt so lange schmoren lassen, den ganzen Stapel, bis die Kohlblätter fast gelb sind. Und dann, ich sag dir, das wird ein Festessen. Får i Kål zur Feier des Tages, wo du doch jetzt wieder bei mir bist.

Kann mir meine Fähre mal'n Augenblick gestohlen bleiben. Der ganze Sorgenklumpatsch mit der Sundbrücke und was nicht alles den Buckel runterrutschen. Können mich alle mal lecken, wo ich keine Augen hab. Jetzt ist Jetzt und Dienst ist Dienst und Schnaps – apropos Schnaps. Hoffentlich hab ich zwei, nein, Sack und Asche! Ich hab tatsächlich nur ein Pinnchen. Scheiß was drauf, trink ich meinen Aquavit eben aus dem Flaschendeckel. Das Glas jedenfalls ist für dich, süße Tänzerin. Schickt sich nicht für 'ne elegante Balletteuse, den Flaschenhals an den Hals zu setzen. Skål!

34

Finn hatte seine Lieblingsposition draußen auf der Galerie des Leuchtturms bezogen. Ganz tief im Westen lag noch ein letzter, ein hauchdünner Schimmer Goldviolett. Ansichtskartenkitsch, und trotzdem konnte er sich nie satt daran sehen. Einen Augenblick noch. Dann war das Licht untergetaucht, und die kaltklare Ebenholznacht trug den Sieg davon.

Finn fröstelte.

Als er sich umdrehte, um den Rückzug anzutreten, sah er im Licht des Dienstdecks Brik breitbeinig in der Mitte des Raums stehen und langsam, jeden Zacken auskostend, den Reißverschluss ihres Pullovers öffnen. Wohlwissend, dass der Schotte unten in der winzigen Kammer, die sie für ihn freigeschaufelt hatten, in komatösem Fieberschlaf lag. Bei dem Anblick, der sich Finn drinnen in seinem Dienstraum bot, schlug ihm das Herz sofort bis in den Hals. Es stand ihm nicht im Mindesten der Sinn danach, sie länger warten zu lassen, trotzdem blieb er in der Kälte stehen und sah schmachtend zu, wie Brik die linke Brust durch den halb offenen Reißverschluss ans Licht brachte. Ihr Vorhof begann sich unter seinen glühenden Blicken zu kräuseln und die weinrote Knospe auszufahren. Aber immer noch hielt Finn draußen stand und sah durch die Sichtscheibe zu, wie Brik jetzt auch die zweite Brust befreit hatte und nervtötend umständlich am Gürtel ihres für die Gefilde hier sowieso viel zu kurzen Rocks rumfingerte. Dann schien sie sich eines Besseren zu besinnen und hob den Rock langsam, ganz langsam an, und er sah, dass sie unter der Nylonstrumpfhose nichts anhatte, sah, wie die Härchen unter dem hauchdünnen Gewebe eng anliegende Locken warfen. Was ihn endgültig um den Verstand brachte. Er riss die Galerietür auf, ging auf seine Frau zu und setzte wortlos an, mit einem satten Ruck die Strumpfhose entzwei zu reißen.

Da hatte er allerdings die Rechnung ohne die Qualität des Nylongewebes gemacht. Nicht einen Millimeter gab es seinen nervösen Bemühungen nach, nicht mal eine Laufmasche konnte er lostreten. Finn musste einsehen, dass so leicht dem Stoff nicht beizukommen war. Brik indes griff beherzt in den Gummisaum, aber statt runter, zog sie die Strumpfhose noch höher, so dass sich im Schritt ihre beiden inzwischen rot angelaufenen Schneckenbäuchlein noch deutlicher abzeichneten, indem sie sich wie ein von Kinderhand gemaltes Herz zugleich wulstig aufwarfen und einschnitten. Erste Tropfen sickerten durch. Finn war kurz vorm Durchdrehen. Und genau in diesem Augenblick – schrillte das Telefon.

»Du wirst doch jetzt wohl nicht«, hauchte Brik, »heh Mann, hier spielt die Musik!«

»Kann ich beim besten Willen nicht machen, ich bin im Dienst.«

Finn presste sich mit einer Hand an Briks Hüfte und angelte mit der andern nach dem Telefon. Mit bebender Stimme stammelte er seine offizielle Meldung in den Hörer. Die Gegenseite hob offenbar zu längeren Erläuterun-

gen an und ließ nicht locker, ähnlich wie Briks Hände, die
in sein Hemd gedrungen waren und seine Brustwarzen
malträtierten, dass ihm Hören und Sehen verging.

- »Ob ich wen kenne?«
- »Strøm? Nein, nie gehört.«

Spitze Fingernägel trippelten langsam abwärts, hatten's
offenbar nicht so ganz leicht, unter seinem Gürtel durch-
zukommen, und wanderten ein bisschen nach rechts, wo
sie die Bauchkuhle wussten, die kurz vorm Hüftknochen
den Weg nach unten ebnete.

Finn rang nach Luft und versuchte gleichzeitig, seine
Stimme so unterkühlt wie möglich erscheinen zu lassen.

- »Wenn ich's dir doch sage.«
- »Also bei mir hat sich kein Strøm gemeldet. Worum
  geht's denn?«
- »Ja dann.«

Brik schien Vergnügen daran zu finden, seinen Körper in
dieser wehrlosen Position zum Beben zu bringen. Jetzt
hatte sie bereits sein Gemächte in der Hand. Und sie
wusste genau, wie scharf er es fand, wenn sie es sachte
umschloss und die Eier kullern ließ.

- »Schaun wir mal«, langweilte Finn ins Telefon.
- »Wegen was für Chaoten?«
- »Ach so, wegen der Chaoten. Weiß ich doch auch
  nicht. Damit liege ich euch doch seit Monaten in den
  Ohren, dass ich irgendwelche radikalen Maschinen-
  stürmer im Verdacht hab. So makrobiotische Natur-
  schützer wie da oben am Alta-Fluss, die da diesen
  Aufstand machen. Streng orthodoxe Vegetarier, die,
  was weiß ich, jede Form von Fischfang ablehnen und

also versuchen, sämtliche Navigationsanlagen, wo sie dran kommen, platt zu machen.«

- »Also, das heißt dann ja wohl im Klartext, ihr seid noch keinen Schritt weitergekommen?«
- »Wie wär's, wenn ihr bei den Kommunisten mal reinschneit. Die haben doch, was man so hört, in Svolvik einen ziemlich emsigen Ortsverein. Vielleicht sind irgendwelche Freunde und Förderer von Sabotageaktionen ja da untergeschlüpft.«
- »Mein Atem? Kann sein.«
- »Nein! Asthma, ich hab doch kein Asthma, ich bin kerngesund, keine Sorge. Im Gegenteil, nein nein, das Reizklima hier draußen tut mir ausgesprochen gut.«
- »Gott noch mal, wenn ich's dir doch sage, da ist nichts, was ich mit 'nem Tapetenwechsel oder wie oder was auszukurieren hätte. Es besteht nicht der geringste Anlass zur Sorge. Dass mein Atem bisschen schnell geht, hat höchstens damit zu tun – also weil ich eben grad im Affenzahn zum Telefon gehechtet bin. Also nicht dass ihr jetzt denkt, ich war sonstwo.«
- »Nein, natürlich. Ich verlasse den Dienstraum nicht während der Schicht. Bloß die paar Meter zur Arbeitsplatte. Weiß auch nicht, muss vielleicht mal was an meiner Kondition tun, dass mich so 'n paar Schritte nicht sofort außer Atem bringen.«

Woraufhin er den Hörer auf die Gabel fallen ließ und sich, das Entsetzen ins Gesicht geschrieben, seiner Frau zuwandte. »Nicht aufhören, Brik, das kannste nicht machen. Bloß noch 'n bisschen. Ich brauch bloß 'n Momentchen noch. Bisschen weitermachen!«

»Kann ich beim besten Willen nicht machen, ich bin im Dienst, Finn. Ich muss dich jetzt so stehn lassen, ohne Regen. Bin eh schon über die Zeit, ich muss dringend ins Bett. Du hältst mich hier die ganze Zeit auf. Ich mein, heh, dir kann's ja schnuppe sein, du kannst morgen pennen bis in die Puppen.«

»Brik, ich dachte, du ... du hättest auch deinen Spaß daran.«

»Sicher. Aber wenn's Zeit ist, ist es Zeit.« Und ohne ihre Kleider auch nur notdürftig wieder in Ordnung zu bringen, schlüpfte Brik aus dem Raum, rumpelte die Treppe runter, und Finn hörte noch, wie unten auf dem Wohndeck die Schlafzimmertür quietschte. Müsste ich mal mit Schmierfett dran, dachte Finn und musste unwillkürlich lachen. Immer die gleiche Strategie, wie er sich durch die banalsten Gedanken aus den ausweglosesten Situationen wegstahl.

Bei der Gelegenheit fiel ihm die Galerietür ein, die er eben im Eifer der Lust vergessen hatte, richtig zuzumachen. Die Klinke in der Hand, konnte er sich von dem Anblick nicht losreißen, den ihm jetzt die glasklare eiskalte Nordnacht bot. Über den schwarzen Himmel huschte plötzlich ein feingewirkter Leuchtseidenvorhang, der am oberen Rand einen weiten Bogen warf, zerfranste und sich im Nachtschwarz verlor. Nach unten dagegen scharf abgegrenzt, als hätte er ein Bleiband im Saum. Ein vornehm weiß leuchtender Gazevorhang im Luftzug. »Immer wieder 'n Schauspiel«, murmelte Finn andächtig, »obwohl ich's schon tausendmal gesehn hab, irgendwie ist jedes Nordlicht anders.«

35

»Das Schwerste im Winter sind die ellenlangen Abende, die spätestens um zwei Uhr mittags anfangen und nicht wissen, wohin mit all der Zeit«, grübelte Marit vor sich hin. »Endlose zeitleere Stunden, wo man sich verdammt noch mal danach sehnt, dass das Licht zurückkommt. Aber keinen Tag, nicht eine Sekunde zu früh schickt die Sonne einen einzigen verdammten Strahl wieder rüber zu uns. Mit Barmherzigkeit hat die Dunkelheit nix im Sinn.«

Die Sonne war tatsächlich nach wie vor nicht zu sehen, ließ aber doch ahnen, wo sie in wenigen Tagen zum ersten Mal wieder einen kurzen Blick über den Horizont der Bergkette werfen würde. Zur Zeit allerdings umhüllte bloß ein dünnes Dämmerlicht die Silhouette der Felszähne.

»Schon ein Ding«, quasselte Marit beim Ausnehmen der Dorsche vor sich hin, »ist schon 'n Ding, dass es etlichen Licht- oder Feuergöttern auch nicht besser geht als dem verfluchten Loki, wo sie den an die Skanden gekettet hatten. Den Luzifer zum Beispiel – ›Lichtträger‹ heißt das ja wohl – den Luzifer schmeißt der Christenoberguru achtkantig aus dem Himmel, gibt ihm mal eben im Vorbeiflug den Namen Satan und lässt ihn in der Hölle schmoren, neben den Seelen, die er kannibalisch zu kochen hat. Auf Lokis Feuer!

Und beim ollen Prometheus sieht's auch nicht besser aus. Bei dem kommt ja noch dazu, dass er uns Menschlein, also zumindest die Griechen, dass er die eigenhändig zurechtgeknetet hat. Ewigkeiten her, hat sich die Finger versaut mit diesem Ton, wo er die Menschenkinder draus gebastelt hat, den ganzen Dreck an den Fingern. Athene bezirzt, dass sie ihnen 'nen Atem einhaucht; hat ihnen gezeigt, wie man baut, wie man zählt, segelt, schreibt. Hat für uns seine Fenchel-Fackel ans Holz gehalten und uns gezeigt, wie man's mit'm Feuer anstellt. Dass wir's bisschen helle haben, auch nicht leben soll'n wie 'n Hund. Dass wir was sehn können, erkennen können, 'n Licht in der Hand gegen all die Nacht. Völlig klar, dass der seinen Götterbossen 'n Dorn im Auge war. Also angeknallt an 'en Felsen, Adlerviech drauf angesetzt, dass ihm das jeden Tag, ich weiß nicht mehr welches Organ rausrupft. War's die Leber? Und schwupps, wächst sie wieder nach. Dass die Prozedur am nächsten Tag schön weitergeht.

Tja, und Loki auch, wie gesagt. Mit Sicherheit der verschlagenste, der übelste von all den Feuergöttern. Also den sowieso, haben sie natürlich auch gefeuert und angekettet, die Wotans und Odins und wer. Sind auch nicht besser, unsre Chefideologen hier oben auf'm Globus. Und statt dem Adlerbiss Tag für Tag gibt's hier 'ne ordentliche Portion Schlangengift ins Gesicht. Die Schweine!«

Der Plastikkorb mit Fischköpfen und Innereien war knallvoll, das Zeugs warf schon einen fetten Berg auf, und wenn Marit nicht mal langsam damit zum Anlegekai gehen und den ganzen Rotz ins Wasser kippen würde, dann – aber die Alte war in einem anderen Film. Die Bewegungen mit ihrem krummen, aber höllisch scharfen Fischermesser waren ihr derart in Fleisch und Blut übergegangen, dass sie kaum hinsehen musste, schon gar nicht auf den Korb, wo sie den Schmodder rein schmiss. Sie schnitt, schnippelte, schabte, löffelte und redete weiter auf die Fischleiber ein.

»Alle drei, Prometheus, Luzifer und Loki, und weiß ich, wer noch alles auf dieser Erde und in ihrem Himmel, in ihrer Hölle, allesamt aussätzig! Also raus damit aus der Götterwelt. Sind denen zu gefährlich geworden. All die Lichtbringer, ob hier oben im kalten Norden oder unten bei'n Christen oder noch tiefer im Süden im ollen Griechenland, immer müssen die Jungs das Licht oder's Feuer den Oberindianern vom Götteradel klauen! Mit langen Fingern und List und Tücke. Freiwillig rücken die das nicht raus. Dass ihnen bloß nicht das entscheidende Quantum Macht aus den Händen rutscht! Denn das ist man klar wie Kloßbrühe: Wer das Licht hat, hat die Macht. Und das Licht in der Hand von was für andern Fackelträgern auch immer lässt die Gloriole vom Götterhäuptling blassbleich werden. Sofort sieht man all die Flecken auf denen ihrer weißen Weste auf einmal. Die Mattstellen, Runzeln, die Fettkleckser auf'm Scheinheiligenschein.

Und, versteht sich von selbst, wenn erst mal die Menschlein das Licht in der Hand haben, dann is' es ziemlich zu Ende mit der Herrlichkeit! Dann sind sie ihren Göttern gehörig 'n Stück näher gekommen. Fast gleichauf fast. Dann zittert der Thron von den Herrn Christengottvätern, Odins, Olympiern. Also weg damit, raus mit den Lichtträgern aus'm Himmelszelt!«

Die Alte sah erst jetzt, was sie während ihrer ausladenden Predigt angerichtet hatte. Sie schob ein überzeugtes »Fischdreck!« nach, wischte zuerst die Hände und dann das Messer an der Schürze ab, um es direkt danach dem Fisch, den sie grade auf dem Filettierklotz liegen hatte, bis zum Schaft in den Leib zu rammen. Dann machte sie sich unter fortgesetztem Fluchen daran, den überlaufenden Korb mit Fischabfällen aus dem drum herum angeschwemmten Modder zu hieven, nicht ohne dabei immer wieder auf glitschig wegfitschende Köpfe und verzwirbelte Därme zu treten. Sie hielt sich schwankend und wankend aufrecht und leerte den Abfallkorb ins Hafenwasser, womit sie einen wüst kreischenden Möwenchoral hervorrief. Riesige Lachmöwen und pfeilschnelle Seeschwalben jagten sich gegenseitig die Beute ab, schossen durch die Luft, setzten völlig unvermittelt zum Steilflug an, stiegen in Windeseile wieder auf, im Schnabel suppende Fischeinzelteile. Und sofort waren ganze Scharen von Konkurrenten zur Stelle, hackten auf den glücklichen Beutefänger ein, trollten und purzelten durcheinander und fingen sich wieder. Ein Spektakel um Leben und Tod. Während Marit längst wieder in den Schuppen zurückgekehrt war und den zerfledderten Berg von schleimigen Fischabfällen zu bändigen und dem Korb zu übereignen suchte.

36

Der Morgen graute denn doch irgendwann, obwohl Finn es kaum noch für möglich gehalten hatte. Brik stand bereits absprungbereit, ihre Bootsklamotten über den Arm geworfen, auf dem Treppenabsatz.

»Übrigens«, sagte Finn möglichst beiläufig, »bei der Waschmaschine blinken sämtliche Lämpchen.«

»Besser so. Dass ich dran denke, wenn ich nach Haus komme. Nicht dass ich vergesse, die Wäsche aufzuhängen, sonst stinkt die uns die ganze Bude voll.«

»Mit andern Worten: Ob ich zwischen meinem ›Papierkram‹ vielleicht womöglich ausnahmsweise mal so freundlich sein könnte, während du mit deinem Doc und irgendwelchen neureichen Patienten zum Mittagessen ausschwärmst, am Hummer rumsäbelst, ein Gläschen Beaujolais in Ehren ...«

»Hummerhunger, haha. Hab im Leben noch kein so 'n Viech zwischen gehabt, Mann. Könntest mich bei Gelegenheit ja mal zu so was einladen. Und was das Wäscheaufhängen angeht: Na gut, meinetwegen, wenn's denn unbedingt sein muss, dann mach's halt. Aber denk dran: Vorsichtig, wenn du die Waschmaschine aufmachst, die Tür klemmt. Wolltest du auch immer mal nach gucken.«

Und damit nahm sie wie gewohnt die Beine unter die Arme und holperte und polterte die Treppe runter, nicht ohne ihr »Adjø« hoch zu rufen. Von Finn kam ein »Schön' Tach denn auch, gnä' Frau« zurück. Und während unten die Tür ins Schloss fiel, grummelte Finn tonlos vor sich hin: »Zum Kotzen, da ist irgendwas, läuft was verquer, kommt mir was abhanden. Und ich Trottel: immer nett und freundlich! Immer Ja und Amen, und der Schädel immer fleißig am Nicken. Das einzig Gute an der Wäsche: Briks BHs – häng ich für mein Leben gern auf.«

Trotzdem knöpfte er sich natürlich die Waschmaschine nicht vor, der Tag war schließlich noch lang. Stattdessen raffte er ebenfalls seine Wind- und Wetterkledage zusammen und sah zu, dass er a tempo runter zu seinem Boot kam. In der Ferne sah er Brik ihre weit ausholende Kurve ziehen, bevor sie vom Horizont geschluckt wurde.

Kaum mehr als eine Stunde später drehte Finns Boot vor der kleinen Schäreninsel bei, auf der sich die Leuchtbake festklammerte, die sein trefflicher Steinwurf seinerzeit im November zerdeppert hatte und die sich wie von Geisterhand selbst wieder repariert hatte. Er schaltete den Motor aus und ließ das Boot ausgleiten, so dass es ziemlich genau in der Position wie damals vor ein paar Wochen zum Stehen kam. Finn betrachtete die weißgezackten Rücken der schwarzen Riesenalligatoren, die steinern hinter der kleinen Insel im Wasser lagen. Schrille Augen, bleierne Panzer aus Granit, leblos, starr, nicht die leiseste Schwimmbewegung verratend. Träge – aber jeden Augenblick bereit, ihre zahnbewehrten Schlünde aufzureißen. Rechts und links, dicht gedrängt. Ein winziger Schlenker mit dem Schwanz und die Echsenklumpen würden sich gegenseitig berühren. Wandte man den Blick nach Westen, wichen die Felsalligatoren auseinander, zogen ihre dornigen Schwänze zurück, hinterließen nichts als ein paar Trauerringe im dunklen Wasser. Bevor der leichte Wind drüber weghuschte, die Wasserringe vertrieb, spurlos, allenfalls zur Erinnerung gerinnen ließ. Schon weg. Im Wind. Schon verschlungen vom Wasser, wieder verschlungen. Und draußen, hinter dieser Schar starrer Basilisken, jenseits des Schärenarchipels: die dimensionslose Wasserfläche. Finn kam ins Grübeln.

Offenbar einen Augenblick zu lang. Denn noch ehe er wirklich begriff, was geschah, legte sich lautlos ein Boot neben seines.

»Das muss er sein, der Leuchtturmwärter von Stjernholman persönlich.«

»Ähm, und Sie?«

»Strøm.«

»Sie sind das. Schon 'ne Menge von Ihnen gehört.«

»Ich hoffe, nur Gutes.«

»Geht so.«

»Und was führt Sie hierher, Herr Werenskiold?«

»Und wieso sollte ich Ihnen das anvertrauen?«

»Na ja, normalerweise erwartet man von einem Leuchtturmwärter, dass er um diese Zeit schläft nach seiner langen Nacht.«

»Normalerweise vielleicht. Aber, was die wenigsten wissen, unsereiner hat eben auch tagsüber zu tun.«

»Und dafür brauchen Sie diesen Eimer mit Steinen an Bord?«

Finn suchte nach Worten. Und fand gerade rechtzeitig noch welche. »Ähm, ja, gibt schon mal Leinen, die man mit was beschweren muss. Auf jeden Fall ... also, es sind hier in der letzten Zeit immer wieder Leuchtfeuer zerstört worden, mutwillig, und keiner weiß was. Und da will die Küstenwache natürlich, dass ich besonders auf der Hut bin. Klar. Also leg ich mich schon mal hier oder da auf die Lauer, wenn's mein Arbeitspensum zulässt. Zufrieden mit der Auskunft?«

»Dann stellen Sie sich aber, tschuldigen Sie, wenn ich Ihnen zu nah treten sollte, dann stellen Sie sich aber ziemlich dämlich an.«

»Moment mal! Was erlauben Sie sich?« Aber auch dieser stümperhafte Gegenangriff half Finn nicht wirklich aus der Bredouille.

»So mitten auf dem Wasser, völlig ungedeckt. Ihr Boot sieht doch jeder Hanswurst zehn Kilometer gegen den Wind.«

»Vielleicht, wär ja mal 'ne Idee wert, vielleicht kann ich ja mal bei Ihnen, Meister Strøm, in die Lehre gehn. Aber erst wenn Sie oder die Küstenwache oder wer oder was dafür zuständig sein mag, wenn ihr diese Vegetarier-Revoluzzer festgenommen habt. Wenn ihr man wenigstens den Svolviker Kommunistenverein vernünftig observieren würdet, wo ich die Küstenwache seit Wochen vergeblich versuche, drauf anzusetzen!«

Das saß! Strøm brachte nur noch ein jämmerliches »Was hab ich mit der Küstenwache zu schaffen« über die Lippen und zog Leine. Finn blieb regungslos in seinem Boot sitzen. So lange wie er glaubte, den Anschein aufrecht erhalten zu müssen, dass er hier seine Leuchtbake und nichts als seine Leuchtbake im Blick habe. Dann gab auch er Gas.

Auf Stjernholman wieder angekommen, stieg er als erstes runter in den Keller, um den Graved Laks aus seiner Beize zu ziehen, in der der Lachs sich erst mal eine Woche in der Herbstluft und seit jetzt geschlagenen acht Wochen im Keller vom Leben ausgeruht hatte. Wie üblich wollte der Fisch nicht mehr komplett untertauchen; Finn hatte ihm also, nachdem er ihn in mehreren Lagen mit den Gewürzen gestapelt hatte, ein paar ausgekochte Steine auf den Leib legen müssen, damit der auch wirklich ganz von der Lake bedeckt war und ordentlich unter Druck stand.

Und jetzt kam die eigentliche Sauerei, das, was er am meisten hasste. Das Waschen der eingeweichten Lachse ging ja noch, beim Enthäuten wurde es dann schon ein bisschen kritischer, aber das Filetieren war einfach nicht sein Ding. Immer, wenn er dachte, jetzt habe er den Fisch in seine Muskelpartien zerlegt und nun wirklich sämtliche Gräten rausgezupft, dann lugte ihm ein so 'n Teil wieder frech entgegen. Hatte er das entfernt, zog es garantiert zwei, drei Kollegen hinterher. Und dann musste er trotzdem noch mal mit den Fingerkuppen übers Filet streichen, um die feinen Gräten zu erwischen, die tief im Fischfleisch saßen. Irgendwann war er dann bei dermaßen hauchdünnen Kategorien angelangt, das er tatsächlich mit einer Pinzette zu Werke schreiten musste. Ein endloses Geschäft! Und wenn er sich dann irgendwann völlig enerviert mit dem Zwischenresultat zufriedengab, konnte er sicher sein, dass Brik – nicht ohne Seitenblick auf ihn – eine Gräte im Hals stecken hatte und diese im Zuge einer zum Gotterbarmen ausgiebigen Würgeaktion mit vortretenden Halsschlagadern und mit mehreren Fingern im Mund wieder ans Tageslicht beförderte, um sie dann vorwurfsvoll auf dem Tellerrand zu positionieren. Das Gesicht vor Atemnot und Wut puterrot angelaufen. Willkommene Gelegenheit für sie, das Essen abzubrechen und auf das Rezept von seiner Großmutter aus Nord-Trøndelag zu fluchen. Vor allem aber auf seine Nachlässigkeit beim Filetieren. Solle er's doch lieber gleich bleiben lassen.

Womöglich hatte sie damit nicht ganz unrecht, dachte sich Finn, und, als könne sie Gedanken lesen, tauchte Marit genau im rechten Augenblick aus dem Nichts auf, schnappte sich das Messer und rückte dem eingelegten Lachs beherzt zu Leibe. Womit Finn diese Last fürs Erste los war. Um den Preis jedoch, dass er das romantische Candle-Light-Dinner zu zweit wieder mal würde abhaken können. Was Brik nun auch wieder nicht goutieren würde. Echte Zwickmühle. Aber jetzt war er erst mal froh, die leidige Schnippelei aus den Füßen zu haben.

Marit schnitt die Bauchlappen ab, legte das trotz, oder grade wegen der Beize leuchtend orangerote, feste Muskelfleisch frei und pulte Gräten. Kaum war sie fertig mit Filetieren, setzte sie das Messer schräg an, um den Lachs in dünne Scheiben zu schneiden. »Je dünner, desto besser«, dozierte sie.

Finn nahm sich – unter Marits Protest, versteht sich – das Recht, die Fischscheiben noch mal mit einem Hauch Koriander und Zitronenpfeffer nachzuwürzen, und widmete sich dann den Stuede Poteter, jener edlen Pampe aus halbgaren Kartoffelwürfeln in Wasser, Butter und Mehl. Zur Feier des Tages mit Dill und Mandelsplittern bestreut.

Als er grade dabei war, die unverzichtbare Senf-Honig-Sauce zu mischen, stand Brik in der Tür und gab die Meldung durch, dass sie nicht den geringsten Appetit habe.

»Außerdem, heh, fällt euch überhaupt nicht auf, dass die Platte mal wieder hängen geblieben ist? Der orgelt sich ja 'n Drehwurm, der beknackte Plattenspieler. Wird Zeit, wird verdammt Zeit, dass die in Japan oder Amerika oder wo voran machen mit diesen neuen Plastikscheiben, CDs oder wie die heißen, dass die die mal endlich zu erschwinglichen Preisen auf den Markt gebracht kriegen. Dann geht das alles voll automatisch. Aber, heh, du findest das ja auch noch gut, dass du hinterm Mond lebst.« Damit rannte sie nach nebenan, hob den Plattenarm aus der Rille, pfefferte die LP in ihren Schuber und ließ den Deckel des Plattenspielers voll Karacho zuknallen.

»Wieso willste denn nix essen«, rief Marit betreten, »der Finn, der hat dir 'n echtes Festmahl gezaubert. Da kann man einfach nicht nein sagen. Ich bin auch gleich durch die Tür, meinetwegen, und ihr macht euch die Kerze an, dass keine Trolle und bösen Geister nicht zugucken, und lasst's euch so richtig mal in Ruhe schmecken. Oder wenn ihr wollt, ich leiste euch auch Gesellschaft, wenn euch langweilig ist. Ich mein nur. Könnt doch schön sein.«

Sie habe diesen Strøm getroffen, moserte Brik und stellte sich in die Tür zur Küche, und der habe ihr mit Nachdruck ans Herz gelegt, auf ihren Mann besser aufzupassen. Auf die Frage, was der denn verbrochen habe, habe Strøm sich zu der Einlassung hinreißen lassen, dass ihr feiner Herr Leuchtturmwärter sich, wie's aussehe, an Staatseigentum vergreife, noch zudem an solchem, das für die christliche Seefahrt im Allgemeinen und für die norwegische Küstenschifffahrt in Sonderheit von höchster Sicherheitsrelevanz sei. Daraufhin habe sie Strøm bedeutet, dass sie weder gedenke, der Hüter ihres Gatten noch der der christlichen Seefahrt zu sein.

»Hundertpro die Wahrheit«, zeterte Brik, »und weißte was, Finn, ich zieh mir jetzt frische Klamotten an und knatter rüber nach Svolvik. Und wenn du Glück hast, wenn du viel Glück hast, bin ich morgen Abend wieder da, und bis dahin ist der Spuk hier vorbei! Oder ich stecke der Küstenwache, was Sache ist! Und deinen Fieberschotten, den kannste dir an 'n Hut stecken, Mann. Da bin ich nicht bereit, dem auch nur noch ein einziges Süppchen hinzustellen, geschweige denn für ihn bei meinem Doc weiter Tabletten zu filzen. Der Mann muss zum Arzt, Mann! Wenn er noch keine Lungenentzündung hat, ist es 'n verdammtes Wunder. Höchstens noch 'ne Frage von paar Stunden. Aber kann mir ja egal sein. Ist ja nicht *mein* blin-

der Passagier. Ich jedenfalls mach mir 'n schönen Abend
heut.« Und damit knallte sie die Küchentür zu, rumorte
unüberhörbar nebenan in ihrem Schrank, hatte binnen
weniger Minuten den Leuchtturm wieder verlassen und
ließ nicht mehr als das Jaulen ihres Außenborders zurück.
Während Marit beleidigt dem Graved Laks zusprach.
Finn stand mit finstrem Blick daneben und sah zu, wie
sie im Affentempo den Fisch und die Kartoffelpampe in
sich hineinschaufelte. Schließlich nahm sie den Teller in
beide Hände und schleckte ihn mit ellenlang ausgefahre-
ner Zunge blitzblank. Worauf sie sich, das eine oder andre
Bäuerchen absondernd, zurücklehnte, den Kopf gegen
die Wand hinter ihrer Stuhllehne stützte und die Augen
schloss.

37

Marit stand in der Leuchtturmküche am Herd und rührte bei höchster Konzentration mit dem Schneebesen in einem riesigen Topf herum, in dem klares Wasser, nichts als klares Wasser vor sich hin kochte. Die hohe Porzellankanne daneben verströmte den einladenden Geruch von wartendem Kaffeepulver. Nicht zu fassen, Petter konnte sich das Lachen kaum verkneifen, als er rein kam. Er schlich sich Richtung Herd und baute sich hinter seiner Frau auf, um dann mit einer einzigen blitzschnellen Bewegung den Schneebesen aus ihrer Hand zu reißen und im hohen Bogen wegzuwerfen. Auf dem Fußboden angekommen, führte der Schneebesen einen quirlig federnden Tanz auf, mit lautem Rasseln und Klingeln und gekonnten Pirouetten, bevor die Kraft des Metalltänzers aufgezehrt war und er noch zwei-, dreimal leise nachwippend in der Mitte des Raumes zum Liegen kam. Marit hatte dem Tanzbesen mit leuchtenden Augen zugesehen, während Petter den Kaffee aufgoss. Als ihr der Geruch in die Nase stieg, hielt auch sie ihren Becher auffordernd Richtung Kanne.

»Hast doch nicht mehr alle Tassen im Schrank«, sagte Petter und schenkte ihr ein, »das Kaffeewasser beim Kochen mit'm Schneebesen bearbeiten!«

»Dass es ordentlich sprudelt und tanzt in seinem Pott.«

»Ich sag doch, du hast sie nicht mehr alle ganz beisammen.«

Marit setzte sich schweigend in Bewegung und fixierte mit starrem Blick die Tür, die Petter eben im Eifer seiner Attacke vergessen hatte zu schließen. Die Alte warf die Tür krachend ins Schloss und wollte sich eben mit stampfenden Schritten auf den Rückweg machen, als sich die Tür hinter ihr wieder öffnete. Marit fuhr entgeistert herum.

»Gu'n Abend zusammen«, sagte Gunnar, »dass ich das noch erleben durfte.«

»Was?«

»Dass ich schon wieder heil bei euch hier draußen gelandet bin.« Er zog die Tür hinter sich zu, dann schüttelte er die Füße so lange, bis sie ihre Stiefel Richtung Herd abschmissen, und trat in Socken näher.

»Westwind, nicht zu knapp und hat sich gewaschen mit Dings, mit Nebeln und Schnee. Drinnen im Fjord, das ist eine einzige Mehlsuppe.« Am Tisch angekommen stützte er sich mit der Linken ab, nahm mit der Rechten den erstbesten Becher hoch und stürzte den dampfenden Kaffee auf einen Zug runter. Er wischte sich mit dem Handrücken die Lippen ab, wobei etliche Kaffeetropfen auf den Tisch fielen.

»Kommunist, klar doch. Kein' Sinn für Eigentum, bloß für Eigensinn. Das war meiner, du Hohlkopp.« Marit ging zum Tisch zurück und goss sich neuen Kaffee ein. Randvoll, der Becher, so dass sie allen Grund hatte, den ersten Schluck abzuschlürfen, was sie denn auch möglichst geräuschvoll bewerkstelligte.

»Jetzt haben sie angefangen. Ich hab's selbst gesehn. Riesenbaumaschinen ham se angekarrt, jau, und bei Baumaterialien Hendriks tut sich auch irgendwie was. Bei meiner Großmutter ihrem Nachlass von 17 Kronen!«

»Was für Kronen?«

»Na, Münzen, was denkst du denn. – Säckeweise Zement, palettenweise. Hab ich durch's halboffene Hallentor gesehn. Und gestern ist 'n dicker Kahn voller Holz, Stangen, Bretter, Pfähle aus Bodø hochgekommen. Am ersten Tag, wo's über Null ist, das sag ich euch, geht's rund. Die Krawattenkerle seh ich jetzt dauernd am Kai langmarschieren, als hätten se nix anders zu tun, wie danach Ausschau zu halten, wann der Frost endlich schlapp macht.«

»Die wollen garantiert von deiner Fähre rübergetuckert werden, dass sie sich unterwegs schon mal ihr Luftschloss von unten ausmalen können. Und dass sie dir 'n paar Öre zustecken können, um dich schön einzulullen.« Petter grinste. »Is' es nicht so, mal ehrlich mal. Zahlen dein Fahrgeld, anstandslos, und legen dir glatt 'nen glatten Schein noch oben drauf. Lächeln höflich. Und rollen in der Mitte vom Sund ihre Pläne aus. Und staunen, was sie für 'n feines Luftbrückchen baun werden.«

»Und mir läuft das Wasser in die Augen, jau. Vor allem Wutwasser. Und wegen meiner klapprigen Trine welches.«

»Wo nicht getrauert wird, da lebt die Vergangenheit nicht«, steuerte Petter bei.

»Mensch, hätt ich dir gar nicht zugetraut, so 'n schlaues Gedenke. Mein Fischkopp! Is' nicht möglich.«

»Leute«, sagte Gunnar, »lass uns von was anderm reden. Ich krieg Kopfschmerzen davon. Mindestens.«

»Also dann liegen die Zementsäcke erst mal ein paar Wochen noch auf Halde oder wie?« Finn war inzwischen vom Dienstdeck runter gekommen, offenbar vom Kaffeegeruch angelockt.

»Jau, nehm ich doch an. Weiß ich auch nicht.«

»Und drüber ist nur so 'n Hallendach?«

»Finn, was hast du vor? Du heckst doch was aus.« Gunnar fuhr sich mit der ganzen Hand übers Gesicht. Während Marit sich die Hände rieb, die sie unterm Tisch zwischen die Knie geschoben hatte, aber das Scharren der Schwielen in ihren Handinnenflächen verriet ihre Unruhe.

Petter kramte ein vergilbtes Taschentuch hervor und wischte sich den Schweiß von der Stirn.

»Paar Wochen, paar Tage noch, und die fangen also an.« Finn dachte laut und guckte aus dem winzigen Küchenfenster. Die ferne Sonne genehmigte ihren Lichtstreifen noch einen raschen Durchgang durch die Gold-, die Rot-, die Violetttöne, um sie dann eiligst wieder hinter die Schneeberge zurückzupfeifen.

»Ach so«, Gunnar hatte sich noch einen Kaffee hinter die Binde gegossen, »außerdem muss gestern Dings, gestern

Nacht wieder eins von deinen Leuchtfeuern ausgefallen sein.«

»Fischdreck verfaulter, Finn, da haste uns ja wieder nix von gesagt. Wir wollen schließlich auch was davon haben. Bringst uns um unser ganzes Vergnügen mit deinen Solotouren.«

»Was treibst du dich auch nachts auf dem Fjord rum, Gunnar?«

»Tu ich doch gar nicht, aber im ganzen Hafen redet man schon davon, dass deine Lichter eins nach dem andern alle naselang ihren Geist aufgeben.«

Aber Finn sah nur zur Tür. Die stand offen und auf der Schwelle der Schotte, mit fieberrotem Kopf. Wie lange wohl schon, dachte Finn und sagte: »Auf dass das Haus voll werde.«

»May I have a cup of coffee?«

»Nur, wenn du Satanskerl sofort die Tür zumachst.« Marit sah ihn feindselig an, und Finn bedeutete ihm mit dem Kinn, wo, so er denn die Tür geschlossen habe, ein Becher zu finden sei. Der Schotte tat wie ihm geheißen und buddelte unter dem Spülberg einen Becher hervor. Er wusch ihn, so gut es in der abgestandenen Lauge ging, aus, und Petter stand auf und goss dem Mann aus Aberdeen den letzten Rest aus der Kanne ein. Hastig, als könnte ihm nicht mal der vergönnt sein, schüttete der Schotte das lauwarme Gebräu in sich hinein. Er malmte verlegen noch ein bisschen auf dem Kaffeegrieß zwischen seinen

Zähnen, nahm sich dann aber ein Herz und taumelte zum Herd. Aber der Riegel an der Klappe musste höllisch heiß sein, seine Hand zuckte zweimal zurück, bekam den Riegel dann aber schließlich doch frei und spuckte das verbliebene Kaffeemehl prustend in die Glut. Es zischte. Woraufhin der Schotte, ohne eine Miene zu verziehen, die gleiche Prozedur wie eben vollzog, nur in umgekehrter Reihenfolge und jetzt mit der andern Hand. Und dann setzte er sein wohlbekanntes diabolisches Grinsen auf, das auch diesmal Marit dazu veranlasste, sich kontemplativ murmelnd dreimal zu bekreuzigen.

»Ach, und wenn wir schon mal dabei sind«, sagte Finn mit ausgesuchter Freundlichkeit, indem er sich den freigewordenen Stuhl hinter Petter angelte, »wenn du schon mal dabei bist, großmächtiger Schotte, dann leg doch noch 'n Scheit nach.«

Vor Vergnügen knautschte Marit mit den Fingern ihre Lippen, während der Schotte die Zähne zusammenbiss und sich wortlos ein weiteres Mal die Hand verbrannte.

Plötzlich stand der Leuchtturmwärter auf, oder: wollte aufstehen, denn sein Stuhl verkantete sich zwischen Marits Stuhl und dem Küchenschrank, der, klobig wie er war, fast ein Drittel des winzigen Raums einnahm. In seiner Not verfiel Finn auf die waghalsige Idee, aus der halb aufrechten Haltung heraus, zu der ihn die in die Kniekehlen stechende Stuhlkante zwang, die Alte ein Stück zur Seite zu rücken. Statt allerdings bloß eine Schimpftirade loszulassen, auf die Finn selbstverständlich gewappnet gewesen wäre, blies sie ihre Backen auf, hielt sich mit beiden Händen an der Tischkante fest, schob ihre Füße weiter auseinander, um sie als Anker im Stuhl- und Tischbeingewirr zu nutzen, und blieb stumm und starr sitzen. Finn bekam ihren Stuhl keinen Millimeter verrückt. Was blieb ihm, als all seine Kräfte zusammenzunehmen, unter Marits Stuhl zu greifen und kräftig nach oben zu ziehen. Worauf der Stuhl mitsamt der zappelnden Fischersfrau ganz langsam, aber ganz sicher zu Boden fiel. Kommentarlos stiefelte Finn über die auf dem Boden rudernde Alte hinweg und rannte die Treppe hinauf zum Dienstdeck. Derweil Marit, halb unterm Tisch, sich abmühte, ein einigermaßen glückliches Einvernehmen zwischen ihren eigenen Beinen und denen des Tischs und des Stuhls herzustellen, sich aber mehr und mehr verkeilte, heulte und wehklagte. Zunächst wohl vor allem deshalb, weil ihr der wenig sanfte Landgang mit Sicherheit die eine oder andre Blessur eingetragen hatte, nun aber zunehmend auch, weil sie zu verpassen drohte, was sich oben am Funkgerät an spannenden Szenen abspielen mochte. Doch statt weiter darüber zu jammern, dass sie aus ihrer verqueren Froschperspektive das Nachsehen hatte, kam sie auf den blitzgescheiten Gedanken, sich gemütlich einzurichten in ihrem Schicksal. Sie streckte sich, soweit es das zerrüttete Mobiliar zuließ, auf dem Boden aus, drehte sich auf den Bauch, stützte den Kopf in die Hände und verhielt sich mucksmäuschenstill.

Und selbstredend ging ihre Rechnung schon nach kürzester Zeit auf. Während der Schotte sich auf leisen Sohlen davonmachte, um sein Krankenbett wieder aufzusuchen, zogen Gunnar und Petter sie behutsam aus dem Stuhl- und Tischlabyrinth hervor, und obwohl sie sich steif wie ein Brett machte, gelang es ihnen, sie auf die Beine zu stellen. Sie griffen ihr unter die Arme und manövrierten sie mit sanfter Hingabe die steile Treppe hinauf.

Sie hatten die letzten Stufen noch nicht genommen, da rief Finn ihnen zu: »Russen!«

Er nahm den Kopfhörer des Morsegeräts, drehte beide Hörmuscheln nach außen, hielt eine Gunnar hin und legte die andre an sein eigenes Ohr. Unverkennbar: ein SOS nach dem andern. Die Mienen der beiden verrieten auf den ersten Blick, was da vor sich ging.

»Wie war das noch mal mit der Speckschwarte«, juchzte Marit, »die Speckschwarte in der Pfanne wölbt sich, kringelt sich, um dem heißen Fett zu entkommen. Aber is nich. Nix da. Da muss sie durch.«

Sie umarmten sich alle vier und verfielen ganz allmählich in einen trippelnden Ringelreigen, vom an- und abschwellenden Gelächter in einen eigenartigen Rhythmus versetzt.

»Mensch, Gunnar«, unterbrach Petter plötzlich das fröhliche Treiben, »das war 'n Russe!«

»Und wenn schon«, grunzte der Fährmann, »nicht alle Sowjets sind anständige Kommunisten.«

Draußen agierten jetzt alle Elemente des Nordwinters im Verein: Eiseskälte, erbarmungslose Dunkelheit, und der Sturm entfesselte sein Orchester mit Fanfaren und Trompeten, spielte mit der Funkantenne des Leuchtturms Harfe, mit den Ketten von Petters Bordkran Triangel, aus den Schneeflocken machte er Schlagzeugvirtuosen, der Brandung spielte er zum Hard-Rock-Song auf.

Es klopfte. Keiner wollte es hören, aber es klopfte. Unten an der Tür. Wieso? Wieso klopft es, fragte sich Finn, nachdem sich irgendwann dann doch an diesem Gepolter da unten nicht mehr vorbei hören ließ. Die Tür des Leuchtturms war nicht abgeschlossen, war nie abgeschlossen. Außerdem waren doch alle drinnen. Fehlte nur Brik, und die würde nie auf die Idee kommen zu klopfen. Aber wer weiß, vielleicht wollte sie zur Versöhnung einen kleinen Joke an den Mann bringen.

»Komm rein, verdorri noch, wir sind hier oben, und bring 'ne Pulle Sekt mit hoch, hier gibt's was zu feiern!«

Unten ging die Tür auf, Stiefel wurden gegeneinandergeschlagen, um sie vom Schnee zu befreien. Dann hörte man Schritte die Treppe hoch spitzeln. Brik jedenfalls war es nicht, das stand mal fest.

»Was gibt's denn zu feiern«, fragte Strøm noch auf der Treppe.

»Ach, weiter nichts«, brachte Marit heraus. Sie hatte mal wieder als Erste die Fassung und ein paar Worte gefunden.

»Sie hier an meinem Ende der Welt?«, staunte Finn, wenn auch etwas förmlich vielleicht. Mit ausladender Geste bot er dem ungebetenen Gast an, Platz zu nehmen, und ertappte sich dabei, wie er fast einen Kratzfuß aufs grobe Parkett gelegt hätte. Strøm aber folgte der Einladung keinen Millimeter, sondern blieb eisern stehen. Während Finn nicht recht wusste, wohin mit sich.

»Nicht zum Spaß, können Sie sicher sein, bin ich bei dem Sauwetter hier raus zu Ihnen gebrettert. – Sechzehn! Sechzehn Russen! Haben sie denn den Funkverkehr nicht abgehört?!«

»Ich war am Morsegerät, und da kam auch SOS durch. Ich bin im Bilde.«

»Ein sowjetischer Trawler mit sechzehn Mann Besatzung! Genau da in Seenot geraten, wo mal wieder mindestens drei von Ihren Leuchtfeuern schwarz sind wie die Nacht.«

»Krähenkacke! Diese verfluchten Saboteure. Dass die von der Küstenwache die aber auch immer noch nicht gefasst haben.« Finn drehte den Stuhl vor der Schaltzentrale in den Raum und ließ sich auf die ächzende Sitzfläche fallen. Seine Gesichtsfarbe war unübersehbar im Schwinden begriffen.

»Das ist jetzt das neunte Schiff in grade mal einem halben Jahr, dass hier in Ihrem Distrikt ins Schleudern gekommen ist.«

»Neun? Neun, das ist ja ...«

Grade noch rechtzeitig trat Petter seiner Frau auf den Fuß.

»... das ist ja tragisch!«

»Und dann, haben Sie den zweiten Notruf heute Abend auch mitbekommen?«

»Ähm ...«

»Ein Notruf, der nicht genau zuzuordnen war. Wir vermuten: ein Kahn aus Bremerhaven. Der wird jedenfalls vermisst. Zwei Stück also in einer Nacht. Damit wäre die Zehn ja dann wohl voll! Zehn Fälle hintereinander, im Zuständigkeitsbereich ein und desselben Leuchtturmwärters, in so kurzer Frist. Das gibt einem denn doch zu denken. Nun kann es natürlich sein, nicht ganz auszuschließen, dass der Zufall es will und ein technisches Versagen nach dem andern aufgetreten ist, waren ja schließlich alles Automatiklichter, die nicht funktioniert haben. Sicher, und manchmal versagt die Technik eben. Oder dass die Skipper die Augen zugenäht hatten, und dann bei diesem Nebel hier, wo das Radar blind ist wie ein Grottenolm, da kann es freilich vorkommen, dass ein müder Kapitän nicht alles sieht, was ist. Oder Sturm gepaart mit unseligen Navigationsschlampereien. Auch möglich. Und auch Sabotageakte von militanten Ökos, auch nicht auszuschließen.«

»Sag ich doch.«

»Aber es könnte natürlich auch sein, dass die Küstenwache den Leuchtturm mit allem drum und dran dem falschen Mann anvertraut hat. Das ist schließlich eine Riesenverantwortung. Und der ist nicht jeder gewachsen. Obwohl er auf die Automatikfeuer ja eigentlich nur alle paar Wochen mal ein Auge werfen muss. Interessant jedenfalls ist die Tatsache, dass es jeweils immer nur eine einzige Beanstandung gab. Höchst interessant. Immer gleich am nächsten Tag funktionierten die Lichter wieder.«

»Aber ...«

»Und uns ist zugetragen worden ... aber lassen wir das. Sollten sich jedenfalls weitere Vorkommnisse ereignen und sollten sich die Verdachtmomente erhärten ...«

»Aber ...«

»Sie stehn unter dringendem Tatverdacht, ist Ihnen das eigentlich klar? In jedem Fall verlassen Sie bis auf Weiteres weder ihren Distrikt noch das Land und halten Sie sich bitte zu unserer Verfügung!« Damit knöpfte Strøm, offensichtlich ohne weiters irgendwelche Federn lesen zu wollen, seinen schwarzen Mantel zu, zog den Schal fest um den Kragen, ein knappes Kopfnicken in die Runde, und er wandte sich Richtung Tür. Die Hand auf der Klinke spürte er plötzlich, dass diese ohne sein Zutun nachgab und die Tür aufgedrückt wurde. Brik stand auf der Matte, war offenbar mit selten leisen Schritten die Treppe rauf geschlichen, womöglich um zur Versöhnung einen kleinen Joke an den Mann zu bringen. Aber plötzlich stand sie unversehens zwanzig, dreißig Zentimeter von Strøms Gesicht entfernt. Diese glatte, porenfreie Haut und der betörende Duft seines Rasierwassers! Brik lief puterrot an.

Strøm indes ließ sich nichts anmerken und verließ mit einem »Besten Tag noch« die mehr oder weniger gastliche Stätte, wo er betretenes Schweigen hinterließ. Finn sah Brik an. Eine Ewigkeit lang, bis man das Aufheulen von Strøms Außenborder hörte. Er sprang von seinem Stuhl auf und wäre fast auf den Boden gekracht, weil er die verkrampfte Verschränkung der Beine erst löste, als er stand.

»Das wird höllisch knapp, Leute, sag ich doch. ›Uns ist zugetragen worden … ‹, ich weiß nicht, aber das ist der Satz, auf dem ich am meisten rumkaue. Dieses kalte ›zugetragen worden‹. Jedenfalls eins ist klar, die Zeit wird knapp. Höllisch knapp.«

»Ach, auf einmal.«

Petter sah kurz von seiner Reuse auf, die er sich zum Reparieren mitgebracht hatte, leckte dann aber doch erst den Faden an, um ihn in die Nadel einzufädeln, bevor er fortfuhr: »Mit mir ist übrigens die nächsten Nächte nicht zu rechnen. Ich muss erst mal 'n ordentlichen Streifen raus. Der Dorsch steht gut. Saugut. Da muss ich raus, schnell, bevor wieder irgendwelche Riesentrawler das spitzkriegen.«

»Und bei mir ist der olle Ofen sowieso aus.«

»Marit, dich hat doch überhaupt keiner gefragt«, ging Petter dazwischen, was allerdings wenig nützte.

»Solang du auf Solo machst, Finn, ist bei mir der Ofen aus. Und nicht, dass du denkst, das ist wegen diesem hornlosen Deiwel, der da unten in seiner Kammer den finstren Schlaf der Ungerechten schläft. Der hat dich eh am Schlafittchen, und mich auch meinetwegen. Nein, Finn, das ist es nicht. Aber wir haben gesagt, wir machen Zusammen! Klar, jeder für sich, ham wir auch gesagt, und haben damit aber den ollen Knast gemeint. Jedenfalls, dass du allein die Perlen nach Haus trägst, so ham wir nicht gewettet. Und erzählst uns hier was von wegen noch 'n paar Jahre, die du machen willst auf deinem ollen Leuchtturm, und dass du also nicht alle paar Tage ein Leuchtelichtlein abklemmen kannst. Und dann kommt dieser Strømheini, und wir erfahren durch die Blume, dass du schon zigmal! Und wir wissen nur von den paar wenigen Mal, wo du uns eingeweiht hast. Eins zu zehn oder was. Soll sich mal einer mal vorstellen!«

»Ist doch vollkommen scheißegal, wer wieviel!« Petter schubste die Reuse vom Schoß, bohrte die messerscharfe Sattlerahle, mit der er die Löcher in den neuen Reusenriemen stanzte, durch Marits Tabaksbeutel in den Tisch und klopfte sie mit der Zwirnrolle fest. »Hauptsache, sind paar abgesoffen. Müssen wir zusammen durch, jetzt. Bloß die paar allernächsten Tage nicht, wie gesagt.«

»Mein guter Tabaksbeutel. Du Wahnsinniger!« Die Alte versuchte, die Sattlerahle aus dem Tisch zu reißen, rutschte aber immer wieder ab. Und als die Finger auch beim vierten Versuch versagten, legte sie den Kopf schräg und senkte ihn langsam, bis sie die Ahle mit den wenigen ihr verbliebenen Backenzähnen zu fassen kriegte. Sie ruckte zweimal, und obwohl sie auch so abrutschte, rollte sie nach dem zweiten Anlauf das spitze Ding triumphierend zwischen ihren Lippen hin und her. Sie kniff die Augen zu finster funkelnden Sehschlitzen zusammen. Zack, hatte sie die Stanz-Ahle mit voller Wucht in den Oberarm ihres Mannes gehackt.

Der Schrei erstarrte zwischen Petters halb geöffneten Lippen. Von Schreck und Entsetzen gepackt zerrte er die Ahle aus seinem Fleisch. »Bis zum Knochen, du Aas! Ich hab's krachen gespürt im Arm. Bis zum Knochen. Ungeheuer!«
»Könn' mir gestohlen bleiben, deine Knochen. Der eine

macht mir den Spaß, der andre den Tabak kaputt.« Sie fluchte unverständliches Zeug in ihre Pfeife, verschwand wutschnaubend nach draußen und ließ die Tür krachend ins Schloss fallen.

»Die holen die mir ab, und wie die mir die abholen. Eh ich mich verseh.« Petter biss sich auf die Lippen, hielt mit der Linken seinen Oberarm und wischte sich mit dem Hemdsärmel das Wasser aus den Augen. »Die baut zu viel Mist, entschieden zu viel. Grad, wenn ich nicht dabei bin. Und wenn ich dabei bin, auch. Seht ihr ja. Und das spricht sich rum. Auch bei Lødersen im Laden hat sie schon ziemlich randaliert. Weil sie Tee will, und die geben ihr Tee, aber sie sagt, es ist Kaffee. Steif und fest. Und baut denen vor Wut das Regal ab. Oder wehe, die schieben ihr den falschen Tabak rüber! Die Fische werden mir von den Trawlern weggeholt, und die Marit, die holen mir die von der Klapse ... Die holen mir die, Finn.«

»Krähenkacke. An allen Ecken und Enden.«

Wie immer, wenn die Luft um ihn rum anfing zu brennen, ging Finn erst mal auf die Galerie des Leuchtturms. Der Sturm hatte sich inzwischen gelegt, die Schneewolken waren landeinwärts gezogen. Richtung Norden flatterten lindgrüne Lichtbänder über den offenen Himmel, warfen sich schließlich zusammen zu einer Lichtsichel, die die sternklare Nacht zerschnitt. Nordlichter von atemberaubender Schönheit. Die filigransten Lichtbilder, die der Himmel hergibt. Überhaupt dieser unerschöpfliche Vorrat der Polarnacht an Zwielicht gab Finn immer wieder das grandiose Gefühl, er säße auf riesigen Schwingen und stiege von seinem Leuchtturm aus in diese ungezählten, nirgends umzäunten Dimensionen ganz da oben. Jetzt aber webten neue Wolken breite Trauertücher und brachten die Nordlichter zum Schweigen. Finn wurde das Gefühl nicht los, dass der Frühling dieses Jahr früh einsetzen würde, irgendwie lag ein erster warmer Hauch in der Luft.

Plötzlich hörte er unten an der Anlegestelle einen undefinierbaren Tumult. Wüstes Gekreisch, das nur aus der rauchigen Kehle Marits geboren sein konnte. Und zwischen dem Gezeter in unregelmäßigen Abständen kurzes Peitschenknallen. Dann hörte Finn, wie die Tür des Leuchtturms aufgestoßen wurde; er trat also in den Dienstraum, ging zur Treppenhaustür und harrte der Dinge, die da die Stufen hoch kommen mochten. Eine verrenkte Gestalt, den Kopf eingekeilt zwischen Schultern und zusammengeworfenen Armen, stampfte aufwärts und wirbelte an Finn vorbei in den Dienstraum.

»Eierdieb, verdammter dämlicher«, kreischte es funkensprühend hinter ihm her.

Der gebückte Knorz kam in der Mitte des Raumes zum Stehen, zog, hilfesuchend Blicke um sich werfend, den Kopf aus seiner Armverschanzung und ging sofort wieder in Deckung. Marit stand in der Tür und überzog ihn mit einer Salve beißender Augenblicke. Sie warf die alte, zerschlissene Peitsche über einen Nagel im Türrahmen und beobachtete sie beim Auspendeln. »Hab ich dich auf frischer Tat ertappt, du Habicht-Aas.«

»Gute Güte«, sagte Petter, »nu krieg dich mal ein.«

Und Finn konnte sich das Lachen nur mit Mühe verkneifen. »Ist doch bloß der Schotte, Mensch Marit, der Schotte. Kuriert seine Lungenentzündung oder was aus, weißte doch.«

»Ja und, was hat der bei meinen Hühnern zu suchen! Mitten in der Nacht.«

»Deinem letzten Huhn hast du vor zwei Jahren den Kopf abgehackt. Vor zwei Jahren.«

»Is' noch lang kein Grund nicht, im Hühnerstall Unfrieden stiften zu wollen. Und am End die schönsten Eier zu klauen. Außerdem, was fällst du ollen Hammel mir eigentlich in 'n Rücken? Statt froh zu sein, dass wenigstens einer draußen nach'm Rechten sieht. Wache schiebt. Dass du die ollen Quanten beim Finn auf'n Tisch legen kannst. Nämlich.«

»Und«, Petter warf ihr eine wegwerfende Handbewegung zu, »Mister Aberdeen, wie ist das werte Befinden?«

»I just wanted to take a look at those thin lights up there at your fuckin' cold sky. But if this bitch would let me pass, you will get rid of me soon. Okay? I would like to go back to bed.«

»Pott Tee«, fragte Marit stinkfreundlich.

»Thanks a lot, my dear.«

Petter schleifte mit dem rechten Fuß einen Schemel an den Tisch und nahm umständlich Platz. Alle bis auf den

Schotten hatten sich Tee eingeschüttet, hielten die heißen Becher mit beiden Händen und starrten in den aufsteigenden Dampf. Marit stand immer noch in der Tür und bearbeitete einen ihrer gesplissenen Fingernägel mit den Zähnen. Sie biss und riss ein Stück ab und legte es mit der Zunge zwischen die Backenzähne, um es dort weich zu walken. Worauf es in hohem Bogen durch den Raum flog und neben Finns Morsetaste zum Liegen kam.

»Krähenkacke.«

»Marit, wie is' es, kann ich noch mal bei euch pennen«, fragte Gunnar.

Er wartete ihr Nicken gar nicht erst ab, sondern verließ den Dienstraum, von der irgendwas vor sich hin murmelnden Marit gefolgt. Und auch Brik machte sich dünne; für sie war der Tag gelaufen, offenbar hatte sie einen etwas herzlicheren Empfang nach ihrem Anderthalbtagesausflug erwartet, der doch eigentlich einen beziehungstechnisch belebenden Charakter hatte haben sollen.

»Kacke ist es«, meditierte Finn in die Nacht hinter der Sichtscheibe seines Dienstraums, »die Luchse kriegen den grauen Star. Kinder üben in leeren Regentropfen Kopfsprung. Der Lachs schwimmt rückwärts den Fluss runter. Seeadler verlaufen sich im Wolkengewölle. Nerze verrecken an Neurodermitis.«

Petter guckte ihn mit großen Augen an. »Versteh kein Wort. – Sag mal Finn, kann ich mir dein Boot mal ausleihen? Paar Tage mal.«

»Ich denke, du musst auf Fischfang, der Dorsch steht gut, saugut.«

»Ich muss wohin. Und deine Kiste ist eben doch 'nen ganzen Streifen schneller als mein Äppelkahn. Zur Not kannst du dir ja das Boot von Brik mal leihen.«

»Wohin musste denn?«

»Was weiß ich, wie lang ich noch mach. Aber's gibt so bestimmte Flecken auf der Welt, da muss man vorher schnell noch mal hin. Da hat man noch 'ne Rechnung mit offen. Oder 'ne Erinnerung. Ich weiß nicht, ob du das kennst. Also, jedenfalls noch 'n paar Breitengrade zugelegt, ganz da oben, und ordentlich paar Jahrzehnte zurück. Stell dir vor, du hast die letzten Birken hinter dir gelassen, bloß noch Flechten und Moose. Und hier und da paar flache Sträucher, gekrüppelt und gebuckelt, damit der Wind was zum drin Heulen hat. Du blinzelst mitten in der Nacht in die flache Sonne, die alles verschwimmen lässt in endlosen Hügelketten. Eine uferlose, grüne Dünung, das ganze Land. Und dann stell dir vor, dass du da, genau in diesem sattgrünen Moosmeer, dass du da ihre Hand nach unten ziehst! Zum ersten Mal. Ich sag dir, das ist wie 'n Rausch, das Gefühl. Du merkst, wie du jetzt selber uferlos wirst. Wo die Erde trieft von Gerüchen, die Steine im August noch nach Schnee riechen. Du schaust dem Wollgras zu, wie's im Wind schwingt, bevor du dich reinfallen lässt in eben dieses Wollgras. Und dann, irgendwann, hast du keine Ahnung mehr, was ist hier Moos, was ist Haar, was ist Sumpf, was Saft. Wo du die Finger in die dunkle Erde drückst, dass das Wasser nur so spritzt. Und der schwarze See sieht euch grinsend zu. Zwischen deinen Zehen kichert die weiße Wolle vom Rentiermoos. Und du lachst und lachst und plötzlich geht's bei dir ab! Warmer, heißer Schneesturm. Groß und weit fällt die Erde unter dir weg. Du vergisst einfach alles. Die ganze Rübe komplett leer. Und dann streckst du dich aus, satt und ruhig auf den graugrünen Flechtenbärten. Und die Sonne lässt sich die ganze Nacht nicht unterkriegen, kugelt tieforange hinten auf'm Horizont längs und guckt sich brennend vor Neugier die Nacht an. 'ne Spannerin, der das Rot ins Gesicht steigt. Und du lachst. Musst schon wieder lachen. Stell dir vor, Mann, du bist völlig eingetaucht in diese offene, grüne Welt da oben. Und mittendrin ein schwarzes Auge: der See. Der zusammengelaufne Saft der Tundra.«

»Petter, ich hab dich wahrhaftig noch nie so viel reden hören an einem Streifen«, lachte Finn.

»Und ihr drückt eure Hände fest zusammen.«

»Marit?«

»Dich gab's da noch überhaupt nicht, Finn. Und wir blutjung, und hier ziehn die ganzen Leute weg. Die Fischer geben alle auf. Nur der Leuchtturmwärter damals bleibt, und wir. Wir bleiben. Und machen irgendwann in diesen Jahren diese Reise. So 'ne Art nachgeholte Hochzeitsreise, wo ich immer mal wieder hin wollte. Wir werfen uns also traumverschossen auf den Erdsamt vom Uferhang, verknoten uns und lassen uns einfach rollen. Wie Kinder, kennste doch! Einfach runter rollen. Und zwischen dem ganzen Gras und Moos die Beerensträucher, die fahren so richtig scharf über die nackte Haut. Runter und rollen und rollen. Und vom Hang das Holpern geht in uns über. Und weiter und immer weiter rollen. Und klatsch, landen freudestrahlend im Wasser. Eintauchen, untertauchen, ordentlich fest umarmt, während das Wasser über uns zusammenschlägt. Schmeckt nach schwarzem Moor. Als wir wieder hochkommen, um Luft zu holen, kommt's uns vor, als würd uns die Wasseroberfläche nicht mehr durchlassen. Als wär der See längst verschlossen von 'ner steinbeinharten Eiskruste.«

»Ach Quatsch«, grinste Finn, »so schnell geht das nun beim besten Willen nicht, auch nicht ganz da oben im Samiland. Nicht im Sommer. Wenn du da irgendwo ins Wasser springst, dann ist das nicht paar Augenblicke später zugefroren. Aber egal jetzt. Kannst mein Boot haben, ich bin ja jetzt sowieso verschärft ortsgebunden. Aber nur, wenn du den Schotten mitnimmst.«

»Wie bitte wen? Was soll ich denn ausgerechnet mit dem da anfangen?«

»Der kann dir doch zur Hand gehn.«

»Ich denk, der ist krank.«

»Wer weiß, vielleicht tut ihm bisschen Festland mal ganz gut.«

»Aber ich weiß beim besten Willen nicht, was ich mit dem da oben an diesem Arsch der Welt soll.«

»Hier bei mir sitzt er doch eh nur rum und pflegt sein Zipperlein. Und, na ja, wenn er bei eurer Tour auf den Geschmack kommt und sich dünne macht, ist es auch nicht schad' drum. Aber, was ist eigentlich mit Marit?«

»Die lass ich dir hier. Die Hochzeitsreise dahin, wie gesagt, die haben wir ja hinter uns. Jetzt, diesmal das, das ist ernst!«

_______38.

Erinnerste dich eigentlich noch? An deinen ersten Ausflug, damals, vor fünf, sechs Jahren, wo ich dich aus diesen Geierblicken all befreit hab. Wenigstens für ein paar
Stunden, für eine Nacht. Jau, blütenweiße Tänzerin, das
war 'n Fest! Was?

Ich mein, das ist ja jetzt vorbei mit dem Museumsgetöse.
Nicht bloß weil du garantiert nicht mehr in Norwegen
rumhängst, war ja nur für 'n paar Wochen in Trondheim
damals, und auch nicht bloß, weil die Alarmanlagen garantiert besser geworden sind, noch ausgefeilter, wahrscheinlich sind da jetzt auch so Computerdingsbums am
Werk, sondern deshalb, weil ich dich ja jetzt hier hab!
Gut, bloß auf diesem Stück Papier aus'm Katalog, Seite
siebenundzwanzig, aber trotzdem. Trotzdem kann ich
sehn, wie du mich ansiehst. Oder eben dran vorbei guckst
an mir! Sack und Asche, jetzt guck doch mal einmal rüber
zu mir! Menschenskinder, musst doch bloß die Rübe mal
für 'n Augenblick mal für 'n paar Zentimeter, was sag ich,
Millimeter mal nach links drehn. Jetzt stell dich doch man
nicht so evangelisch an!

Blöd übrigens, richtig blöd, dass du die Beine wieder über-
'nandergeschlagen hast. Hat ich doch so schön auseinan-
dergefrickelt. Damals.

39

Petter saß hinten und hielt die Pinne des Außenbordmotors fest, während das Boot die turmhohen Wellenberge erkletterte.

»Where to?«

»Norden. Sag ich doch. Immer Norden.«

»What for? What the hell is the reason for this trip?«

»Jetzt stell dich nicht so an. Dass du Angst vorm Schippern hast nach dem Drama mit eurem Trawler, gut und schön, aber da kann ich ja nun nichts für. Jetzt jedenfalls machen wir 'n Ausflug, und zwar mit Landgang. Wird deiner Gesundheit gut tun. Und Finn ist dich mal für 'n paar Tage los. Dass er mal zur Ruhe kommt mal. Vielleicht, wer weiß, vielleicht überlegste dir unterwegs ja auch noch mal, wie lang du uns eigentlich auf Stjernholman noch auf der Tasche liegen und auf die Nerven gehn willst. Und ob Norwegen nicht vielleicht doch bisschen zu ungastlich ist für so 'n verzärtelten Schotten.«

»Fuck. I don't know why, don't know where, don't know which part I've to act in your damned play.«

»Gar nicht die schlechteste Voraussetzung. Wir hatten damals auch nichts begriffen.«

»Cold, it's fucking cold over here. What time is it?«

Der Schotte kauerte mittschiffs auf der Bank und blickte auf seine Finger, die sich mit Nadel und Nylonfäden durch einen stattlichen Berg Netze mühten. Petter hatte gesagt, es würde eine lange Tour werden, und da habe er denn gut vorgesorgt, dass er in der Zeit auch was zu tun habe, denn es gebe nichts Idiotischeres als nichtsnutzige Passagiere. Der Fischer hielt stur Heil Kurs Nordnordost und bot dem Wind die Stirn. Nur dann und wann kam etwas Bewegung in den Arm an der Motorpinne, wenn es galt, einer der tausend winzigen Schären auszuweichen, die sich durch die schwarze See bissen.

Und dann nuschelte er irgendein unverständliches Zeug in seinen Bart. »Schwarzer Höllenstein, stummer Zeuge, hast dich festgekrallt über dem weiß vereisten See, hängst an deinem Ufergestein und in meinem Schädel fest. Lass mich los, wenigstens mich lass los!«

Der Schotte beobachtete wortlos, wie das Spritzwasser der Brecher achtern zu Lachen zusammenlief, die keine Ruhe fanden, hin- und hergeworfen von einer Ecke in die andre. Für Sekunden lag die Nussschale in der Waage, Sekunden. Die reichten dem Wind, um auf die flachen Pfützen einen feingerippten Wellengang zu zaubern, eine Miniatur des Getöses draußen. Die vergilbte Möwenfeder in der Lache kam ins Tanzen, stieg, fiel, wirbelte im Kreis. Dann wurde das Boot wieder auf einen Wellenkamm gehoben und schoss auf der andern Seite abwärts, und das kurze Spiel der Feder in der Deckpfütze war aus. Und wartete auf einen Neuanfang.

»Muss '40 gewesen sein. Siebzehn, was weiß ich, vielleicht war ich auch achtzehn.«

»God, more than forty years ago. I don't need those ancient stories.«

»Das brennt seit Jahrzehnten im Kopf, als wär's gestern gewesen. Die werd ich nicht los, die Erinnerung. Wie wir einfach mitgezogen sind. In unsern Fischerhemden. Fanden wir großartig, die Vorstellung, hier weg zu kommen, raus hier, egal mit wem, wofür, wogegen, Hauptsache raus hier. Sicher, eigentlich hatten wir geglaubt, es würde nach Süden gehn. Dass die Deutschen von Süden aus den Globus raufgekrochen sein mussten, war uns klar. Und, ham wir gedacht, jetzt geht's garantiert im Eiltempo wieder heim, wo Norwegen doch verdammt ungastlich ist für so verweichlichte Südländer. Jetzt geht's wieder nach Hamburg, nach Sansibar. Und wir also mit. Und dann zogen die nach Norden! Aber egal, wir waren dabei. Hauptsache weg hier.«

»Norwegians or Germans?«

»Hier auf den Inseln gab's viele, verdammt viele Überläufer. Keine Ahnung wieso. Was heißt hier Überläufer. Wir wussten ja überhaupt nicht, auf welcher Seite wir stehn mussten. In Harstad, hier 'n Stück zurück nach Südosten, sind im April '40, ich glaube, 20.000 oder noch mehr Alliierte gelandet. Marschierten auf Narwik zu. Und was wussten wir denn, achtzehn Jahre, die wir waren! Keine Ahnung, wer Feind, wer Freund. Es waren jedenfalls keine Norweger, das wussten wir. Und dass Deutschland noch weiter im Süden ist als dies England, wo die meisten bei

251

Harstad herkamen, das wussten wir auch. Zu dritt haben wir uns sofort gemeldet, als der erste deutsche Zerstörer seine Gebirgsjäger in Svolvik an Land ...«

»Svolvik?«, kreischte der Schotte.

»... in Svolvik an Land spuckte. Und sind mit denen mit.«

Während der Schotte sich mühsam, Masche für Masche durch seinen Netzhaufen kämpfte, rackerte Petter sich mit den Maschen der Zeit ab und schob mit jeder Meile, die sich der Bug durchs Nordmeer wühlte, seine Erinnerung in die Jahre vor, als er mit der 3. Gebirgsdivision der deutschen Lapplandarmee unter General Dietl Nordnorwegen Richtung Osten durchkreuzte. Petter, von seinem eigenen Redeschwall nicht im geringsten abgelenkt, sah mit starren Augen an seinem Passagier vorbei. Die tief unter seinem Bewusstsein im Verborgenen arbeitende Navigationsmaschine des Fischers versuchte, sich an den alle gleich aussehenden Küstenfelsen entlangzuhangeln und sie möglichst mit den Erinnerungsfragmenten in Deckung zu bringen.

»Muss er wohl sein, der Alta-Fjord. Weiß ich nicht. Müsste. Seh ich zum ersten Mal von See. In Lastern haben sie uns hier rüber gekarrt. Die Pullover, die Bärte, alles war bloß noch Dieselqualm. Und Tag und Nacht das Gedonner von den Todesglocken um die Ohren.«

Das Geschaukel war inzwischen noch heftiger geworden, und obwohl der Schotte vermutlich mit allerhand Wassern gewaschen war, verlor sein Gesicht doch zusehends an Farbe. Was dem Wind sichtlich Vergnügen bereitete; er schickte immer neue Lachsalven übers Fjordwasser. Und auch Petter ließ sich zu einem hämischen Grinsen hinreißen, während der Schotte einen vergeblichen Versuch machte, von seiner Bank aufzustehen. Er ging sofort wieder in die Knie und beugte sich zur Seite herab, um den Inhalt seines gebeutelten Magens nicht in den eigenen Schoß zu schütten.

»Hatte ich auch damals, die Kotzerei, die Scheißerei. Ich ließ mich von den Deutschen mitschleifen und wollte doch bloß noch eins: aufhören zu scheißen. Den Arsch zukneifen«, lachte Petter.

Hatte es der Schotte vorhin nicht geschafft, den grundlegenden Regeln des Anstands gemäß den Kopf zum Entleeren über die Reling zu bugsieren, so gab er es jetzt auch auf, sich seitwärts herabzubeugen. Hatte alles keinen Zweck; das hier war eine Nummer zu heftig, um auf die Etikette zu achten. Eingeknickt wie der schlapp-jämmerliche Rest eines bis auf die letzen paar Schlaufen abgespulten Sisalschnurknäuels hockte er auf der Bank und fügte sich kraftlos in sein Schicksal. Die Lebensenergie des Schotten reichte grade noch, die Beine leicht zu spreizen, den Rücken vorzubeugen und wie ein müder Kutscher die Unterarme auf die angewinkelten Oberschenkel zu legen, so dass der Kopf knapp oberhalb der auf Abstand gehaltenen Knie baumelte und der Schlund in umgekehrte Richtung freie Bahn hatte. Und schon durchtränkte der geplagte Mann den Berg Netze vor sich mit immer neuen säuerlichen Flutwellen. Kaum dass sein Magen Hoffnung auf Beruhigung schöpfte, holte ein neuer Brecher über und schlug dem Schotten eine kalte Ladung in den Rücken. Anfangs zuckte er bei jedem dieser Anschläge zusammen, irgendwann aber schloss er, völlig durchnässt, die Stiefel randvoll mit Wasser, die Augen. Er ließ den sauren Gallenschleim achtlos auf seine Hose tropfen und schien nur noch an der Frage zu würgen, was ihn mehr quäle, die klebrige Kälte des anstürmenden Salzwassers oder die Häme, die er im feixenden Wiehern des Winds zu hören glaubte.

Während Petter längst wieder in seinem Film angekommen war. »Da war bloß der Schlitz vorne im Verdeck des Lasters, da konnte man die Welt dran vorbei rappeln sehn. Bäche, Flüsse noch gefroren, die Seen wie Glasspiegel, mittendrin buckelten stumpf gehobelte Felsen durchs Eis. Noch. Aber du merkst, da liegt was in der Luft. Die Aprilsonne geht dem Eis an den Kragen. Und dann plötzlich siehste, verdammt, diesen seltsamen Friedhof. Ganz allein, weit und breit kein Dorf, kein Haus, bloß diese bleichen Kreuze, warten im letzten Frost.«

Im Eifer seiner Jahrzehnte zurückgreifenden Rede bekam Petter überhaupt nicht mit, dass er längst keinen Zuhörer mehr hatte. Der Schotte war jetzt völlig in sich zusammengesunken, offenbar einzig darauf bedacht, das Atmen nicht zu vergessen. Außerdem machten Meer und Wind und Wetter inzwischen einen solchen Radau, dass man eh sein eigenes Wort nicht verstand.

Dessen ungeachtet murmelte Petter weiter vor sich hin: »Und dann ging das mit diesen Kommandos los. Nur die paar Sami, die stammelnd in ihren Zelten hockten und auf ihre Finndolche zeigten, die sie bis zum Schaft in die Erde gerammt hatten, die haben sie in Ruhe gelassen. Nicht mal bis Murmansk sind wir gekommen, vierzig Meilen davor war Sense. Und dann zurück. Mir konnte's ja recht sein. Aber dieser Dietl, der Mann war des Wahnsinns, hinter seiner glatten Fassade besessen von einem unglaublich kalten Wahnsinn. Alles hat der abknallen lassen, alles, was zwei Beine hatte und nicht stehnden Fußes auf Hitler geschworen hat.«

Plötzlich warf Petter dem Schotten ein knappes Handzeichen zu, der sich wie von der Tarantel gestochen aufrichtete und umdrehte: Die Kaimauer von Alta tuckerte langsam auf das Boot zu. Der Schotte riss das Tauende hoch, sprang damit an Land, ließ es fallen, warf beide Arme in die Luft und jauchzte: »Ashore! Definitely on solid ground. On shore again!«

»Idiot. Sollst den Kahn vertäuen!«

Zuletzt warf Petter ihre beiden Rucksäcke an Land, hieß den Schotten, sich nicht vom Fleck zu rühren, und kletterte die Stiege zum Kontor des Hafenmeisters hinauf, den Liegeplatz klarzumachen. Keine zwei Minuten später stiefelten Petter und der Schotte flussaufwärts durch den Frühjahrsmatsch.

»Der Alta-Fluss, der schönste und grauenhafteste Fluss der Welt. Hier waren wir im Oktober. Ende Oktober '44, paar Wochen nachdem die Russen uns oben in Kirkenes rausgeschmissen hatten. Wir waren fix und fertig. Ein einziges Kanonengeprügel, der ganze Rückzug, wochenlange Nachhutkämpfe. Und dabei die ganze Zeit Aktion ›verbrannte Erde‹, damit den Russen nichts Brauchbares in die Hände fiel. Hammerfest platt und alles.«
»That's the Russian border over there?«

»Biste verrückt? Nee, wir sind mitten in Norwegen. Und dann kommt noch Finnland und dann erst die sowjetische Grenze. Von Tuten und Blasen keine Ahnung, was? Der Alta-Fluss, sag ich doch. Kannst von Glück reden, dass du hier überhaupt noch hinkommst. Die wollen 'ne Staumauer mit 'nem Riesenkraftwerk hier hochziehn, dann ist der ganze Kram in Windeseile geflutet, das ganze Tal mit allem drum und dran. Also müssen wir uns ranhalten, wenn wir hier noch was reißen wollen.«

»But what the hell is our job here?«

Aber der Alte hatte sich plötzlich aufs Schweigen verlegt, so viel der Schotte sich bemühen mochte, ein Wort aus ihm herauszulocken. Petter hatte den träge wankenden Schritt des Fischers abgelegt und stampfte, weit ausholend, durch den Schlamm. Landeinwärts. Der Fluss führte unter seinem tief hängenden Nebelschleier immer noch Eis, das sich, von der Frühlingssonne in eine Unzahl unförmiger, mattweißer Paletten, Teller und Brosamen atomisiert, unter Klirren und Krächzen vorwärts quälte. Das Anthrazitwasser des Flusses knallte die Eisbrocken gegen's Ufer, verkeilte sie zwischen ihren eignen Trümmern, um sie sofort wieder auseinanderzuziehen und gegeneinanderschlagend vorwärts zu stoßen in immer wärmeres Wasser, das ihren sicheren Garaus bedeutete.

Petter hatte sich jetzt aufs Schweigen verlegt. Aber selbst wenn er geredet hätte, sein Reisegefährte war so weit zurückgefallen, dass er beim Heulen und Zähneknirschen des Eisgangs auf dem Fluss mit Sicherheit nicht ein einziges Wort hätte aufschnappen können. Zudem stolperte der Schotte mehr, als dass er ging. Zigmal hatte er auf den

letzten Kilometern die Erfahrung machen müssen, dass
sich ein Stein, den er soeben als rettendes Gestade aus-
gemacht hatte, als tückische Falle erwies. Kaum dass er
dort Fuß fasste, rutschte der Stein seitwärts weg ins Ge-
schliere aus Schneematsch und halb angetautem Boden,
und sein Fuß steckte doch bis zum Stiefelschaft in der
schwarzbraunen Soße. Auch die Eisflecken im Schlamm,
gespickt mit feinen, nachts von den kalten Schottcrstei-
nen vorgetriebenen Eiskristallnadeln, die über die ältere
Eisplatte ein zauberhaft wirres Netz warfen, auch diese
Pfützen mit doppeltem Eisboden brachen bei jedem
Schritt gnadenlos ein. Ihr Knistern und Ächzen wurde
augenblicks übertönt vom Geklatsche der in die Brühe
darunter durchbrechenden Stiefel. So stapfte der Schotte
planlos und achtlos hinter dem Fischer her, nicht wissend
wohin und woher, betäubt vom Getöse des Eisstroms und
von der Eintönigkeit der schmutzig weiß gescheckten
Landschaft.

Broch. Der Schotte war aufgelaufen. Petter stand breitbeinig und starr wie ein Eispfeiler und ließ, ohne den
Kopf einen Millimeter zu bewegen, den Blick schweifen
über die dünn gesäten Stümpfe der Krüppelbirken. Um
die armseligen Stämmchen waren bereits tiefe Löcher
kreisrund in den altgrauen Schnee geschmolzen und hier
und da streckten sich schüchtern Moospolster auf einem
freigetauten Felsvorsprung in der Abendsonne aus. Noch
ein paar Schritte, und ein riesiger Eissee lag vor ihnen
und heulte ein Requiem in den Mond, der die grade un-
tergehende Sonne mitleidig anstarrte.

»Hier haben wir gestanden. Auf dem Rückzug, wie gesagt.
Die ganze Gegend war gespickt mit russischen Partisanen.

Und die Finnen waren jetzt auch gegen die Deutschen. Und ich zwischen allen Stühlen, hab überhaupt nix mehr kapiert. Nur eins hab ich gewusst: Mach, dass du wegkommst, sobald wie dass es geht. Aber noch war ich dabei. Und hab hier gestanden. Muss genau hier gewesen sein. Nur dass es viel kälter war damals. Und wie ich unterm Helm durchblinzle, seh ich, wie drüben über der Insel da im Eis paar alte Sonnenstrahlen durch 'n Loch in den vergilbten Schneewolken fallen, kreisrund gebündelt 'n Licht runterwerfen auf diesen blanken Felsbrock da drüben. 'n gespenstisch enger Lichtkegel. Nur, absolut nur auf diesen pechschwarzen Klotz. Siehste den, paar Meter überm Ufer? Diesen Satan von einem Steinbrocken, wie der da überhängt! Das Schwein! Anstatt dass er runterkracht, sich festkrallt auf der Insel ihren Uferfelsen.«

»Just a simple rock!«

»Oh nein! Das ist der Zeuge, der letzte Zeuge!«

_______40.

Vor über einer Woche hatte Marit ein ganzes Bündel
Trockenfische in kaltem Wasser eingeweicht, um sie anschließend umzubetten und für zwei Tage in dieser bei-
ßenden Lauge aus Pottasche einzulegen, und dann noch
mal einen Tag in klarem Wasser. Jetzt, während sie das
höllisch stinkende, labbriglederne Zeug aus dem Wasser zog, die Feuchtigkeit wieder aus den aufgedunsenen
Fischleibern zu quetschen suchte, dozierte sie über die Ka-
liumkarbonatmarinade. Auf zehn Liter Wasser vier, fünf
Esslöffel Pottasche also, zur Not auch Ätznatron. Richtig
sei die Brühe dann, wenn der Stockfisch nach zweitägigem
Aufenthalt darin goldgelb leuchte und von weicher Konsistenz sei. Sein Gewicht würde sich während der Einlage-
rungsprozedur locker verfünffachen.

So, und jetzt käme man der Sache schon näher, sagte
Marit, jetzt solle er mal anpacken und den Fisch erst mal
ohne Wasser in einen Pott legen. Finn spürte, dass sein
Magen kurz davor war, sein Innerstes nach außen zu
kehren, griff aber trotzdem unter möglichst lange anhaltendem Verzicht aufs Luftholen beherzt zu und schlappte
die nach einem Mix aus frisch exhumierten Fischleichen
und ätzender Chemiefabrik stinkenden Fladen in den entsprechend ausgewiesenen Kochtopf. Dann bestreute er sie,
brav Marits Anweisungen folgend, mit einer ordentlichen
Portion Salz, was den impertinenten Gammelgeruch indes kein Gran erträglicher machte. Und jetzt, bedeutete
ihm Marit, jetzt solle er einen Augenblick abwarten und

gucken, ob sich im Topf Flüssigkeit absetze. Finn nahm sich zusammen und glotzte, freilich ohne zu atmen, dem traurigen Fisch da unten zu, der aussah wie pitschnass vollgesogene Windeln. Aber es dauerte nicht lange, bis Finn merkte, wie ihn die Atemnot zu übermannen drohte. Kopfnickend meldete er eilends Vollzug.

»Jetzt Deckel drauf«, kommandierte Marit, »und rüber gehievt auf den warmen Herd. Bisschen aufkochen und dann ungefähr zehn Minuten ziehn lassen. Haste das im Griff?«

»Klar.«

»Lutefisk, das ist nicht einfach irgendwie irgendwas zum Reinschaufeln, Lutefisk, das ist eine Weltanschauung.« Womit von Marits Seite alles gesagt war.

Eine Weltanschauung, der Finn, so viel war sicher, nicht anhing. Außerdem war die Alte viel zu spät dran. Laugenfisch gab's nun mal in der Adventszeit. Drei Monate nach Weihnachten, das passte einfach nicht. Aber natürlich wollte er Marit, die wegen Petters Trip ohnehin schon ordentlich angeschlagen war, nicht enttäuschen. Er fügte sich also in sein Schicksal und ließ sich diese Köstlichkeit angedeihen. Zu allem Überfluss schmeckte das Zeug genau so, wie es aussah. Und wie es roch. Die einzige Aussicht auf Besserung: wenn man es zügig verschlang. Mit Todesverachtung, aber in der Gewissheit, dass man jetzt für ein Jahr von diesem Genuss würde verschont werden. Auch Marit übrigens sah nicht wirklich glücklich aus bei diesem weltanschaulichen Festessen. Das einzig Genießbare waren die gebratenen Speckwürfel, womit die Fischlappen garniert waren. Vielleicht noch die zerlassene Butter, wenn sie nicht ganz so penetrant nach dem Stinkfisch geschmeckt hätte. Vielleicht auch das Erbsenpüree und die Kartoffeln, die es dazu gab. Vor allem aber der Aquavit, worin die ganze Chose im Magen dann zu schwimmen hatte und der in erster Linie dazu diente, die Geschmacksknospen abzutöten.

Und so sprachen die beiden dem Rachenputzer ausgiebig zu. Während jedoch Finns Laune proportional zum Alkoholspiegel stieg, nicht zuletzt auch dadurch beflügelt, dass der Lutefiskverzehr immer tiefer in die ferne Vergangenheit rutschte, wurde Marit von den Klauen harziger Melancholie ergriffen.

»Möchte bloß mal wissen, wo der olle Petter ist. Und das mitten in der Kabeljausaison.«

»Sag ich doch«, rülpste Finn, »hab ich dir doch schon x-mal gesagt. Mit dem Schottendeibel unterwegs. Kleine Spazierfahrt, dass der was von unsrer Küste zu sehn kriegt.«

»Kannst du mir nicht weismachen. Wenn hier einer bekloppt ist, dann ich. Aber nicht der Petter, der nicht. Der ist noch voll bei Trost. Der würde nie mit so 'm ollen Dämon an Bord die Küste rauf und runter schippern, bloß für 'n bisschen 'nen Ausflug. Du vergisst, dass Petter 'n Fischer ist, und so wie Bauern nicht spazierengehn, so fährt 'n Fischer nicht für Spaß raus.«

»Wenn ich's dir doch sage.«

»Wo bist du, ollen Petter, du? Hat sich verpisst, der Hund, auf unsre alten Tage noch aus dem Staub gemacht. Ohne mir auch nur adjø zu sagen.« Die Tränen liefen ihr nur so übers Gesicht, folgten den Rinnen und Furchen ihrer Haut und bildeten immer mehr ausufernde Nassflecken auf ihrer Schürze.

»Ich wette, der hat sich nicht verdrückt. Der hat was zu erledigen, verdammt, bloß was zu erledigen. Da wett ich mein letztes Paar Socken drauf.«

»Da piss ich drauf, auf deine Wetten«, heulte Marit, »und wenn's sein muss, auch auf deine Socken. Dass es nur so pladdert. Wenn er was zu erledigen hat, nimmt er doch nicht den Teufel persönlich mit! Ich sag doch, der ist nicht blöd.« Marit schnaubte wie ein Walross, öffnete die Galerietür, stapfte durch den nassen Frühlingsschnee raus, zog ihre Hosen auf die Füße und setzte sich mit gravitätischem Schwung auf die Reling, so dass ihr nackter Hintern Richtung Meer zeigte, und strinselte in den kalten Abend. Dann sprang sie wieder auf den Boden der Tatsachen, zog sich die Hosen hoch, kam zurück in den Dienstraum und knöpfte sich ihre Pfeife vor.

»Der olle Beowulf, wie der zu Ende gekommen ist, das hat mit 'nem Held nichts zu tun. Rein gar nix. War doch dieser Wurm, Lindwurm, weiß ich was für 'n Höllentier. Und Beowulf längst 'n Greis. Nu sitzt dieser Höllenwurm auf seinem Hort und stinkt aus dem Maul wie hundert von unsern Laugenfischen hier. Wie tausend!«

»Kann einem leid tun, der Beowulf.«

»Kein bisschen, verdammt und zugenäht! Und unterbrich mich nicht dauernd. Der Wurm hockt also auf seinem Hort und muckst sich Nacht für Nacht. Weil irgendein Dreikäsehoch von Rittersmann ihm einen Becher mit lauter Klunkern drauf geklaut hatte. Kommt der Drachenwurm des Nachts also rausgekrochen, macht sich über Haus und Hof und Dorf her. Wo der seinen heißen Atem hinhustet, wächst kein Gras mehr. Und diesem Scheusal rückt Beowulf mit Harnisch und Eisenschild, das Schwert durch die Luft wirbelnd, auf die Pelle.«

»Mutig, mutig.«

»Dachte ich mir, dass du darauf reinfällst. Ist überhaupt nicht mutig, sondern tolldreist. Idiotisch nämlich. Aber er macht's. Im Grunde alles Blödsinn, der olle Beowulf war doch 'n mächtiger Herrscher inzwischen, kann er den Dreikäsehoch doch einfach anherrschen, dass er den Humpen wieder zurückgibt und der Drache die Schnauze hält. Macht er aber nicht, er will an den Drachen selber ran. Aber 'n Held, 'n richtiger, hätt natürlich von vornerein gewusst, da is nix zu machen mit'm Schwert, nix gegen so 'n Biest auszurichten. Glitscht natürlich sofort ab vom Panzer. Aber der bekloppte Beowulf, der drischt weiter drauf ein.«

»Und beim Drachen: müdes Achselzucken!«

»Was sonst?! Fantastisch, findste nicht, dieser David gegen den feuerspeienden Goliath. Keine Chance, nichts, und haut trotzdem drauf ein. Wie so 'n blindwütender Fünfjähriger, der seine Legosteine verprügelt, weil sie nicht funktionieren wollen. Jedenfalls alles andre als 'n

Held! Der hat doch 'ne Meise unterm Pony. Und weiß es
auch, dass er eine hat. Und zinnobert trotzdem, Micker-
schwert hin, Mordspanzer her, drauflos. Einfach so. Eher
für sich selbst, wie's scheint. Da geht's längst nicht mehr
um die Häuser, Hütten, Dörfer, die der olle Wurm auf'm
Kerbholz hat, alles Quark. Was er will, der Beowulf, ist gewinnen. Gegen den Drachen gewinnen. Bloß so. Für sich.
Und brüllt seine Genossen an: zurück da! Werdet ihr euch
wohl hinpflanzen! Der steht mir allein zu, der Kampf,
der Sieg, der Wurm. Dankt Gott für die Gnade, dass ihr
mir zugucken dürft, wie ich's hier ausfechte. Und dann,
wie gesagt, stürmt er los, der Berserker, und drischt drauf
ein. Aber der Drache sieht natürlich, dass dem Beowulf
sein oller Hals aus der Rüstung guckt. Ratsch, stößt seine
Eckzähne rein ins weiche Fleisch vom Greisenhals. Und
Schluss. Weil der treuste von seinen Gesellen noch schnell
dem Riesenwurm die Flamme löscht, kann er noch, der
Beowulf, den Drachen entzwei schneiden, als wär's 'n Re-
genwurm. Hat er wenigstens die Genugtuung noch. Aber
in der Wunde am Hals da sitzt der Brand und wütet. Hat
er gewonnen und verloren. Weiß er und findet's auch in
Ordnung so. Nur dass er keinen ordentlichen Stammhal-
ter nicht hat! Das ist sein größtes Drama. Weil da kommt
er auch mit all seinen Versuchen, ein Held zu sein, nicht
weiter. Mit 'nem Schwert in der Faust kriegt man 'n Leben oder sieben kaputt auf einen Streich oder, wenn's
sein muss, Sturmwogen, Moorweiber, Windmühlen und
Drachenzungen, aber nicht ein einziges Leben kriegt man
damit zusammengefrickelt. Also keine Nachfahren.«

»Sonst wär's schließlich auch um seine Einmaligkeit
geschehn.«

»'n übermenschlich ungeheures, aber 'n armes Schwein!
An der Spitze ist man einsam. Verstehste?«

41

»Ich hab mich damals losreißen müssen von diesem Blick auf den schwarzen Sonnenfelsen da drüben«, Petter brachte seinen Monolog wieder in Schwung, »weil wir sind reinmarschiert in das winzige Dorf. Nichts mehr von da. Muss gleich hier drüben gewesen sein. Aus Holz die Häuser, alle weg. Klar, dass die berüchtigt waren, hier oben, die paar Dörfchen, die's hier gab. Armselig, zum Gotterbarmen arm die Leute, aber haben in der ganzen Zeit mit den Deutschen nicht angebändelt, Kopf und Kragen riskiert. Haben Beziehungen gehabt zu den Skoltsami und sogar zu den Russen in Murmansk, hieß es. Und prompt finden wir in dem Bootshaus hinterm letzten Hof diesen Knirps ...«

»Russian?«

»Klar, russischer Partisane. Und wegen dem einen Jungen mussten wir die ganzen Leute aus dem Dorf, die Frauen, halbnackt und barfuß, den was weiß ich, vielleicht dreizehnjährigen Russen vorneweg, durchs Schneesturmheulen runter ans Ufer treiben. Wo die erst mal stumm in der Kälte warten, bis dass wir 'nen knappen Quadratmeter Eis aufgeschlagen ham. Mit Spaten und Beilen, eine Mordsrackerei, der Kommandant immer die Knarre in der Luft. Dann sind wir endlich fertig. Und stoßen nacheinander die Leute, jeden einzeln, ins knallschwarze Loch im Eis. Wie die, und der nächste wird schon ins Wasser geprügelt, wie die panisch unten, unter der kristallharten Eisdecke 'ne Hand voll Schwimmzüge noch zustandebringen, dann ist Schluss. Wie ich die Leiberschatten unterm Eis hängen seh. Wie das Wasser sich rot färbt, das schwarze Wasser unterm Eis, purpurrot, als die eine Frau, als sie stürzt und mit dem Leib gegen die scharfe Eiskante knallt. Ihr grässliches Lachen, stumm, aber ich seh ihrem Gesicht an, die lacht. Weil sie weiß, sie hat's schon hinter sich. Mit ihrer geplatzten Bauchdecke kann sie sich den Todeskampf im Eissee sparen. Tiefrot. Dann taucht sie weg. Und wir müssen das Eisloch wieder größer schlagen, für dass die nächsten noch durchpassen. Der Dreikäsehochrusse als letzter, soll ihm eine Lehre sein, der Anblick, eine letzte Lehre. Und da steh ich auf dem See und guck und seh wieder diesen verhexten Felsbrocken, drüben, schwarz überhängen, an der Böschung von der Insel! Meine Augen bleiben stehn, der Blick bohrt sich mir in 'n Schädel, krieg ich nicht mehr raus. Mit Holzstangen müssen wir die zappelnden Leiber vom Eislochrand weg unters Eis stoßen. Und hinter dem Russen wächst in Sekunden vom Rand her das Eis wieder, du kannst zusehn, wie sich das schwarze Auge im Eis mit Fasern zuzieht. Und dann versiegelt. Weiß versiegelt.«

Petter stolperte zum Ufer runter, setzte mit einem Riesenschritt über das am Uferrand vom April bereits hier und da angefaulte Eis. Ein Zirpen schoss durch das Eis, aber es hielt. Dann rannte er los. Der Schnee auf dem Seeeis war schon zu einer schwammig nassen Masse zusammengeschmolzen und ließ das unheimliche Pastorale ungehindert emporsteigen, das die riesige Eisplatte unter jedem Schritt weiter durch Risse und Spalten trug. Bei der Insel angekommen, sprang Petter ans Ufer, blieb lange unbeweglich stehen, neben dem finstren Felsblock, der zehn Meter über dem See auf der steilen Böschung thronte und vermeintlich jeden Moment abrutschen, aufs Seeeis schlagen, ein Loch hineindonnern und im wellenlosen Wasser versinken musste. Und doch regungslos, stumm in seiner halsbrecherischen Stellung verharrte.

Der Schotte holte allmählich auf. Petter sank auf die Knie, kratzte das vereiste magere Moos heraus, das sich zwischen Felsbrocken und Ufergestein eingerichtet hatte, kramte aus dem Rucksack das Brecheisen, betrachtete es kurz und warf es verächtlich in den Schneematsch. Dann kletterte er noch ein paar Meter hinauf und schlug die weit und breit stämmigste Birke, um sie schließlich zwischen Stein und Gestein anzusetzen, dort, wo das Moos geklammert hatte. Petter versuchte den Birkenstamm unter Einsatz seines Körpergewichtes herunterzustemmen, und wieder und noch und noch mal. Er spürte den Brocken sich rühren, jubelte, setzte mit dem Stamm nach, die Haut an den Händen platzte auf, die Halsadern pulsierten, die Augen zu haarfeinen Schlitzen zusammengekniffen, stemmte er den Stamm noch einmal runter. Die vorsichtigen Versuche des Schotten, sich bemerkbar zu machen und seine Hilfe anzubieten, prallten an Petters verbissenem Geracker ab, das die Birke mit einem entsetzlichen Stöhnen quittierte, bis sie schließlich knirschend zerbrach.

»Du hoffnungsloses Gestell«, brüllte Petter dem Schotten mitten ins Gesicht, »vielleicht fällt dir mal ein, mir zu helfen! Hier an dieser Stelle die Schulter drunter. Hat sich ja schon gerührt, das Schwein, paar Zentimeter, Millimeter! Gib Stoff!«

Sie warfen ihre Körper gegen den Felsblock, klemmten die Füße ins Ufergestein, die Finger in die Furchen des Felsens, und Petter schrie auf den stummen Stein ein. »Nun mach schon, Granitwanst verdammter! Lass dich los! Und mich, lass mich los.«

Unendlich langsam gab der Stein nach. Die beiden Männer sprangen zurück und verfolgten schweigend, wie der Brocken mit unglaublichem Getöse die steile Böschung hinabpolterte, auf dem letzten halben Meter jedoch im Schneefeld einer querverlaufenden Rinne fast zum Stehen gekommen wäre, hätte seine oberste Kappe dem Schwung nicht nachgegeben, sich also bedächtig zum See hinabgebeugt und schließlich den ganzen Felsblock nach sich gezogen, so dass er sich denn doch noch mit seinem Tonnengewicht über die Uferkante hinabsenkte.

Petter rieb sich die Hände, sah den Brocken schon aufschlagen, ein Loch ins Eis donnern und im wellenlosen Wasser versinken. Aber nichts da. Der Fels rollte, abgepuffert durch den Schneematsch, ganz langsam aufs alte Eis. Das stöhnte, schrie, jaulte, aber hielt – und schwieg wieder.

Kurz entschlossen stolperte Petter hinab und begann, mit den Stiefeln das Eis rund um den Felsblock zu malträtieren, in der Hoffnung, es doch noch zum Nachgeben bewegen zu können, und in der untrüglichen Gewissheit, dass, wenn es bersten würde, der Brocken ihn selbst mit in die schwarze Tiefe des eiskalten Wassers reißen würde. Das Gestampfe, mit dem Petter immer und immer wieder den Fels umkreiste, geriet zu einem seltsam verkanteten Tanz. Bis Petter plötzlich, völlig abrupt, stehen blieb und ein unmenschliches Gebrüll vom Stapel ließ, aus dem sich erst allmählich erkennbare Flüche schälten, mit denen er abwechselnd und zugleich den Schotten, die Eisplatte und den Brocken überzog. Dann machte er sich schweigend daran, das Zelt aufzubauen, und verkroch sich in seinen Schlafsack.

Als sie am andern Morgen aufwachten, schrie Petter wieder los. »Verdammte Scheiße!«

Dort, wo vor ein paar Stunden der Felsklotz zum Liegen gekommen war, klaffte ein Loch im Eis.

»Durchgeschmolzen, leise weinend abgesoffen, die elende Sau, einfach verschwunden. Ohne dass ich's zu sehn krieg. Ab durchs Eis, und ich guck in die Röhre. Krieg's einfach nicht zu sehn. Und schlepp ihn weiter mit mir rum, den Brocken.«

_______42.

»Finn, Finn, gut dass ich dich an den Dings, den Apparat kriege, hier, also das geht auf keine Dings, Kuhhaut, was sich hier
grad abspielt.«

»Gunnar?«

»Also, ich muss dir unbedingt sofort ... da drüben nämlich,
dieser Strøm oder wer ...«

»Nu man langsam, ich versteh nur Bahnhof.«

In aller Herrgottsfrüh, noch war nicht ausgemachte Sache, ob
der Morgen den Sieg davon tragen würde, hatte das verdammte Telefon Finn aus seinem Dienstendehalbschlaf gerissen.

»Wo bist du, Gunnar?«

»In Svolvik, wo sonst! Die haben 'ne Frau am Schlafittchen ...
und nicht mehr die Jüngste, knappe 60, was weiß ich, fremd
hier, kenn ich nicht, eigentlich nicht, nee, obwohl das Dings,
das Gesicht, kommt mir schon irgendwie bekannt vor. Weiß
ich nicht.«

»Von wo rufst du an?«

»Telefonzelle. Auf dem Platz vorm Kontor von der Küstenwache. Sack und Asche, da jetzt, Finn, die rücken der verdammt
auf die Pelle, der Frau.«

»Verdorri noch mal, jetzt erzähl mal vernünftig! Wie soll ein Mensch bei dem Wortgehacke kapieren, was Sache ist?! Ich hab noch was andres zu tun, als mir hier ellenlange, klein gehäckselte Räuberschwänke aus Svolvik anzuhören. – Was soll die Frau denn angestellt haben?«

»Keine Dings, keine Ahnung, jedenfalls hat sie sich an die Tür gekettet von dem Bürogebäude da drüben, weißte, wo die Küstenwache und der ganze Kladderadatsch ..., du weißt doch, das Gebäude von der Küstenwache.«

»Logisch. Also was jetzt?«

»Da hat die auf die nagelneue Fassade, weiß der Geier, wahrscheinlich heut Nacht, da hat die mit so 'ner Sprühdose oder was, jedenfalls riesengroße Buchstaben, knallrot, hat die da drauf gesprüht. »Lighthouses ...««, warte mal, jetzt steht irgend so 'n Pressefutzi genau davor, »Lighthouses light the future«, und dann noch 'n Dings, 'n Ausrufezeichen dahinter.«

»Was hat die denn mit Leuchttürmen am Wickel?«

»Das ist es ja grad. Was meinste, weshalb ich dich anruf! Ich hab noch was andres zu tun, als dir hier irgendwelche ellenlangen, klein gehäckselten Räuberschwänke ...«

»Krähenkacke.«

»Jau. Wo du recht hast, haste recht. Jetzt, jetzt gehn die mit der Flex ran.«

»Hör ich im Hintergrund, das Maschinengekreische.«

»Was 'n Quatsch, als ob die das ganze Fenstergitter durch-
flexen müssten, um sie loszukriegen, dabei ist die Kette
doch lang genug, um irgendwo da die Flex anzusetzen,
ohne gleich das ganze Fenster … Versteh ich sowieso nicht,
die spinnen doch, für die Kette, da würd 'n ganz normaler
Bolzenschneider oder was würd da dicke reichen. Nicht zu
fassen, was das für 'n Riesenbahnhof ist hier, Himmel und
Menschen! Wusste gar nicht, dass es überhaupt so viel
Presse hier gibt in Svolvik. Fotoheinis jede Menge, Kerle
mit Mikro und Gedöns, und, Finn, das gibt's gar nicht,
hat's doch noch nie gegeben, dass hier bei uns einer mit
'ner Fernsehkamera … also, das ist 'n Aufgebot, das kann
sich sehn lassen! Sack und Asche.«

»Die von der Küstenwache, die haben die alle herbeor-
dert. Das ist von oben organisiert, da kannste Gift drauf
nehmen.«

»Jetzt, jetzt haben sie sie los. Jetzt wird sie … wehrt sich mit
Händen und Füßen, wie so 'ne Furie, Gott sei Dank, wenigstens macht sie denen den Job nicht grade leicht. Drei
Mann, ausgewachsene Kerle, und die zappelt wie verrückt,
kriegen die einfach nicht in 'n Griff. Jetzt, da kommt noch
einer, aber der, Finn, der hat die, die Waffe gezückt, ist ja,
das ist ja unglaublich: die brauchen 'ne Waffe, um sie in
Dings, in Schach zu halten! Jau, war ja klar, jetzt hamse
die Frau ins Auto verfrachtet. Rums, die Tür zu.«

»Krähenkacke«, sagte Finn und legte wie im Tran auf,
ohne sich zu verabschieden.

_____43.

Finn stand draußen auf der Galerie des Leuchtturms und blickte gedankenverloren fjordeinwärts, wo ganz hinten über den Bergen langgezogene Federwolken im Morgenlicht die verschiedensten Violett-, Rot- und Orangetöne annahmen, um sich endlich weiß vom türkisfarbenen Himmel abzuheben. Plötzlich – da unten, da drüben! Das war doch Petter. Endlich. Petter, wie er mit seinem Boot um die Landzunge bog. Finn konnte sich nicht erinnern, dass im Laufe seiner Amtszeit Petter jemals so lange von Stjernholman weggewesen war. Anlass genug für den Leuchtturmwärter, runter zur Anlegestelle zu gehen und Petter und den Schotten in Empfang zu nehmen.

»Weißte was?«, platzte Petter raus. Aber Finn war damit beschäftigt, das Boot anständig zu vertäuen, und hörte nur mit halbem Ohr zu.

»Weißte was?«, machte Petter noch einen Versuch, seine Abenteuer an den Mann zu bringen.

»Du wirst es mir gleich verraten.«

»Also, auf dem Rückweg kommen wir runter ins Alta-Tal und tigern flussabwärts. Und wir hatten's schon auf dem Hinweg gesehn, aber jetzt, jetzt hatten wir ja Zeit, war schließlich erledigt, was erledigt sein musste. Also wollte ich mir die Chose für 'n Augenblick mal ansehn.«

Und während sie den noch deutlich mehr als vor dem Trip kränkelnden Schotten in die Mitte nahmen und ihn den Leuchtturmfelsen rauf mehr schleiften als führten, erzählte Petter entschieden weitschweifiger, als es Finn lieb gewesen wäre, wie er mit dem Schotten an der geplanten Staumauerbaustelle am Alta-Fluss stehen geblieben war und mitbekommen hatte, wie unter anderen auch Finns Mutter aus der Menschenkette gelöst wurde. Wie auch sie ihn unter den Schaulustigen erkannt zu haben schien und mit großen Augen anstarrte, während man sie zur Seite schleppte.

»Ist doch 'n Ding oder! So klein ist die Welt.«

»Woher kennt'n die dich?«

»Na ja, als deinen Nachbarn. Wie die dich hier besucht, Weihnachten vor zwei Jahren, oder wann war das? Jedenfalls hat sie mich erkannt, springt auf, stolpert aus der Meute der abgedrängten Demonstranten rüber zu mir und fragt mich, ob ich sie mitnehm. Versteht sich doch von selbst.«

»Und dann?«

»Wollte in Svolvik rausgelassen werden.«

»In Svolvik?«

»Warum nicht in Svolvik?«

»Nur so. Ich dachte, also, ich dachte, vielleicht kommt sie ja mal hier rüber, mich besuchen. Sag mal, Petter, wo du ja jetzt wieder zurück bist, kannst du nicht noch zwei Tage Urlaub dranhängen? Könntest gut mal bisschen was auf meinen Turm aufpassen? Ich muss mal rüber nach Svolvik.«

»Wenn der Prophet nicht zum Berg kommt, kommt der Berg zum Propheten. Oder wie? Ich hab keine Ahnung, ob deine Mutter sich da länger aufhalten wollte oder direkt durchstarten runter nach Trondheim oder wo.«

»Nicht wegen meiner Mutter. Ich muss mal nach dem Gunnar sehn und so. Was da zu machen ist.«

»Zwei Tage gleich?« Petter sah ihn von schräg unten an, die Augen schmal wie Schießscharten.

»Und deinen Pott, kannst du mir den leihen für die Zeit? Nicht dass die mein Boot da erkennen und sofort spitz kriegen, dass ich nicht hier an Ort und Stelle bin.«

Petter nickte. Und Finn trug ihm noch auf, Brik möglichst schonend seinen Kurztrip beizubringen; er solle ihr irgendwas verklickern von wegen wichtige dienstliche Verpflichtungen, am besten vielleicht 'ne Fortbildung, ja, die Küstenwache habe kurzfristig 'ne Fortbildung für zwei Tage anberaumt.

»Wieso eigentlich soll der olle Fischkopp deinen Turm hüten«, Marit war ihnen nachgestiefelt und hatte sie eingeholt, »ich bin doch auch noch da.«

Sie hatten den Leuchtturm erreicht und verfrachteten den Schotten wieder auf sein Krankenlager, wo er sich ächzend ins Kissen fallen ließ. Schließlich oben auf dem Dienstdeck angekommen, ging Finn als erstes zum Ofen, legte zwei Scheite nach und blies noch einmal kurz in die Glut, bis das Holz anfing zu zetern. Ein Blick durchs Fenster ins Morgenlicht. Er konnte den Leuchtturm abstellen. Er war sich hundertprozentig sicher, Petter würde ihn am Abend pünktlichst wieder anstellen. Finn raffte sein Ölzeug zusammen, rannte die Treppe wieder runter und stieg in die Stiefel. Dann stapfte er nach draußen und warf den Motor in Petters Fischkutter an.

Eine Windhose wirbelte die Gischt auf und warf sie hoch in die verklumpten Wolken, als sollte diese dort die Erinnerung an das tiefgraue Fjordwasser verankern, aus dem sie hervorgegangen war und in das sie wieder herabregnen würde.

»Dreht sich gebetsmühlenhaft im Kreis, windverzwirbelt, ohne zu wissen, zu welchem Ende«, dachte Finn, »merkwürdig, worüber man so alles nachdenkt, wenn man bloß im Boot sitzt und das Steuer festhalten muss. Aber über irgendwas muss man schließlich nachdenken.«

Der frühe Wärmeeinbruch Ende April kam Finn äußerst gelegen. Er wusste, jetzt war der Schnee auf dem Dach der Lagerhalle schön schwer, satt vollgesogen mit Schmelzwasser, selbst wenn er nachts wieder gefror. Finn machte den Fischkutter an irgendeinem Kai fest, legte einen Zwischenstopp an der Hamburgerbude ein und schlug sich den Bauch voll mit fetttriefendem remouladeüberquellendem Zeug. Noch einen Plastikkaffee hinterher und dann schnurstracks zu Gunnars Fährstation. Dort musste er noch eine Weile auf heißen Kohlen warten, bis die Fähre anlegte. Er warf Gunnar einen kurzen Blick zu, der verstand sofort, kramte eine Papprolle aus seinem Führerhäuschen und gab sie Finn, der sie wortlos entgegennahm und abschob. Ohne weitere Umwege direkt zu Hendriks Klitsche. Wenn er sich beeilte, ließ ihm der Tag noch genug Licht übrig, die Lage zu peilen.

Der Leuchtturmwärter tat möglichst zielstrebig und ging zackigen Schritts durch die Straßen, die ums Firmengelände von Baumaterialien Hendriks führten. Freitagabend war ohne Frage ein günstiger Zeitpunkt, alle waren schon auf dem Heimweg und hatte nur noch das Wochenende im Kopf. Weit und breit war kein Mensch zu sehen, bloß eine blöde Katze döste auf einem alten Ölfass in den letzten Sonnenstrahlen des Abends. Und die Bewegungsmelder waren mit Sicherheit auch noch außer Kraft, solange jedenfalls die Dämmerung nicht allzu weit fortgeschritten war. Er suchte sich eine abgelegene, verstaubte Einfahrt, deren Rolltor offenbar seit Wochen nicht mehr bewegt worden war, und zog die Lagepläne aus der Papprolle. Zusätzlich hatte Gunnar noch eine schriftliche Beschreibung abgefasst. Finn studierte die Papiere so lange, bis er die Pläne todsicher im Kopf hatte und die Beschreibung runterbeten konnte. Anschließend stopfte er die Papprolle mit allem drum und dran in einen Abfallcontainer; nur ein einziges dünnes Zettelchen behielt er, rollte es auf und friemelte es durch eine entsprechend Öffnung in seinen Hosensaum.

Er atmete noch mal tief durch, gab sich schließlich einen Ruck und legte los. An der Ecke des Bretterzauns war tatsächlich die Lücke, die Gunnar genannt hatte, und auch die kleine Klappe unter der Laderampe war, wo sie sein sollte.

Und wie sie sein sollte: unverschlossen. Finn huschte ins Gebäude, ließ im Kopf die Grundrisspläne abspulen und schlug sich a tempo zwischen Palettenstapeln, Hochregalen und Baumaschinen durch. Gunnars Beschreibung war genau zu entnehmen, wo sich die Zentrale der Alarmanlage befand, und mit der Emsigkeit eines akribischen Lehrherren hatte er ihm schon vor Wochen gezeigt, wie man welche Kabel lötete, um die entscheidenden Sensoren zu überbrücken. Finn zwirbelte den Miniaturschaltplan aus dem Saum und setzte Schraubendreher, Abisolierzange und Lötkolben an, als habe er nie etwas anderes gemacht. Ein Kinderspiel, funktionierte alles wie am Schnürchen. Gunnar, das musste man dem alten Knötterfritzen lassen, war schon ein Fuchs! War und blieb Finn ein Rätsel, wie der das alles ausgekundschaftet hatte. Und sich das Innenleben derart komplizierter Schaltkästen zu merken – ein echtes Phänomen! Finn kam für gewöhnlich schon ins Schleudern, wenn er vor der Schalttafel seines Leuchtturms stand, obwohl er damit Tag ein Tag aus umging.

»Aber Schluss jetzt, Finn alter Knabe, zackzack die Paletten mit dem Brückenzement gesucht und gefunden! Und schnell gucken, was sich da machen lässt. Und dann schon mal ins Dach geklettert, Position beziehn! Dann noch 'n Sicherheitsabstand aushalten, vorsichtshalber, bis es draußen richtig finster ist und auch hier in der Halle zwischen all den schlafenden Maschinen und Zementsäcken. Wenn ich bloß nicht derart kalte Finger hätt. Kann ja verdammt brenzlig werden. Wenn zum Beispiel einer die Flex hört. Oder wenn die Flex keiner hört und ich verbrenn mir die Finger, weil ich an die heiße Auftrennscheibe, oder wie das Ding heißt, packe und schrei vor Schreck und weck schlafende Geister, Hunde, Mäuse oder was. Oder wenn keiner

die Flex hört und ich verbrenn mir nicht die Finger und
nur der Kuhfuß fällt mir runter und löst irgendwie was
aus. Halb neun jetzt, los jetzt. Voran Finn, los, die kalten
Hände aus der Tasche und los! Pssst, schrei nicht so, alter
Knabe, du weckst ja alles auf, die Bagger, die Geister, die
schlafenden Hunde. Aber dass die Knie auch so 'n Affentheater – weich wie Schmierkäs. Los jetzt! Schluss mit
dem Gefackel – oder lieber doch nicht? – Bis jetzt ist doch
alles gut gegangen. Wenn nicht, hätte die Alarmanlage
längst gebrüllt. Hat der Gunnar doch gesagt: Wenn du
durch die Halle turnst und die Alarmanlage springt nicht
an, dann springt sie auch nicht an. Jedenfalls da, wo du
die Sensoren überbrückt hast. – Los jetzt! Bedenken, ihr
könnt mich alle mal kreuzweis!«

Und tatsächlich fand Finn den durch Hochregale abge-
trennten Bereich der Lagerhalle. »Das Chambre séparée
gewissermaßen«, grinste er sich zu. Auf Gunnars Angaben
war Verlass. Den letzten Fussel Dämmerlicht ausnutzend,
stieg Finn über die Hochregalleitern ins Dach und robbte
auf den Dachträgern vorwärts, bis er die Brückenzement-
paletten genau unter sich sah.

Finn hatte die Dachkonstruktion so genau vor Augen, dass
er jetzt trotz Dunkelheit ohne Schwierigkeiten zu Werke
gehen konnte. Mit den Fingern, den kalten, ertastete er
die Stelle, wo der Kuhfuß am Ansatz der Dachblechplatten
anzusetzen war, so dass sich die Gummidichtung Stück
für Stück heraushebeln ließ. Und als er mit den Fingern
noch mal über die Stelle fuhr, die er sich grade vorge-
knöpft hatte, bildete das Tauwasser wie erhofft bereits ein
Rinnsal. Noch sehr dünn, aber war ja auch nicht anders
zu erwarten. Denn die hereinbrechende Nacht ließ die

Temperaturen noch mal unter Null fallen, aber morgen, kaum dass die Sonne aufgegangen sein würde, dann würden sich hier wahre Sturzbäche über den Zementsäcken ergießen. Schon mal ganz nett. Aber um die Sache zur Vollendung zu bringen, reichte es nicht, ein bisschen an den Dichtungen der Dachbleche zu manipulieren. Am Einsatz der Flex führte kein Weg vorbei. Dazu musste er sich jedoch erst noch mal vergewissern, dass er nicht den Ast bearbeitete, auf dem er saß, und zum Zweiten musste er noch mal kontrollieren, ob er den Fluchtweg genau genug in Erinnerung hatte. Wenn jedenfalls die Flex erst mal losgelegt hatte, dann musste alles rasend schnell gehen. Bei dem Gekreisch, da würde kein Auge trocken bleiben, dann würden höchstens noch ein paar Minuten bleiben, bis der Werkschutz davon Wind gekriegt haben und hier aufkreuzen würde.

Nervosität kannte er eigentlich überhaupt nicht, aber diesmal hatte sie ihn volle Breitseite erwischt. Trotzdem gelang es ihm, sich einigermaßen zu konzentrieren. Das Stromkabel war überprüft, der Fluchtweg in Erinnerung gerufen, die Flex in Anschlag gebracht. Und dann gab er Zunder! Er ließ die Trennscheibe nur ganz kurz eindringen, um das Geheule in Grenzen zu halten. Lieber viele kleine Schnitte, hatte Gunnar gesagt, als einen kräftigen, wo das Jaulen der Maschine jeden stocktauben Schnarcher auf den Plan rufen würde. Finn also tat wie ihm geheißen und war trotzdem entsetzt, mit was für einer kreischenden Lautstärke die Flex zur Heulboje mutierte. Maximal zehnmal dürfe er ansetzen, hatte er sich ausgerechnet, und im Schein der stiebenden Funken konnte er leidlich erkennen, wo der nächste Schnitt anzusetzen war.

Aber es brauchte nur vier kleine Schlitze in der Dachtraverse, da wusste er, dass der Flexradau nicht länger sein Problem war! Noch während die Scheibe zum vierten Mal vor sich hin orgelte, erkannte er im Heiligenschein der Funken, dass der Träger nicht vorhatte, bis morgen zu warten. An der ersten Schnittstelle hatte er sich bereits mächtig abwärts gebogen. Der Schlitz unten klaffte schon um ein Vielfaches weiter, als die Stärke der Trennscheibe hergab. Finn fuhr der Schreck in die Glieder. Aber noch ehe er wirklich realisiert hatte, was sich da unmittelbar vor seinen Augen abspielte, bog sich die angekratzte Traverse unter der Tonnenlast der nassen Schneemassen immer weiter durch, bis sie schließlich mit einem fetten Knall auseinanderriss, einen Crash nach dem andern im Schlepptau! Finn ließ die noch röhrende Flex los, die denn auch umgehend den Weg in die Tiefe antrat. Sein Schrei hatte die Tonhöhe der heulenden Scheibe aufgenommen, ging aber im Orchester der einstürzenden Träger, aufreißenden Dachbleche, abrutschenden Schneepakete sang- und klanglos unter. Finn krallte sich mit aller Kraft an dem Stahlsparren fest, auf dem er hockte und der sich jetzt langsam, aber unaufhaltsam abwärts bog. Endlich, ging es Finn mit einem Anflug von schrägem Galgenhumor durch den Kopf, endlich warme Finger! Irgendwann jedoch verließen ihn die Kräfte, und er rutschte aus seiner heiklen Position allmählich abwärts, um endlich ganz abzustürzen und irgendwo in der Tiefe mit einem dumpfen Schlag zum Liegen zu kommen.

44

Sack und Asche, mein Fuß! Saukalt das Ding plötzlich. Wie in deinem pechschwarzen Museum zwischen all den schlafenden Bildern damals, weiße Tänzerin, Ewigkeiten her. Was muss der auf einmal wieder so kalt sein, der Fuß, war er doch seit Jahren nicht mehr!

Meinste, der ist jetzt schon zu Gange? Meinste, der kommt zurecht, der kommt allein zurecht? So ganz ohne Hilfe. Manchmal denk ich, also ich weiß nicht, ob wir ihm nicht vielleicht doch unter die Dings, unter die Arme greifen sollen. Wir beide zusammen, mein ich.Was meinste?

Jetzt ist er garantiert da. Wenn er sich nicht man sogar schon durchgeschlagen hat bis zum Zementlager. Also, komm, zier dich nicht so, so dreckig ist 'ne Lagerhalle für Bauzeugs nu auch wieder nich. Also los, komm her, ich falte dich ganz klein zusammen. Keine Angst, aber muss schon sein. Nicht dass ich dich verliere unterwegs oder dass du mir im Weg bist, wenn ich rennen muss. Weiß man nich, man weiß ja nie.

Jau, so ist gut, genau Eck auf Eck, und ab in die Manteltasche mit dir. Oder besser, nein, besser in die Hosentasche, dass ich dich in meine Faust nehmen kann und warm halten. Ich mein, du bist ja nix gewöhnt, was Temperaturen angeht. Kann der Golfstrom noch so viel Frühlingsluft hier anschleppen, kälter als in deinem Museum oder, ja gut, als in deinem Katalog ist es da draußen allemal. Und

wir wissen ja auch nicht, wie lang das dauert. Letzten
Dings, letzten Endes. Ich mein, ich bin ja nu nich mehr der
Jüngste und der Schnellste auch nich mit meinem einen,
meinem eiskalten Fuß. Und da in der Halle ist es unter
Garantie duster, duster wie im Arsch des Bären. So, jetzt
los jetzt.

_______45.

Er war mit dem Rücken auf die klatschnassen Zementsäcke geschlagen. Rasende Schmerzen! Aber immerhin:
Er lebte. Finns zweiter Gedanke war dann schon bei der
Flucht. Er probierte seine Gliedmaßen aus und begriff,
dass die Lage nicht aussichtslos war. Aber eins war klar,
das würde kein einfaches Unterfangen werden. Denn
sämtliche Alarmsirenen, die Baumaterialien Hendriks zu
bieten hatte, stimmten ein vielstimmiges, atonales Kon-
zert an, hinter dem sich noch die schrillste Avantgarde-
musik auf Industrieschrott hätte verstecken können. Und
in einiger Entfernung hörte er die ersten Martinshörner.
Er hatte nur eine Chance: das Riesentohuwabohu aus
Polizei, Werkschutz, Feuerwehr und dem aufgebrachten
Bürgermeister! Aber damit besagtes Tohuwabohu zu
entsprechender Reife gelangen konnte, musste er sich
ein Versteck suchen, weniger um dort seine Wunden zu
lecken, als um ein paar mit Sicherheit ewiglange Minuten totzuschlagen. Mit seinen angeschlagenen Knochen
und vor Schmerzen nach Luft japsend robbte Finn von
dem gastlichen Zementsackstapel und schleppte sich zum
Hochregal, wo er bei seiner Ankunft eben ein leeres Fach
gesehen hatte. Er quälte sich hinauf, um schließlich feststellen zu müssen, dass dieses Fach zwar durchaus hinreichend stabil und groß war, ihn zu beherbergen, dass es
aber durch die Verrenkungen, die das einstürzende Dach
dem Regal abnötigte, bis auf Augenhöhe gesunken war,
also alles andere als ein solides Versteck bot. Aber Finn
blieb nichts übrig, als damit vorlieb zu nehmen, denn das

gewünschte Chaos der Rettungskräfte kam soeben nach allen Regeln der Kunst in Gang.

Das Durcheinander der verschiedenen helfenden Hände, dienstbaren Geister, schadeneruierenden Experten, das er sich ausgemalt hatte, ließ nicht das Geringste zu wünschen übrig, und so gelang es ihm tatsächlich, sich aus seinem weltoffenen Versteck, in dem er jeden Augenblick hätte entdeckt werden können, hätte entdeckt werden müssen, davonzustehlen.

»Kacke, scheint gut gegangen zu sein. Weg jetzt! Über alle Berge. Runter vom Gelände. Kümmert ihr euch man schön um die Katastrophe, um den Ort des Schreckens! Untersucht gefälligst mit größter Akribie, ob das Dach womöglich nicht hinreichend für nordische Schneelasten ausgelegt war, ob der TÜV versagt hat oder ob womöglich die Ökoterroristen von der Baustelle des Alta-Staudamms inzwischen in Svolvik angekommen sind! Mich jedenfalls könnt ihr alle mal kreuzweise! Lach und heul mich kaputt – und raus hier. Ha, haha. Gunnar, wir haben's geschafft. Die werden den Tag noch verfluchen, als ihnen einfiel, dass man hier doch mal 1020 Meter Brücke übern Sund spannen könnte!«

Dann hörte er Schritte. Da kam jemand näher, verdammt, Finn wurde abwechselnd heiß und kalt. Unverkennbar, die kamen direkt auf ihn zu, die Schritte. Hatte ihn also doch jemand entdeckt. Er klemmte sich starr wie eine Salzsäule hinter einen Regalpfeiler.

Plötzlich krachte es. Ein Schuss.

»Hört sich irgendwie kümmerlich an«, dachte Finn, »hab immer gedacht, das knallt viel satter, sonorer irgendwie.« Und wie zur Bestätigung krachten jetzt unmittelbar in seiner Nähe zwei, drei Schüsse. Und die klangen wahrhaftig sonor genug. Eine der Kugeln fitschte irgendwo verdammt nahbei kreuz und quer durch eine der Regalstraßen. Ping und zitsch, wie im Western! Finn ging unwillkürlich noch mehr in Deckung. So was gab's also wirklich. Und so fühlte sich das also an, wenn's einem so richtig, so tatsächlich, ohne jeden Zelluloidstreifen dazwischen ans Fell gehen sollte.

Finn sah jetzt in einiger Entfernung eine Gestalt, zu der allerdings die Schritte von oben nicht gehören konnten. Viel zu weit weg. Aber der erste Schuss, dieser dünne, war genau aus der Richtung gekommen. Dieser Schatten da drüben hatte geschossen, keine Frage. Und genau dieser schwachbrüstige Schuss war seine Rettung, was Finn erst ganz allmählich kapierte. Die Schritte, die ihm so verdammt nah gekommen waren, drehten jetzt ab, liefen, offenbar ständig Deckung suchend, im Zickzack dorthin, wo der Schütze inzwischen zu vermuten war. Die Halle wurde von außen mit irgendwelchen herangekarrten Scheinwerfern angestrahlt und in ein seltsames Halbdunkel getaucht, da das Licht nur durch die paar wenigen verstaubten Fenster einsickerte. Nur wenn das Duo durch einen dieser rar gesäten Lichtschimmer rannte, konnte Finn die Männer als Schattenriss erkennen. Trotzdem hatte er das Gefühl, er kenne die beiden. Gunnar, war das nicht Gunnar, der vorneweg huschte – obwohl Gunnar, der mit 'nem Revolver im Anschlag? So gut wie ausgeschlossen. Und der da, der hinter ihm her hechtete, das könnte verdammt gut Strøm sein. Oder? Jedenfalls verlangsamte der jetzt seinen Schritt und blieb schließlich ganz stehen. Merkwürdig ungedeckt, genau da, wo eigentlich überhaupt keine Regale, Stapel, Paletten Schutz boten. Was aber Gunnar, wenn es denn Gunnar war, unternommen hatte, um diesen Strøm – oder doch nicht, war doch nicht Strøm, oder? – um seinen Verfolger hier zum Stoppen zu bringen, das konnte Finn nicht erkennen. Denn schon knallten wieder zwei Schüsse durch die Halle, und Finn duckte den Kopf unwillkürlich untern Arm.

46

»Ich hab jetzt genug zusammen«, verkündete Strøm mit stolzgeschwellter Brust. »Was diese unglaublichen Sabotageaktionen an der Küstenbefeuerung angeht, die ja nicht grade wenige Seeleute das Leben gekostet haben, da gibt's weiß Gott mehr als nur ein paar Indizien! Ich hab ja, wie du weißt, höchstpersönlich die Steine zusammengesucht, mit denen dein Göttergatte seine Leuchtbaken bombardiert hat. Und 'ne ganze Menge von den Steinen, die ich direkt aus den demolierten Laternen geangelt hab, haben Gletscherschrammen in exakt dem gleichen Winkel zur Quarzader wie das Gestein von dem Fels vorne auf euerm Stjernholman. Da hab ich meinen Kumpel aus Tromsø drangesetzt, der ist Geologe, und der sieht das genauso: Die Steine sind definitiv von Finns Leuchtturminsel.«

»Wer sagt denn, dass Finn die Steine geschmissen hat und nicht irgendwelche Kids oder die Ökoidioten?«

»Das werden wohl seine Fingerabdrücke sagen, auch da gibt's überhaupt keinen Zweifel. Und wenn die Küstenwache weiter so pennt, hol ich mir eben Schützenhilfe bei der Kripo, dass die die Fingerabdrücke auf seinem Kaffeebecher kriminaltechnisch abgleichen lassen mit denen auf dem Wurfstein. Und ich garantiere dir: hundertprozentige Übereinstimmung!«

»Interessiert mich alles nicht.«

»Mein Gott, Brik, wenn ich's dir doch sage! Mit dem Zementlager bei Hendriks, das geht auch auf Finns Konto. Und die kriegen den, da kannst du Gift drauf nehmen. Und dann im entscheidenden Augenblick knall ich denen die Beweise in Sachen Leuchtfeuer auf den Tisch! Schneller als du gucken kannst, ist Finn weg vom Fenster. Du bist den Quälgeist los, und wir haben freie Bahn. Endlich ...«

»Interessiert mich nicht.«

»Wie bitte was? Was war'n das dann mit uns?«

»Hab ich dir doch direkt gesagt, du überschätzt das. Heh Mann, lass mich einfach in Ruhe.«

»Ich soll dich in Ruhe lassen?!«

»Bloß weil ich ein-, zweimal mit dir in der Kiste war, musste dir noch lang nicht einbilden, ich wär jetzt in ewiger Liebe entbrannt.«

»Und all diese kitzelnd gesäuselten, diese honigsüßen ...«

»Mann, hast du 'ne Ahnung, was die Einsamkeit hier oben mit einem macht, und dann kommt plötzlich so 'n Stück Frischfleisch daher und ...«

»So 'n Stück was?«

»... und sieht auch noch einigermaßen gut aus. Ist doch klar, dass man da ...«

»Nicht mit mir!« Strøm sprang auf, griff in die Beine des Tisches, auf den Brik sich gepflanzt hatte, riss den ganzen Tisch mit Wucht hoch und schleuderte Brik rücklings auf den Boden des Hotelzimmers. »Kein Bock auf das Rumgezicke!«

»Mir alles scheißegal«, Brik holte trotz ihrer wenig komfortablen Lage zu einer regelrechten Predigt aus, »das Einzige, was mich interessiert: Ich muss weg hier. So sicher wie's Amen in der Kirche. Das ist kein Leben hier, heh, und kein Sterben auch nicht. Ist ja alles nur noch trostlos. Die kalte Welt hier oben ist ja eh schon kaum zu ertragen, Mann, aber wenn man dann auch noch zusehn muss, wie alles zusammenklappt! Das hält kein Mensch aus, wo hier alles am Untergehn ist. Nix wie weg hier!«

»Ja, und zwar mit mir!« Strøm war es, als könne er mit diesem Strohhalm wieder am Oberwasser nippen.

»Scheißegal, Hauptsache weg!«

»Eben nicht, ich bin eben nicht scheißegal!« Strøms Oberwasser versickerte augenblicks. »Ich reiß mir hier 'n Bein aus, um deinem Knilch das Handwerk zu legen, verfolge ihn wochen- und monatelang durch die zerfranste Schärenwelt hier, geb diesem aufgescheuchten Fährmanntrottel noch den Tipp, sich doch in seiner Not mal an deinen Finn zu wenden, ob dem nicht was einfällt, und grad eben die Attacke auf Hendriks Lagerhalle, da bin ich als Allererster zur Stelle, kann Alarm schlagen, bevor's überhaupt richtig los geht, – und du ...?!«

Mit wutrot angelaufenem Gesicht drückte Strøm ihr die Tischkante auf den Hals.

»Okay, feste, mach fest, so komm ich auch weg von hier«, röchelte Brik.

Strøm war dermaßen in Rage, dass er sich das nicht zweimal sagen ließ, während Brik allmählich begriff, dass ihr tatsächlich die Luft ausging. Sie fuhrwerkte panisch mit den Händen auf dem Teppich herum, bis sie plötzlich einen von diesen Wurfsteinen aus Strøms Sammlung zu fassen kriegte, die professionell einzeln in Plastikbeutel verpackt auf dem Boden aufgestapelt waren.

—————47.

Erst dieser halb verschluckte Schrei, der plötzlich durch Hendriks Materialdepot hallte, setzte der Schießerei ein Ende. Die Schusskaskaden und ihr Echo in der regalverwinkelten Lagerhalle ließen Finn allerdings keine Chance, rauszuhören, von wem der Schrei stammte. Er hatte jetzt ohnehin verdammt keine Zeit für Rätselspielchen.

Finn nahm die Beine unter die Arme und türmte durch genau die Gänge und Flure, die er eben auf dem Hinweg zu seiner Wirkungsstätte genommen hatte.

Er schlich sich vom Gelände der Baustoffhandlung, taperte wie im Tran durch die Straßen Svolviks und landete schließlich im Nachthospiz der Heilsarmee. Wo er mit größter Leidensmiene den düpierten Ehemann mimte und steif und fest behauptete, seine Frau habe ihn ausgesperrt und sei offenbar um nichts in der Welt dazu zu bewegen, ihn wieder in die Wohnung, geschweige denn ins Schlafzimmer zu lassen. Ganz im Gegenteil, sie habe ihm, als er noch auf der Treppe versucht habe, auf sie einzureden wie auf einen kranken Gaul, das ganze Treppenhausregal entgegengeschoben, das dann unter wüstem Getöse etliche Stufen abwärts gepoltert, trefflich in Fahrt gekommen und schließlich über ihm zusammengeschlagen sei, woraus sich seine Blessuren und seine bucklichte Gangart erklärten. Mitleidsvoll widmete sich die diensthabende Heilsarmee-Offizierin seinen Wunden mit Balsam und elastischen Binden und bot ihm tatsächlich ein Einzelzimmer an, eine ausnehmend hohe Ehre, die der arg gebeutelte Leuchtturmwärter mit Kratzfüßen, Dienern und frommen Lobpreisungen zu würdigen wusste. Kurz streifte ihn noch der Gedanke, ob er die brave Heilsarmeetante vielleicht von ihrer zweiten Natur als Soldatendirne überzeugen sollte, aber dann tauchten plötzlich Briks Brüste in Großeinstellung auf seiner inneren Leinwand auf.

Am nächsten Morgen dann in unchristlicher Frühe, noch bevor selbst gewissenhafteste Heilsarmeesoldaten ihr Morgengebet gesprochen hatten, verließ Finn die gastliche Stätte unter Hinterlegung von ganzen fünf norwegischen Kronen und ging Richtung Südosten aus der Stadt. Dorthin, wo die Morgensonne jeden Augenblick über die Gipfelkette im Hinterland von Brunöya klettern musste. Er marschierte hoch auf den Fjell, so lange, bis er das Städtchen, das da unten schläfrig an seinem Sund lag, nicht mehr sehen konnte. Während er sich dort oben den ganzen Tag über versteckte, weil er erst abends im Schutz der Dunkelheit zurück nach Stjernholman fahren wollte, schlug er sich mit der Frage rum, ob die Frau mit diesem Leuchtturm-Zukunfts-Graffiti tatsächlich seine Mutter sein könnte. Und wie er sie gegebenenfalls aus der U-Haft würde befreien können, in der sie jetzt da unten in Svolvik sitzen musste. Gesetzt den Fall, dass Gunnar das alles richtig mitbekommen hatte. Finn exerzierte die wildesten und raffiniertesten Planspiele durch, aber es fiel ihm partout keine Möglichkeit ein, die das Risiko in einigermaßen überschaubaren Dimensionen halten würde. Immerhin hätte er sich dafür in die Höhle des Löwen begeben und noch eine Straftat oben drauf setzen müssen. Trotzdem, jedes Mal, wenn sich seine Vernunft meldete und ihn beschwor, dass er die Finger davon lassen solle,

weil das alles weder Hand noch Fuß hatte, dann musste
er die hartnäckigsten Attacken seines schlechten Gewis-
sens niederkämpfen, denn schließlich hatte sich die Frau,
ob es nun seine Mutter war oder nicht, für ihn ins Zeug
geworfen.

Irgendwann neigte sich der Tag denn doch seinem Ende
zu. Finn ging runter nach Svolvik und steuerte den Hafen
an. Die Hamburgerbude hatte schon geschlossen, ein paar
verlorene Gestalten strichen sich das Regenwasser aus
dem Gesicht. So selbstverständlich wie irgend möglich,
stiefelte Finn rüber zu Petters Fischerboot und kutterte
raus aufs Meer.

48

Brik hatte den ersten Patientenpulk ins Wartezimmer manövriert, dem Doc die zugehörigen Akten rausgelegt und wartete darauf, dass es dem Herrn genehm sein möge, seine Schützlinge nacheinander dran zu nehmen. Sie war froh, einstweilen niemanden um sich rum zu haben und warf schnell einen verstohlenen Blick in die Zeitung.

»Terroranschlag in Svolvik«

Brik riss die Augen auf und zog die Zeitung näher zu sich ran. Die Titelseite war voller Fotos von einer eingestürzten Lagerhalle bei Hendriks! Genau in der Mitte die Nahaufnahme eines mit einer Flex angesägten Dachträgers, wie die Bildunterschrift verriet. Das Werk übler Terroristen, da waren sich Reporter und Kommentatoren einig, womöglich mit politischem Hintergrund. Offenbar der Chefkommentator, »skandalgeiler Provinzkleckser«, wie Brik befand, war zunächst sogar auf die Idee verfallen, es könnten sich kriminelle Elemente aus der radikalen Hausbesetzerszene aus Kopenhagen oder womöglich Hamburg, Westberlin, Zürich, woher auch immer, hier oben in den hohen Norden verirrt haben. Die Kripo hatte es in einer ersten, zugegebenermaßen vorläufigen Stellungnahme auf den Nenner »Internationalismus ultralinker Saboteure« gebracht. Allerdings mussten diese steilen Thesen revidiert werden, nachdem man den Toten identifiziert hatte, der nach dem Einsturz des Hallendachs von der herbeieilenden Polizei »auf frischer Tat ertappt und auf der Flucht erschossen« wurde: der Fährmann Gunnar Sømme.

»Heh, alter Junge, das 'n Dingen! Hätt' ich nicht gedacht, Mann. Ich denke: Finn! Der Strøm hat doch gesagt: Finn.«

Der Fährmann, seines Zeichens Kommunist, habe sich, stand in einer der Reportagen zu lesen, offensichtlich nicht damit abfinden wollen, dass seine alte Fähre in Kürze ersetzt würde durch die doch für alle so segensreiche Sundbrücke. Ein Umstand im Übrigen, um dessentwegen Sømme sich bereits diverse Auseinandersetzungen mit dem Bürgermeister geliefert habe. Und so passe es perfekt ins Bild, dass er bei dem Zement, der für genau diesen Brückenbau in der Hendriksschen Halle eingelagert war, dass er bei diesem Zement durch den Einsturz des Daches für einen beträchtlichen Schaden gesorgt habe.

»Mann, hast dir kein' andern Rat mehr gewusst, was? Arme Socke. Klaro, wüsst ja keiner mehr ein noch aus, in so 'ner üblen Situation. Wie denn auch? Keine Aussicht, dass sich das noch mal zum Bessern wendet, und ich weiß nicht, der wievielte Rückschlag das war, den du hättest wegstecken müssen. Schon wieder wär dir 'ne Welt unterm Hintern zusammengebrochen, schon wieder hättste zusehn können, wie dir 'n Halt flöten geht. Logisch, dass du da hysterisch um dich schlägst. Kein Wunder, Mann. Bloß schade, dass es ausgerechnet dich erwischt. Warst schließlich einer von den ganz wenigen, mit denen man hier oben was anfangen konnte. Ausstaffiert sogar mit 'nem Kunstverstand oder so was ähnlichem. Und du warst der Einzige weit und breit, der sich auch mal paar

Gedanken drüber gemacht hat, was so das und dies auch für jemand andern bedeutet als nur für einen selbst. Warst wirklich in der Lage, die andern irgendwie mitzubedenken. Was, wie gesagt, eine seltene Gabe hier oben überm Polarkreis ist. Verdammte Scheiße, da geht uns richtig 'ne Dimension verloren mit dir. Kapiert man wie immer erst, wenn's plötzlich wegbricht. Keiner hat dich wirklich ernst genommen in deinem Dilemma, ich nicht und der Finn, an den du zuletzt dein altes Herz gehängt hast, der sowieso schon mal überhaupt nicht.«

Rätselhafterweise habe Sømme einen verknitterten Ausriss aus einem Ausstellungskatalog in der Jackentasche gehabt, worauf ein Beckmann-Gemälde mit dem Titel ›Fastnacht‹ zu sehen sei, eine Tänzerin und ein Harlekin … – Zum Weiterlesen, geschweige denn Umblättern kam Brik nicht mehr.

»Sagen Sie mal«, dröhnte der Chef über Briks Schulter, »gedenken Sie heute eigentlich noch was andres zu tun, als Zeitung zu lesen?«

Und so entging ihr auf der zweiten Seite des Lokalteils die Meldung über das unnatürliche Ableben eines gewissen Kjell Strøm.

49

Rømmegrøt, das war nun eindeutig Petters Spezialgebiet.
Und dafür brauchte er absolute Ruhe. Er hatte also die
Leuchtturmlaterne angeschmissen, hatte überprüft, ob
sämtliche anderen Leuchtfeuer am Start waren, und Marit vor das Funkgerät gesetzt.

»Nur für 'n Augenblick, nur solang, bis ich hier unten
in der Winzküche von diesem Leuchtturm meine Rahm-
grütze fertig hab«, hatte er ihr zu verstehen gegeben. Immerhin die älteste warme Speise in Norwegen, da musste
man sich schon drauf konzentrieren. Wie Weihnachten
'43, als sie in Kirkenes lagen, als ihn Krüger, der deutsche
Koch, ausnahmsweise mal rangelassen hatte an die Pötte.
Das Postschiff der Hurtigrute hatte eine 10-Liter-Kanne
Seterrømme mitgebracht, wunderbar dicke, saure, fette
Sahne, 35%. Eine echte Kostbarkeit da oben und vor
allem zu Kriegszeiten! Den Deutschen liefen die Augen
über, auch wenn sie wohl mit süßer Sahne gerechnet hatten und sich kaum vorstellen konnten, dass man aus zehn
Liter Säuernis eine süße Köstlichkeit zaubern konnte.
Aus irgendeinem Grund jedenfalls, vielleicht bloß weil er
seinen guten Tag hatte und Heiligabend war, ließ Krüger ihn machen. Klar, das waren natürlich Mengen, die
überstiegen auch Petters Vorstellungsvermögen. Zehn
Liter Rømme, damit konnte man die ganze Kompanie
beglücken. Nach seiner weihnachtlichen Rømmegrøt jedenfalls hatte er bei sämtlichen Soldaten der Kompanie
einen Stein im Brett, und die Kunde von seinen Nach-

tisch-Kochkünsten verbreitete sich in Windeseile in den Lapplanddivisionen.

Jetzt hatte er es zwar bloß mit einem ¾-Liter zu tun, aber auch die wollten mit größter Sorgfalt langsam geköchelt werden. Zehn Minuten bloß, aber unter ständiger Beobachtung. Denn sobald sich die erste Butter absetzte, musste man zur Stelle sein, musste sie abheben und in den separaten Soßenpott löffeln. Dann noch mal jede Menge Geduld und Spucke. Und dann musste wieder alles ganz schnell und auf den Punkt genau gehen.

Petter nahm den Pott mit dem gelben Grützebrei vom Herd, stellte ihn, heiß wie er war, aufs Tablett, wo nebst Nachtischschälchen, Zucker, Zimt und einem kleinen Teller mit ein paar zusätzlichen Butterflocken bereits die Sauciere mit der Sahnebutter Platz gefunden hatte. Er schnappte sich das Tablett und schaukelte es unter höchster Anspannung die enge Treppe hinauf zum Dienstdeck.

Eigentlich, beim Lichte kühler Vernunft betrachtet, gab es überhaupt keinen Anlass für ein solches Festessen, es war weder Weihnachten noch Sommersonnwende noch galt es, irgendeiner Wöchnerin einen Besuch abzustatten. Petter wusste auch nicht, aber er war plötzlich auf die Idee gekommen, Marit und sich was Gutes zu tun. Und sollte dabei für die andern auch noch was abfallen, dann bitte sehr! Als er aber mit seiner brisanten Last oben ankam, hätte er fast das Tablett fallen gelassen. Denn der kleine Tisch war fürstlich gedeckt, zwei leuchtende Kerzen strahlten ihn an und in der Mitte des Tischs stand eine Platte mit gepökeltem Schweine- und geräuchertem Rentierfleisch, daneben Apfelkompott und eine Karaffe mit

Wasser und rotem Sirup. Wahrhaftig ein Festessen, das die beiden Alten nach Art stiller Genießer verschlangen.

Als dann aber Marits Finger auf Reisen gingen, unter dem schmalen Tisch wie eine Krabbe langsam, aber stetig seine Oberschenkel raufkrochen und seinem Gemächte auf den Leib rückten, um es durch den Stoff hindurch gekonnt zu umschmeicheln, als Marit mit der anderen Hand eine ihrer Brüste rausholte und auffordernd in die warme Sahnegrütze tauchte, als es Petter ganz anders werden wollte und ihm der Atem stockte, fiel sein Blick plötzlich auf Finns Schaltanlage.

»Nein, geht nicht«, hauchte er verzweifelt, »kann ich nicht machen, hab ich dem Finn versprochen, dass ich auf seine Sachen hier aufpasse wie 'n Luchs.«

»Himmel noch mal, da sind wir grade dabei, dem Fortschritt 'n schönes Karnevalsfest auszurichten, wo's über Tisch und Bänke geht, die Sahne nur so spritzt, ...«

»Klar.«

»... und du denkst bloß ans Erfüllen von was für 'ner Pflicht auch immer, Miesepeter alter!«

»Bin 'n Spielverderber, ich weiß. Aber ist so. Und jetzt Ruhe jetzt.«

Marit war bedient. Sie wischte ihre Brust ab und packte sie wieder ein, griff zur Tischkante und hob sie mit der Schnelligkeit einer Katze kurz an. Worauf die ganzen Restbestände des abgefrühstückten Rømmegrøt-Mahls inklusive rotem Sirup, brennender Kerzen und Sahnebutter Richtung Petter rutschten. Der ertrug die Bescherung schweigend, stand langsam auf, ließ die auf seinem Schoß zwischengelandeten Fragmente des Festessens zu Boden gehen, wischte sich notdürftig die Klamotten ab und setzte sich an Finns Arbeitsplatte, um von nun an unverwandt die braune Stoffbespannung auf dem Lautsprecher des Funkgeräts anzustarren. Marit kümmerte sich auch weiters nicht um das Schlachtfeld zu Füßen des Tischs. Sie rückte ihren Stuhl rum, streckte die Beine aus und bohrte ihre Blicke durch die warme, rømmegrøtdampfgeschwängerte Luft in Petters Rücken. Gleichzeitig nahm sie ihre Pfeife in Angriff, stopfte sie und paffte sie an, ohne ihren Blick zu lockern. Wie's aussah, hatte sie noch lange nicht abgeschlossen mit der Abfuhr, die Petter ihr erteilt hatte.

Es mochte eine halbe Stunde ins Land gegangen sein, da nahm sie einen erneuten Anlauf. Mit halb schmeichelnder, halb beschwörender Stimme. »'n Fest mit Tod und Teufel und allem drum und dran! Dass er 'n Spaß hat, der Fortschritt, der hinterhältigste von allen Deibeln. Dass er besänftigt wird und nicht immer weiter frisst und derber und derber zuschlägt. Kannste mir glauben, die olle Marit weiß, wie man mit Teufeln, Geistern, Trollen umgeht. Die muss man feiern, wie sie fallen, damit ...«

»Maul halten. Ich muss mich konzentrieren«, sagte Petter noch, allerdings bereits mit schwammigen Augendeckeln. Und schließlich sank seine Stirn ganz langsam auf die Arbeitsplatte vor den Funkgerätschaften, die Arme baumelten kraftlos rechts und links neben dem Stuhl. Während sein selbstvergessenes, leises Schnarchen durch den Raum röchelte, schwieg das Funkgerät wie ein Grab.

Marit betrachtete jetzt ebenfalls schweigend die Tafel mit den Kontrolllichtern der automatischen Leuchtfeuer. Schließlich trommelte sie die Pfeife gegen die Armlehne ihres Stuhls und betrachtete mit sichtlichem Wohlgefallen wie die verkohlten Tabaksreste auf ihren Rock taumelten. Mit ihrem angeschwärzten Zeigefinger fegte sie die Asche- und Tabakfussel in die Mitte des Rocks und überspannte diesen, indem sie ruckartig die Beine auseinanderschnellen ließ. Mit dem Erfolg, dass die Brösel in die Luft geschleudert wurden, wieder runterpurzelten, um sofort wieder hochgewirbelt zu werden. Ein eigenartig taumelnder Tanz, vervielfältigt durch die unterschiedliche Fallgeschwindigkeit der großen und kleinen, der unverbrannten und eingeäscherten Flocken und begleitet von Marits leisen Kicherakkorden.

»Man muss die Teufel fällen, wie sie feiern, in drei Gottes Namen! Gib dem Fortschritt Zucker und Zunder, und er lacht und tobt sich aus. Und du hast es fürs Erste hinter dir. Und kannst getrost über die Sundbrücke fahren, deinen Leuchtturm an 'en Computer abtreten, die Fische von Staubsaugern aus'm Wasser holen lassen. Und hast gemütliche zehn Jährchen Zeit, aber dann, dann kommt so sicher wie's Amen in 'ner Steinzeithöhle der nächste Anfall vom Herrn Fortschritt.«

Nach einiger Zeit aber schien sie das Geflirre der Tabakkrümel zu ermüden, fegte sie mit der Hand achtlos auf den Boden und betrachtete Petter in seinem seltsam saft- und kraftlosen Schlaf.

»He, du ollen Petter-Penner, ich geb dir die Weisheit mit Löffeln zu fressen, und du?! Na ja, du bist bloß ein müder

Krieger, aber Mister Fortschritt, der ist nämlich treudoof, kapiert nicht, dass er sich dranhalten kann, wie er will, und trotzdem immer bloß sich selbst überholt. Man muss sein Spiel nur geschickt mitspielen, muss ihn ausspielen. Und nach ihm die Sintflut kannste getrost auslachen, weil die Menschen essen trotz allem immer noch mit Messer und Gabel. Furzen, pflanzen sich fort, krepieren. Bierruhig, seit Menschengedenken. Und das Leuchtturmfeuer wartet geduldig die Winterwochen und -monate durch, dass die Feuer von der Mitternachtssonne wiederkehren, weil die verlässt als letzte mit den Ratten den sinkenden Turm und saugt genüsslich sein letztes Feuer auf. Und wenn du auf der Hut bist, kannste an den Rändern, am Ufer der Sintflut kannste für dich selbst noch 'n bisschen Spaß abfischen, mit rasendem Vergnügen noch paar Veitstänze aufführen. Du musst bloß was draus machen.«

Plötzlich durchfuhr sie ein Blitz! Marits Gesicht hellte sich auf und sie grinste die Armaturen der Leuchtturmschaltzentrale an.

_______50.

Petters Kutter turnte mit Vollgas durch die schwere See, die der regensatte Frühlingswind aufgewühlt hatte.

»Manchmal wünsch ich mir, ich könnt den Mond mit meiner schweißklatschnassen Hand zerquetschen! Aber glitscht mir immer weg, das Ding, läuft einfach weiter, als wär nichts gewesen. Einfach weiter. Bloß gut, dass er sich heute nicht blicken lässt«, hörte Finn sich sagen, »schwarze Kacke. Sturm ist ja schön und gut, aber der?! Ein echter Rüpel, schmeißt mit Windbeuteln nur so um sich, bis sie platzen und wie Streubomben ihre Windeier durch die Gegend schießen. Klatschnass alles; ich hab die Schnauze voll!«

Finn neigte eigentlich nicht zu Selbstgesprächen, aber jetzt – irgendwie war's beruhigend jetzt, die eigne Stimme murmeln zu hören, auch wenn die gegen den Sturm nicht wirklich ankam.

»Bloß nicht schlappmachen, Kerl, 'nen Zwischenstopp kannst du dir nicht leisten, die sind hinter dir her, verdorri noch mal. – Moment mal«, Finn beugte sich, so weit es ging, ohne das Steuer loszulassen, nach vorne, »da war doch vor zwei Sekunden noch eins, verdammt noch mal. Die Leuchtbaken, die gehn alle der Reihe nach aus! Eine nach der andern. Jetzt, da, kein einziges Leuchtfeuer mehr, weit und breit. Wo sind die hin? Wo man hinguckt nur pechschwarze Krähenkacke.«

Der Regen drohte den Fjord zu verschlucken.

_____51.

»Svolvik, hier Küstenwache Svolvik. Station Stjernholman bitte kommen!«

Die Alte beugte sich, eine komplizierte Figur beschreibend, über den immer vernehmlicher schnarchenden Petter hinweg auf Finns Arbeitstisch und starrte anbetungsvoll das Funkgerät an. Endlich hatte sie den Volume-Regler der Lautsprecherbox ausfindig gemacht und drehte ihn auf Null. Als Ersatz stülpte sie sich den lispelnden Kopfhörer über und ließ die Zähne auf dem Mundstück ihrer kalten Pfeife knirschen.

»Station Stjernholman bitte kommen! Etliche Leuchtfeuer ausgefallen! Werenskiold, hörst du? Stjernholman, Probleme? Sämtliche Automaten und sogar dein eignes Leuchtturmfeuer, alles schwarz. Station Stjernholman! Stjernholman! Svolvik Küstenwache hier.«

Im Ofen krachte und zischte ein Holzstück, während das Feuer sich die Flammen danach leckte. Marit lachte krächzend.

»Stjernholman, hörst du, Werenskiold? Was nicht in Ordnung, Probleme? Bitte melden! Alarm!!«

Marit musste grinsen, nahm sich aber zusammen, legte den entsprechenden Schalter auf »Sendung« und rasselte ein doppeltes »Katastrophe!« ins Mikro. »Als hätt' der Satan selbst die Finger im Spiel.«

»Was? Nicht verstanden. Satan? Was für ein Satan?«

»Katastrophe.«

»Verstanden. Küstenwache Svolvik, haben verstanden. Hilfestellung unmöglich. Alle Leute abgestellt für Bergungsarbeiten hier im Hafen. Lagerhalle bei Hendriks eingestürzt. Stjernholman, ab sofort gilt der Katastrophenplan, Notaggregat einsetzen. Wir haben schon den ersten SOS-Ruf. Von einem Küstenfischer aus eurer Ecke. Station Stjernholman, bitte kommen.«

Die letzten beiden Sätze brüllten Marit dermaßen ins Ohr, dass ihr der Schreck in die Glieder fuhr und sie die andächtig gefalteten Lider entsetzt aufriss. Erst sah sie die Finger des Schotten am Lautstärkeregler ihres Kopfhörers und dann sein versteinertes Gesicht.

»You got it, Ma'am?«

»Aiiih! Der Eierdieb«, kreischte sie, »was drehst du das olle Funkgesumse so laut? Satan ohne Hörner, erst pennt er tagelang, wochenlang, lässt sich einen Tee nach dem andern einflößen und den Arsch nachtragen und dann auf einmal ...«

Ein Radau zum Tote aufwecken! Petter jedenfalls verschluckte seinen letzten Schnarcher, blinzelte ins dämmrige Licht und begriff ganz allmählich, was Sache war.

»Scheiße. Hab ich geknackt, ich Idiot. – Scheiße, Frauenzimmer, hast ja alle, hast ja sämtliche Schalter und alles ... bist du denn von allen guten Geistern verlassen!«

»Nix: ich! Der Satan!«

Petter versuchte Marit von der Leuchtfeuer-Schalttafel
wegzudrängen, aber sie wehrte sich nach Kräften und hieb
ihm mit voller Wucht den Pfeifenkopf auf die Finger.

»Tu deine verdammten Hühnerklauen von meinem
Schaltpult! Petter, du wirst mir nicht dazwischenfunken,
du wirst dich hüten, alter Wallach.«

Das Einzige, was dem Fischer gelang, war, an seiner Frau
vorbei der Lautsprecherbox wieder Leben einzuhauchen.

»Rather a splendid party«, raunte der Schotte, ohne freilich
das hysterische Handgemenge zu übertönen.

»Und du auch nicht, ollen Deibel, die Partie versaust du
mir nicht. Meine Seele kannste haben, mit Kusshand, aber
nicht die Schalter hier!«

»No madam, sure madam.«

Der Schotte packte Petter am Kragen und stieß ihn so derb
zur Seite, dass er zwischen Arbeitsplatte und Ofen zu Boden ging. Sofort war der Schotte über ihm und presste ihm
das Knie unter die Rippen. Petter bekam vor Schmerzen
keine Luft mehr und ließ den Schotten willenlos gewähren.
Der drückte ihm jetzt zusätzlich eine Hand auf die Gurgel,
förderte mit der andern in ein Paar klirrende Handschellen aus der Brusttasche Petters Arme am Kabelkanal und
schnallte fest, der der Stromversorgung des Leuchtturm-
scheinwerfers diente. Petter wusste genau, was passieren
würde, wenn er daran reißen würde, um sich zu befreien.

»Handschellen? Der?« Marit wunderte sich noch, aber das Gebrüll Petters ließ ihr keine Zeit zum Nachdenken.

»Verdammt noch eins«, schrie Petter, »der Finn irrt da draußen durch die pechschwarze Nacht! Blödsinnsweib, die Schalter hoch jetzt!«

»Im Wirbelwind das Lichtspiel vom Wellenspiel unterm kreisweißen Mond, wo der schwarze Himmel Steine schmeißt und sämtliche Sterne ins schwarze Wasser fallen lässt.«

»Eben nicht, scheint heut eben nicht mal'n Mond nicht!«

»Das Lichtspiel, das tanzt, haha, tanzt mit den Ringen, die die Steine dem Wasser abringen, tanzt den Totentanz, den Zaubertanz, lacht auf, schlägt Purzelbäume, Saltos, Pirouetten, albert lichtwindgeschwind rum und singt mit glockenhellen Stimmen und singt und singt und sinkt zum Grund.«

»Marit!«

»Stjernholman, bitte kommen. Station Stjernholman«, meldete sich das Funkgerät wieder und der Stoffbezug des Lautsprechers vibrierte wie bei einer ausgewachsenen Hardrock-Truppe, »hast du den Notruf des Offshores aufgeschnappt, Werenskiold? Muss ein Tanker von der Plattform vor Hårstad sein. Stjernholman, dringend kommen! Den Notruf des Offshore-Tankers aus Hårstad verstanden? Stjernholman, bitte kommen.«
»Haste nich gehört?! Die Schalter hoch, verdammt! Bringst ja Tod und Teufel in Seenot alle! Da geht's um Erdöl. Massenhaft pechschwarzes Erdöl.«

»Sag dem Teufel mal lieber, soll sich wieder in sein Krankenbett verziehn.« Und damit warf die Alte sich mit dem ganzen Oberkörper übers Schaltpult, krakte wie ein aus der Haut gefahrener Nachtmahr mit den Armen durch die Luft, griff mit beiden Händen ins Volle und riss wild am Kabelgewürm. Sie zog und zerrte und bäumte sich auf, bis schließlich der Leuchtturm taghell erleuchtet war, um noch in derselben Sekunde zurückzusinken in die gleiche unerbittliche Finsternis wie die Schären und Holme, die draußen im Morast der stürmischen Regennacht schwammen und jeden Augenblick abzusaufen drohten.

52.

»Verdammt, ist das finster! Dass 'ne Nacht derart schwarz sein kann! Wenn ich nicht wüsste, er muss irgendwo da oben sein, ich wüsste nicht, wo ich ihn suchen sollte, den Himmel. Gibt keinen Horizont mehr! Aber die Nacht, schwarz wie sie ist, hat die Rechnung gemacht ohne die Luchsaugen von 'nem Leuchtturmwärter! Weil trotzdem bringt die See noch was Weißes zustande: die Gischt. Immerhin. Diesen breiigen Schaum, den sie auf den Zähnen ihres Rachens reitet, bevor der Wind Fetzen und Fransen draus zieht und abreißt, wegreißt. Ha, genug jedenfalls, dass ich wenigstens 'n bisschen was sehn kann. Aber, Krähenkacke noch mal, wenn mich nicht alles täuscht, ich müsste längst dem Leuchtturm sein Licht sehn können!«

Und kurz drauf erkannte Finn, dass er tatsächlich nur noch zwanzig, dreißig Meter von Stjernholman entfernt war. Schließlich warf er mit geübtem Schwung das Tau über den Poller und sah zu, dass sich der Kutter rasch an die kleine Kaimauer zog. Dann sprang er an Land und stürzte, nicht ohne die Taschenlampe aus dem Notfach zu reißen, die Treppen des stockfinstren Leuchtturms nach oben. Dort bot sich ihm ein Bild heillosen Durcheinanders! Petter war vollkommen bleich, kauerte mit Handschellen an den Kabelkanal gekettet auf dem Boden und murmelte so etwas wie ein dumpfes Mantra vor sich hin, während er mit starrem Blick ins Nichts sah. Marit lag gicksend und giggelnd rücklings auf dem Schaltpult, hielt ein paar losgerissene Kabel in der Hand und starrte die Decke an, als wäre diese der schönste Sternenhimmel über der Karibik. Kein Wunder, dass weit und breit keine einzige Fahrwasserleuchte mehr in Takt war! Am ekelhaftesten aber war der Anblick des Schotten: Der grinste Finn tatsächlich wie ein leibhaftiger Höllenfürst mitten ins Gesicht. Breit aufgerissenes Maul, wässrige Augen, die Wangen schwarz eingefallen und eingekerbt von tiefen, langen Falten. Finn spuckte ihm ins Gesicht, was aber nicht mehr als ein tonloses Lachen auslöste.

Finn trat auf die Galerie seines Leuchtturms. Er war sich sicher, dass es das letzte Mal sein würde. Der Blick über die teerschwarze Wasserebene, die hinten nahtlos in den Himmel tauchte. Die Inseln, allesamt, finster opak wie das Meer wie der Himmel. Aber auf der andern Seite, im Osten, graute schon ein erster Morgenschimmer in den Regenwolken, eine spärliche Vorahnung des Tages, rauchtrübes Anthrazit, so jung, dass man Angst haben musste, die schwarzen Wolkenkolosse könnten's wieder verschlingen.

Plötzlich sah Finn, wie sich von Krølsnes her zwei weiße, am hinteren Ende auseinander laufende Fäden aufs dunkelgraue Wasser legten, eine weit ausholende Kurve zogen und rapide auf ihn zu wuchsen. Kein Zweifel: Brik! Finn hastete durch den Dienstraum, am unglücklich verkanteten Petter, an Marit und dem Schotten vorbei, die sich – jeder auf seine Weise – am Chaos weideten, rannte die Treppe runter und den kurzen Weg zur Anlegestelle. Doch dann, auf halbem Weg, versagten ihm die Beine jäh den Dienst.

Neben Petters Kutter dümpelte das große Patrouillenboot der Küstenwache im öligen Wasser der winzigen Hafenbucht. Musste er eben in der Dunkelheit übersehn haben. »Die sind schon da!«, knurrte er, »das Spiel ist aus. Und ich Idiot tappe denen auch noch genau in die Falle, renn ihnen in die offenen Arme. Obwohl, war ja eh nur noch 'ne Frage der Zeit, wenn ich ehrlich bin.«

Er spürte, wie ihm die Tränen in die Augen schossen und der kalte Schweiß auf seiner Stirn zu Pfützen zusammenlief. Auf jeden Fall wollte er Brik noch einmal in die Arme nehmen, ihr erklären, was zu erklären war. Er verkroch sich eilends hinter Petters leeren Fischkisten und wartete, bis Brik angelegt hatte. Mit drei Sätzen war er bei ihr, und während sie ihr Boot noch vertäute, hatte er von hinten seine Arme um sie geschlungen.

»Lassen Sie die Frau los!«, kam es dröhnend von der Seite. Finn erstarrte.

»Das ist meine Frau«, sagte er, aber das nütze ihm auch nichts mehr. Als er in die Richtung sah, aus der die Stimme kam, blickte er in den Lauf eines Revolvers. Dahinter die bohrenden Augen des – Schotten!

»Dachte ich mir's doch«, murmelte Finn, »dass du auch zu dieser Mischpoke gehörst. V-Mann oder was. Solltest nicht bloß das muntere Treiben im Leuchtturm beobachten, sondern auch fleißig anheizen.«

»Bloß, dass ich leider versagt hab auf ganzer Linie«, bekannte der Schotte in blütenreinem Norwegisch, »dass es mich aufs Krankenlager geschmissen hat und ich erst mal überhaupt nichts mitgekriegt hab. Und zu allem Überfluss dann noch dieser bekloppte Trip mit Petter, wo ich dachte, ich kriege wunders was raus. Und das Ganze zieht sich und zieht sich. Gut bloß, dass wenigstens Marit entfesselt genug war, die Chose hier endlich zu Ende zu bringen.«

Drei seiner Kollegen von der Küstenwache umringten inzwischen mit gezückter Waffe das merkwürdig steif verschlungene Pärchen. Brik wand sich schließlich aus Finns Umarmung, ging ohne ein Wort zur Seite und nickte dem Schotten zu. Der zückte ein weiteres Paar Handschellen und ließ es aufreizend an der Kette baumeln, um dann aber erst mal zu verkünden, dass es ihm irgendwie leid tue. Er werde diese schrullige Gesellschaft auf Stjernholman mit Sicherheit vermissen. Sei schon witzig gewesen. Und für die Krankenpflege bedanke er sich aufrichtig. »Aber die geht ja in erster Linie aufs Konto von der da.« Und damit zeigte er auf die hysterisch gackernde Marit, die mit diabolisch verzerrter Miene immer wieder versuchte, die Kittelmänner, die sie an beiden Armen gekrallt hatten, in die Finger zu beißen. Wobei der Zugriff offensichtlich gut getimed war, denn genau in diesem Augenblick bog das Ambulanzboot mit dem Logo des Harstader Seniorenheims für Demenzkranke um die Landzunge und legte an.

»Das sind ja alles nur abgeschmackt billige Verdachtsmomente«, unternahm Finn noch einen Versuch, seinen Hals aus der Schlinge zu ziehen, »und für das Gewäsch von Ihrem fieberträumenden Zeugen da, da gibt's ja mindestens drei Gegenzeugen: meine Frau, den Fischer Petter Tidemand und den Svolviker Fährmann.«

Brik biss sich auf die Lippen und stammelte: »Mich kannste vergessen, scheide aus wegen Befangenheit.

Und Gunnar, Gunnar ist tot.«

»Was?«

»Den hat's in der Lagerhalle erwischt«, ging Bærvik von der Küstenwache dazwischen, »hat das ganze Dach einstürzen lassen und dann ...«

»In was für 'ner Halle«, fragte Finn mehr der Form halber.

»Seht Ihr, was sag ich?«, meinte der Schotte absondern zu müssen, »nirgendwo lebt man derart hinterm Mond wie auf dieser möwenverschissenen Leuchtturminsel hier.«

»Tragischer Unfall, also ...«, Bærvik zögerte, aber dann brachte er den Satz schließlich doch zu Ende: »... also ziemlich wilde Schießerei, und Fridtjofson, du kennst doch den langen Fridtjofson, der wusste sich nicht anders zu helfen, also ...«

»Und Gunnar soll 'ne Knarre gehabt haben?! Das glaub, wer will, ich jedenfalls nicht.«

Womit er Bærvik vollends auf dem falschen Fuß erwischt hatte. »Das war eben in dem Durcheinander, in der stockdusteren Halle voller Echo, da war das nicht auseinanderzuhalten. Und so 'n Schreckschussrevolver, ich meine, Dampf machen Platzpatronen auch, das knallt ganz schön. Aber du kannst ganz beruhigt sein: Fridtjofsons Schießerei, das wird untersucht, von höherer Stelle.«

»Und was ist mit diesem, mit diesem Strøm? Wieso habt

ihr den nicht mitgebracht? Der ist doch sonst immer zur Stelle und hängt euch wie 'ne Klette am Rockzipfel.«

»Eben deshalb sind wir ja hier. Weil's den ja auch nicht mehr gibt.«

»Und der soll sich also von so 'm alten Fährmann mit seinen paar Platzpatronen abknallen lassen!«

»Nein«, sagte Bærvik und drehte sich um zu Brik.

Die streckte dem Schotten bereitwillig ihre Unterarme entgegen, worauf dieser die Handschellen zuschnacken ließ.

»Du?« Finn begriff nichts. Außer, dass er scheint's noch nicht an der Reihe war. Aber wieso Brik? Brik doch nicht!

»Da war dieser Stapel im Hotelzimmer, diese fetten Steine in den Plastiktüten. Und der Strøm hat mir doch die Luft weggedrückt, mit der Tischkante. Was hätt ich denn machen sollen?«

»Dann, dann war das Notwehr. Bærvik, das war Notwehr bei meiner Frau, ganz klar, sie hat sich doch wehren müssen. Was hätt sie denn machen sollen.«

»Was noch zu beweisen wäre«, fuhr der Schotte ihm aalglatt übers Maul.

»Geh mir weg, du Lackaffe, geh mir weg mit deinem Dünnschiss«, schrie Finn, »ich hab meine eigene Kacke am Laufen, wie du siehst.«

»Nein, das ist meine Kacke!« Marit krähte wie ein auf-
gebrachter Hahn. Sie war umringt von einem opulenten
Empfangskomitee, denn zu den Sanitätern, die die Küstenwache mit angeschleppt hatte, hatten sich inzwischen
die Harstader Altenpsychiatriepfleger gesellt. Marit holte,
davon völlig unbeeindruckt, tief Luft, um, wie's aussah, zu
längeren Ausführungen anzusetzen. »Ich! Das war ich, das
mit den schwarzen Leuchtfeuern. Jeden Moment hab ich
ausgenutzt, wenn unser Leuchtturmfinn mal auf'm Lokus
war oder draußen bei irgend 'ner Bake nach dem Rechten
sehn. Zwei Sekunden war der durch die Tür, und ich direkt
die Griffel ausgestreckt, haha, und rein gegriffen ins volle
Leben der Lichterwelt! Paar Schalter rechts, paar Schalter
links, wie's grade kam. Ein Riesenspaß. Einmal im Leben
Troll spielen. Aus vollem Herzen mal was anstellen, was
sich so richtig gewaschen hat! Und meinem Petter seiner
Konkurrenz das Wasser abgraben, das Lichtlein auspus-
ten! Gar nicht schlecht. Bloß die Jugendlichen – dass Finn
immer irgendwelche jugendlichen Rowdies oder Ökos
oder was für 'n Gesocks vorgeschoben hat, das hat mich
maßlos geärgert. Natürlich, bin ja nicht blöd, natürlich
hab ich kapiert, dass er mich nur schützen wollte. Dass er
mich vorm Knast oder je nachdem vor der Klapse, ganz
wie's beliebt, bewahren wollte. Trotzdem. Der bringt mich
doch um meinen Ertrag! Durch sein blödsinniges Ablen-
kungsmanöver. Bringt mich um meinen Ertrag und um
meine Urheberschaft! Was nützt mir das ganze Leucht-
feuerdeibelspielchen, wenn nicht klar ist, dass ich es bin?!
Nix, nützt mir nämlich gar nix dann. Und zu guter Letzt
fährt der Trottel auch noch raus, irgendwie irgendwo was
weiß ich zu was für einem Eiland, um da 'ne Leuchtbake
zu zerschmeißen. Und alles nur, dass ihr von der Küstenwache denkt, das ist anderswer, bloß nicht ich. Und der

Blödmann kapiert überhaupt nicht, dass er mir die Show stiehlt. Ich! Kein andrer als Marit, dem ollen Petter Loddenkopp sein Weibsstück, ist die hinterhältige Übeltäterin! Gemein und gemeingefährlich. So, und jetzt seht zu, Jungens, dass ihr mich wegbringt, weg von hier, dass ich den Torftrottel von einem Leuchtturmwärter nicht länger ertragen muss, sonst – ich vergess mich sonst!«, krächzte sie mit merkwürdig verzerrten Gesichtszügen, deren Entgleisung sich von den Umstehenden einzig Finn und Brik erklären konnten.

Die beiden warfen sich einen Blick zu – und sie ahnten, dass es der letzte unterm Himmel der Freiheit sein würde. Marit jedenfalls, das war sonnenklar, Marit wusste haargenau, was für eine böse Miene sie zu ihrem guten Spiel machen musste, um die Glaubwürdigkeit zu erhöhen.

Woraufhin man die Alte ohne weiteres Federlesen ins Ambulanzboot schob. Während Brik von Bærvik und seinen Leuten inklusive des breit grinsenden Schotten ins Patrouillenboot der Küstenwache geleitet wurde. Der Motor wurde angelassen, und Brik warf einen letzten Blick auf Stjernholman. Oben auf der Leuchtturmgalerie konnte sie Petter erkennen, dem man zwischenzeitlich offenbar endlich die Handschellen abgenommen hatte. Selbst auf die Entfernung war unverkennbar, dass dem Alten blankes Entsetzen und bittre Verzweiflung ins Gesicht geschrieben standen.

Brik riss sich von dem traurigen Anblick los und sah der Furche, die das Boot durchs Wasser zog, und den weißen Gischtschnüren hinten dran beim Verschwinden zu. Schon verschlungen vom Wasser. Schon weg. Verpufft, vertrieben, spurlos, noch schneller als die Qualmfetzen des Sprits. Schon verschlungen.

Die finstren Wolken rissen plötzlich auf, und wie ein Bündel kantiger Radspeichen brach eine Hand voll vorsichtiger Sonnenstrahlen durch einen schmalen Wolkenschlitz und schlug einen hellen Fächer auf, der Stjernholman und den Leuchtturm vor der schwarzen Wolkenwand in ein strahlendes Frühlingslicht tauchte.

»Echte Postkartenidylle.« Brik hätte gern ein erleichtertes Grinsen zustande gebracht, weil sie die Leuchtturminsel nun ein für allemal hinter sich ließ, aber es wollte ihr nicht gelingen.

53.

Petter sprach kein Wort mehr, saß Tag für Tag auf einem Stapel leerer Fischkisten und sah seinem Kutter beim Verrosten und Verrotten zu. Finn war nicht minder aufgelöst und absolvierte in seinem Leuchtturm, wenn es gut ging, Dienst nach Vorschrift. Oft aber stand er regungslos auf dem Galerieumlauf und starrte vor sich hin.

Eine knappe Woche war verstrichen, seit man Marit und Brik abgeführt hatte. Einer dieser Tage, an denen das Grau der Wolken sich nicht ein Gran unterschied vom Grau des Wassers, an denen die Suppe am Himmel Schlieren ziehend überging in die Meeresbrühe, an denen ein Horizont auch mit dem Adlerblick des Leuchtturmwärters beim besten Willen nicht auszumachen war.

Da schrillte plötzlich das Telefon und riss Finn aus seinen Gedanken. Er wendete sich gemächlich ab, ging in den Dienstraum und nahm den Hörer auf.

- »Werenskiold, Stjernholman Fyr.«
- »Jetzt schon? Ich dachte, wenigstens noch ein paar Jahre. Wenigstens noch dieses Jahr zu Ende.«
- »So 'n Bürojob, da bin ich überhaupt nicht für geschaffen. Mit Ärmelschonern hab ich's nicht so.«
- »Nein nein, so war das nicht gemeint, ich wollte Ihnen nicht zu nah treten. Natürlich nicht.«

Rezepte

in der Reihenfolge des Erscheinens im Roman

Tørrfisk (Stockfisch)

Eine besondere Spezialität der Lofoten und der Vesterålen. Jeweils als Paar, frisch ausgenommen, wird der Kabeljau im Frühjahr getrocknet. Die dann im Hohen Norden vorherrschenden Klimabedingungen wie Wind, salzige Luft und Temperaturen zwischen 0 und 5°C begünstigen den langsamen Trocknungsprozess. Der Fisch verliert einen Großteil seines Wassergehaltes und wird auf diese Weise haltbar gemacht. Schon für die alten Wikinger stellte Tørrfisk eine der wichtigsten Nahrungsquellen auf ihren langen Seefahrten dar.

Zum Verzehr wird der Stockfisch mit dem Hammer geklopft, 36 Stunden in Wasser eingeweicht, gekocht und dann mit Butter und Senf serviert. Und mit viel Bier, obwohl in Norwegen unerschwinglich. So viel Bier wie eben möglich.

Lefse

Gehört zu den Backwaren mit jahrhundertealter Tradition. Es handelt sich dabei um kleine runde Fladenbrote, die früher im Alltag aus grobem, an Festtagen dagegen aus feinem Mehl gebacken wurden. Lefser werden genau wie Flatbrød auf großen runden Blechen gebacken. Einige Sorten werden beim Backen sehr knusprig und müssen vor dem Servieren eingeweicht werden.

200 g saure Sahne und 200 g Dickmilch, drei Esslöffel Sirup und drei Esslöffel Zucker werden miteinander verrührt. Dazu gibt man ein Pfund mit drei Teelöffeln Backpulver vermischtes Weizenmehl und knetet den Teig dann vorsichtig durch. Daraufhin wird er auf einem Backbrett zu einer Rolle geformt, die man in sechs gleich große Stücke schneidet. Diese Scheiben zu runden Fladen von etwa 25 cm Durchmesser ausrollen. Mit einer Gabel mehrmals einstechen, und dann ab damit in die Röhre: Bei 230°C auf der mittleren Schiene fünf bis sieben Minuten lang backen.

Mit Butter und Zucker oder mit Käse servieren. Wahlweise kann man sie auch mit einer Creme aus saurer Sahne, Butter, Zucker und Zimt bestreichen. Je nach Region isst man Lefse mit gegorenem Fisch (rakefisk), mit Laugenfisch (lutefisk) oder mit Pressfleisch (sylte).

Fiskesuppe (Fischsuppe)

Zwei Zwiebeln schälen und fein hacken. Eine große Kartoffel, 200 g Möhren und eine Sellerieknolle schälen und in kleine Würfel hacken, eine Porree- und eine Selleriestange in dünne Scheiben schneiden. Das Ganze in einem Liter Fischbrühe etwa zwölf Minuten kochen lassen. 600 g küchenfertigen Fisch (Kabeljau, Heilbutt, Schellfisch, Lachs) unter fließendem kalten Wasser abwaschen, trocken tupfen und mit Zitronensaft beträufeln, salzen, in Stücke schneiden und zum Gemüse geben. Und dann die Chose für weitere zwölf Minuten bei geringer Hitze gar ziehen lassen. Drei Eigelb mit je 125 ml süßer und saurer Sahne sowie einer halben Tasse Fischbrühe verquirlen und in die Suppe geben, wobei diese um Himmels Willen nicht mehr kochen darf. Mit Salz, Pfeffer und Zitronensaft abschmecken und oben drauf einen Heiligenschein aus gehackter Petersilie streuen.

Fiskepudding (Fischpudding)

Ein Kilo entgräteten Fisch mit 125 ml süßer Sahne und einem Ei im Mixer pürieren. Dann 50 g Butter erhitzen, drei Esslöffel Kartoffelmehl und ebenfalls drei Esslöffel gehackten Dill unterbuttern und durch den Mixer schicken. Jetzt rückt man der Masse mit Salz, Pfeffer und einigen Tropfen Worcestersoße zu Leibe. Worauf man die Fischmasse in eine zuvor mit Butter und Paniermehl ausgestrichene Pudding- oder Auflaufform füllt und im Wasserbad bei maximal 150°C (das Wasserbad darf nur sieden, nicht kochen!) in den Backofen stellt. Wo man ihr etwa eine bis anderthalb Stunden Zeit zum Garen gönnt. (Garprobe mit einer Stricknadel wie beim Kuchenbacken: Bleibt nichts haften, ist der Fischpudding proper.) Ein paar Minuten abkühlen lassen, dann kann man das Kunstwerk stürzen. Mit einigen Dillzweigen garnieren und je nach Geschmack mit ordentlich Krabbensoße servieren.

Fiskeboller med persillesaus (Fischklöße mit Petersiliensauce)

1 ¼ Kilo frischen Fisch (vorzugsweise Hering) entgräten, filetieren, in kaltem Wasser waschen und abtrocknen. Zunächst die Filets durch den Fleischwolf drehen. Und anschließend mit der dabei entstehenden Fischmasse zuzüglich 350 g gegarter und pürierter Kartoffeln die gleiche Prozedur noch einmal. ¾ Teelöffel Salz, 2 ¼ Teelöffel Kartoffelmehl und so viel Fischsud hinzugeben, dass man feste Klößchen formen kann. Diese werden dann in heißem Fischsud ungefähr fünf Minuten lang gegart.

Für die Sauce zerlässt man in einem Topf 25 g Butter, gibt ebenfalls 25 g Mehl dazu und erhitzt es drei Minuten lang unter ständigem Rühren. Dann gibt man einen halben Liter warmen Fischsud dazu und kocht das Ganze etwa zehn Minuten lang. Schließlich zwei Esslöffel fein gehackte frische Petersilie zugeben und mit Salz und Pfeffer abschmecken.

Die Fischklößchen kommen mit der Petersiliensauce, gekochten Kartoffeln, grünen Erbsen und Salat auf den Tisch des Hauses.

Får i Kål (Hammel in Kohl)

Ein Kilo Hammelfleisch (Brust, Nacken oder Rücken) in Portionsstücke, den Kohl (ebenfalls ein Kilo) in grobe Streifen schneiden und abwechselnd in einen großen Topf schichten. Jede Schicht wird gesalzen und mit ein paar Pfefferkörnern bestreut. Anschließend gießt man so viel kochendes Wasser hinzu, dass es etwa 5 cm hoch im Topf steht. Nun lässt man das Ganze aufkochen und etwa eine halbe Stunde bei schwacher Hitze köcheln, bis das Fleisch gar und der Kohl fast gelb gekocht ist. Unterdessen rührt man 30 g Weizenmehl in etwas kaltem Wasser an und bindet damit schließlich die Brühe. Alles wird noch einmal zum Kochen gebracht, dann mit der unvermeidlichen Petersilie bestreut und mit Salzkartoffeln serviert.

Graved Laks (begrabener Lachs)

Die Fische, als seien sie mausetot, mit dem Bauch nach oben in einen Kunststoffbehälter legen. Jede Lage mit einer Mischung aus halb Salz, halb Zucker bestreuen. Und zwar reichlich! Etwa finderdick begraben, wie der Name ›graved Laks‹ schon sagt. Den Behälter mit einem sauberen Tuch abdecken und bei 10-12 °C eine Woche stehen lassen. Reichlich Molke mit Salz und etwas Zucker aufkochen und abkühlen lassen. Den beerdigten Lachs exhumieren, gut abspülen und wieder in einen sauberen Kunststoffsarg legen. Die Lake darübergießen. Die Fische mit einem Brett und beispielsweise einem Ziegelstein beschweren, damit sie ganz von Lake bedeckt sind. Im Keller sieben bis acht Wochen lagern.

Danach die Fischleichen erneut waschen, dann enthäuten, sorgsam filetieren und die Bauchlappen abschneiden, da diese leicht tranig schmecken können. Vorsichtshalber streicht man noch mal mit den Fingerspitzen über das Filet, um die feinen Gräten zu ertasten. Diese werden dann vorsichtig mit einer Pinzette heraus gezogen.

Bei einem Kilo Fisch benötigt man für die anschließend darübergegebene Gewürzbeize vier Teelöffel grobes Salz, zwei Teelöffel Zucker und je einen Teelöffel Pfeffer, Wacholderbeeren und Koriander- oder Pimentkörner. Wahlweise lassen sich auch andere Gewürzspuren daruntermischen, z. B. Zitronenpfeffer. All diese Gewürze werden in einem Mörser gut zerstoßen. Mit dieser Beize streicht man nun das Filet und massiert sie ordentlich ein. Oben drauf frisch geschnittener Dill. Dann aber darf der Fisch immer noch nicht verspeist werden, er muss noch einmal ein bis zwei Tage im Kühlschrank warten. Je größer die

Filets, desto länger die Zeit im Kühlschrank. Große Lachsfilets brauchen 48 Stunden und wollen nach 24 Stunden einmal gewendet werden.

Das Lachsfleisch strahlt einen jetzt in wunderhübschem Orange an, ist ordentlich fest geworden und lässt sich sehr gut schräg in Scheiben schneiden!

Als Beilagen empfehlen sich gekochte Mandelkartoffeln, Fladenbrot und Butter.

Besonders gut passen Stuede Poteter (gedämpfte Kartoffeln) dazu:
Sechs bis sieben große Kartoffeln schälen und in zuckerwürfelgroße Stücke schneiden. Mit einer Tasse Wasser halb gar kochen. Etwas Butter mit Mehl mischen und ins Kartoffelwasser geben. Einen guten Schuss süße Sahne dazu, nach Geschmack mit Salz und Pfeffer würzen und kurz vorm Servieren mit frischem Dill bestreuen.

Der Gipfel: Senf-Honig-Sauce, für die man je 4 Esslöffel Senf, Essig und Honig vermischt und schubweise 80 ml Öl zugibt. Nach jeder Zugabe gut verrühren und vorm Servieren frischen gehackten Dill untermischen.

Lutefisk (Laugenfisch)

Dieses traditionelle vorweihnachtliche Essen gilt in Norwegen als absolute Delikatesse. Vor allem wohl deshalb, weil das heute drittreichste Land der Welt bis zur Entdeckung der ausgedehnten Erdöllagerstätten vor der Küste zu den ärmsten Staaten Europas gehörte. Nur Holz, Fisch und Wasser gab es im Übermaß. Eine einfache und wirkungsvolle Methode, den Fisch für die langen Wintermonate haltbar zu machen, war die Trocknung. Da Trockenfisch aber eher tranig-trist – um es vorsichtig auszudrücken – schmeckt, wurde er von den Pietisten für besondere Festtage aufgepeppt.

Ein Kilo Stockfisch ergibt etwa fünf Kilo Lutefisk und für eine Person rechnet man ein halbes bis ein Kilo Lutefisk, je nach Gefräßigkeit. Mancherorts wird der Stockfisch (möglichst Kabeljau) vorweg eine Woche in reichlich kaltem Wasser eingeweicht, wobei das Wasser zweimal täglich gewechselt werden sollte und der Fisch kalt stehen muss. Dann kommt der entscheidende Mariniervorgang: Der Stockfisch schwimmt zwei Tage in einer starken Lauge aus vier bis fünf Esslöffel Pottasche (= Kaliumkarbonat), wahlweise auch Ätznatron auf zehn Liter Wasser. Ein Plastikbehälter eignet sich dazu am besten, da die Lauge den Kunststoff nicht angreift (auf keinen Fall einen Zinkbehälter benutzen). Im Zuge dieser Zwischenlagerung bekommt der Fisch seinen charakteristischen Geschmack. Anschließend muss dem Fisch das Wasser durch Pressen und gezieltes Hochlagern wieder entzogen werden, sonst wird er suppig. Der bereits in dieser Phase ein äußerst eigenwilliges Odeur verströmende Lutefisk hat inzwischen die Konsistenz und das Aussehen einer in die Länge gezogenen Qualle angenommen und ist fertig für die weitere Verarbeitung, entweder auf dem Herd oder im Backofen.

Bei ersterem Verfahren wird der Fisch ohne Wasser in ein Kochgefäß gelegt. Pro Kilo Fisch zwei Esslöffel Salz darüberstreuen. Dann lässt man den Fisch kurze Zeit stehen, so lange bis sich im Topf Flüssigkeit bildet, worauf man den Topf zugedeckt auf eine warme Kochplatte stellt. Das Ganze wird bei mittlerer Hitze aufgekocht, danach die Platte ausgeschaltet, und so darf der Fisch in aller Ruhe noch ungefähr zehn Minuten ziehen. Hier ist allerdings Vorsicht geboten: Lutefisk zerkocht leicht! Sollte man auf den Backofen zurückgreifen wollen, so heizt man diesen auf 200°C vor, legt den Lutefisk auf ein Rost mit Saftwanne darunter und bestreut ihn mit reichlich Salz. Die ganze Konstruktion gut mit Alufolie verschließen und 30 bis 40 Minuten im Ofen garen.

Der Fisch oder das, was noch davon übrig ist, wird mit gebratenen Speckwürfeln garniert und unter Beigabe von Erbsenpüree, zerlassener Butter und Kartoffeln serviert.

Außerdem absolut unerlässlich: Aquavit. Viel Aquavit. Extrem viel Aquavit. Zuweilen macht das Gerücht die Runde, dass man, sofern kein Alkohol bereitsteht, den Lutefisk beim besten Willen nicht vertilgen kann, ohne dass die Geschmacksnerven rebellieren. Das Problem ist nämlich, dass Lutefisk leider nicht zu den zahlreichen Gerichten der Weltküche gehört, die zwar extrem unappetitlich stinken, indes äußerst gut schmecken. Bei Lutefisk klaffen keine Welten zwischen Aussehen, Stinkerei und Geschmack.

In der Saison – von Oktober bis April – kann man Lutefisk bei jedem Fischhändler kaufen. Er wird auch vakuumverpackt und tiefgekühlt angeboten. Ein echter Lutefisk-Liebhaber macht ihn jedoch selbst. Schon um sich entsprechend einzustimmen.

Rømmegrøt (Rahmgrütze)

Eine Art gelber Brei, der aus 750 ml Seterrømme (dicker Sauerrahm, alternativ auch: Schmant), 750 ml Milch und einem knappen halben Pfund weißem Weizenmehl oder Gries gekocht wird. Man lässt die Seterrømme zehn Minuten kochen, streut dann zunächst ein Drittel des Mehls ein und lässt noch mal köcheln, bis die Butter nach oben durchsickert und sich absetzt. Nur Geduld, kann eine Weile dauern! Die Sahnebutter wird dann abgeschöpft und in eine Sauciere gegeben. Wenn fast keine Butter mehr nach oben dringt, das restliche Mehl einrühren und mit kochender Milch verdünnen. Daraufhin die Rømmegrøt weitere 10 Minuten kochen lassen, bis sie eine grießbreiähnliche Konsistenz angenommen hat.

Rømmegrøt wird heiß serviert, mit Zucker und Zimt und zur Krönung etwas Sahnebutter oder Butterflocken obendrauf. Mächtig mächtig also, das Ganze! Meist wird dazu »Saft«, d. h. Wasser mit rotem Sirup getrunken, der im Allgemeinen allenfalls an einer Himbeere vorbeigetragen wurde.

Rømmegrøt kann auf eine lange Tradition zurückblicken. An Festtagen kochte man die ansonsten übliche Standardgrütze ausnahmsweise mal nicht aus Wasser und grobem Mehl, sondern man verwendete saure Sahne und feines Mehl. Rømmegrøt war also immer ein Festtagsschmaus, wurde beispielsweise zum Weihnachtsfest und bei großen Familienfesten serviert. Nicht selten wurde das Gericht auch als Gastgeschenk mitgebracht, zum Beispiel wenn man einer Wöchnerin und ihrem Kind den ersten Besuch abstattete. Ansonsten wird Rømmegrøt besonders gern am Johannistag zum Sonnenwendfeuer gegessen, dann serviert mit geräuchertem und gepökeltem Fleisch.